法醫實錄

不存在的人

Non-existent person

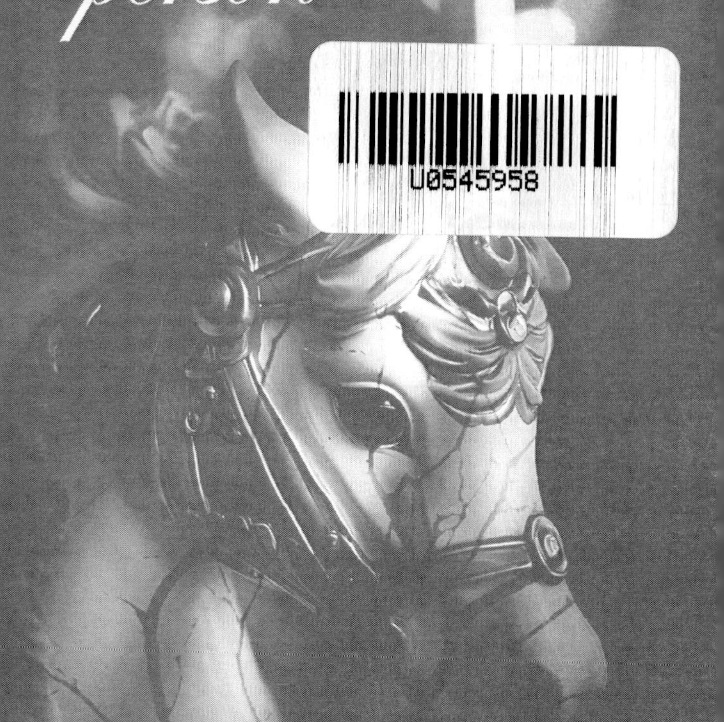

悲劇重演，真凶再現！
法醫從業者的半寫實懸疑小說
戴西 著

人的記憶可以忘記一切，
但是骨頭卻不會，
這個世界上只要是被刻上骨頭的東西，
就永遠都不會被磨滅。

目錄

楔子	……………………………………	005
第一章	失蹤 ……………………………	008
第二章	報案 ……………………………	030
第三章	學生 ……………………………	048
第四章	再犯 ……………………………	069
第五章	第三起 …………………………	099
第六章	午夜殺人魔 ……………………	122
第七章	記憶 ……………………………	154
第八章	自首 ……………………………	182
第九章	恨意 ……………………………	204
第十章	真正的凶手 ……………………	222
第十一章	離開 …………………………	246

目錄

楔子

我本以為會忘記。

但是我錯了。

一年一年過去，具體的細節或許會變模糊，聲音也似乎會慢慢消失，內心的傷痛終究變得麻木，但這些都只不過是自我適應的技巧而已。我知道心靈上自然的進步會逐步療癒全身的傷痛，而我內心深處的罪惡感，卻被妥善地封存在記憶中，直至我死去的那一天，隨時隨地，它都等待著再次來折磨我的大腦。

終有那麼一天，我知道，我必須再次面對它。因為我的一生怎麼可能沒有記憶？又怎麼可能沒有罪惡感？

那晚的尖叫把我從睡夢中驚醒，我原本以為只是做了個噩夢，但緊接著的哭泣卻讓我感受到了陣陣的恐懼。哭泣的聲音是熟悉的，尖叫聲卻是如此陌生，而我在自己的房間裡，眼前一片漆黑，什麼都看不見。

又是一陣痛苦的撕心裂肺般的尖叫，卻隨即戛然而止，死一般的寂靜與我只隔著一層薄薄的板壁，讓我瞬間渾身發涼。

我猛地坐起身，驚恐地環顧著四周，空氣中逐漸瀰漫起一股怪異的味道，是讓人作嘔的腥臭味，這特殊的氣味一直在我的記憶中縈繞。後來我才知道，那是混合了人體排泄物和血液的味道。

這是個悶熱的夏天，所以窗開著，一絲風都沒有，我大口喘著粗氣，瞪大了雙眼，汗水流進了眼眶，陣陣的刺痛讓我幾乎想哭出聲來。但我卻

楔子

一動都不敢動。

也不知過了多久，隔壁的門終於打開了，有人低語，接著，沉重的腳步聲出現在走廊上，停在我的門口，然後發出了一聲重物倒地的聲音，就好像一個巨大的包裹被用力地扔在了地板上，伴隨著幾聲樓板的顫抖。

那顫抖聲，讓我突然想起了那隻幾乎被父親給活活踢死的小黃狗。

不過，小黃狗最終還是死了，因為一旁的我實在不忍心看著牠哀號尖叫，便隨手找了一塊磚頭，然後閉上雙眼，狠狠地拍在了牠的腦門上。

接下來，便是死一般的寂靜……

此刻，我緊緊地摀住了嘴巴，不讓自己發出聲，像蛇一般無聲地縮回被窩裡，耳朵卻緊張地辨別著門外的動靜。

也不知過了多久，腳步聲再次響起，父親喘息著，時不時地咳嗽，一步一步走下樓梯。

很快，院落裡便傳來了父親那老舊的摩托車發動的聲音。

這一切對於我來說，已經習以為常。

可是，該來的懲罰，終究還是會來。

兩年後，一個平常的傍晚，如血般鮮紅的晚霞灑滿天空的時候，我站在庭院裡，獨自看向天空，晚霞的美讓我如痴如醉。我也看到了父親，他和往常一樣坐在樓頂，抽著菸，似乎在等待著什麼。但是他等的人，我的母親，已經再也不會回來了。

面對著樓下匆匆趕來的警察，坐在樓頂邊緣的父親突然擰滅了菸頭，站了起來，臉上露出了怪異的笑容。他張開雙臂，身子前傾，感覺想去擁抱什麼，然後，在越聚越多的圍觀者的驚呼聲中，就這麼頭朝下，直直地

從四樓頂上掉了下來。

　　我們家的院落很小，但是樓層比較高，父親一輩子的積蓄都用來修這棟四層小樓，這是農村人最普遍的觀念，有了錢，接下來就是要修房子。但是我怎麼也沒有想到，父親的生命就這麼終止在了他自己親手建起的小樓之下。

　　從那以後，我一直都在尋找著父親這麼做的答案，他把我一個人留在這個世界上，這是否就意味著他最愛我？抑或是最恨我呢？

第一章　失蹤

第一章　失蹤

　　吐到實在吐不出來，強忍著胃部的痙攣再次抬起頭時，在報警人同情的目光中，郭敏知道這個時候自己在別人眼中的樣子，應該是狼狽到了極點了。

◆ 1

　　初秋的午後，空氣中多了幾分桂花的香味，惠風路派出所院落裡的陽光似乎也變得溫柔了許多，不再像剛過去的夏天那麼咄咄逼人。

　　大廳中，年輕的警員郭敏身穿嶄新的警服，正在認認真真地擦拭著自己面前的工作臺，尤其是工作臺邊上的那塊夾有自己相片的名牌，他擦拭起來格外專注仔細。

　　此刻的派出所裡靜悄悄的，本就是一天中的午休時間，只是郭敏卻絲毫都沒有睡意，今天畢竟是自己第一天正式上班，郭敏的心中總是感到有些說不出的激動。

　　只是從早上一直到現在，那扇對外的玻璃門始終都沒有被人推開過。

　　也就是說，今天，或許又將會是一個平平安安的普通日子。

　　有時候也想過，這樣清閒平淡的日子難道不好嗎？郭敏咧嘴一笑，剛要站起身，耳畔卻突然傳來了玻璃門打開時所特有的吱呀聲。

那扇門已經有些年頭了，維修過很多次，所以，當郭敏看清楚正在吃力地推門的是一對頭髮全白的六旬老人時，便趕緊衝了過去，伸手扶住玻璃門：「快進來吧，老人家，小心腳下臺階！」

　　兩位老人點點頭以示感謝，直到在值班臺前的椅子上坐下，這才長長地出了口氣。老奶奶剛想說話，便被一旁的老頭用目光攔住了，他轉身衝著回到值班臺前剛坐穩的郭敏說道：「警察先生，麻煩你了，我們這次是來報案的。」

　　「好的，別擔心，告訴我事情經過，我來記錄一下。」郭敏按部就班地點開了電腦螢幕上的報案登記頁面。見老人半天都沒有說話，以為他不知道怎麼說，便轉而輕聲提醒道：「先生，過程很簡單的，您只需要告訴我您的姓名和住址，然後告訴我事情經過就行了。當然了，關於事情經過方面，盡您所能越詳細越好。」

　　聽了這話，老人布滿皺紋的臉上卻露出了尷尬的神情，他看了一眼自己的老伴，最終下定了決心，說道：「我叫季友德，今年六十七歲。我和老伴其實是不想來麻煩你們的，但是我家那小子已經整整一週都沒回來了，怕他在外面出事，我們兩老就這一個小子，沒有辦法，就只能⋯⋯」

　　郭敏聽了，不由得一愣：「您說的是您的孫子還是⋯⋯？」

　　老人無奈地嘆了口氣：「說出來真丟人，是我兒子，季慶寶，今年整整四十歲了。」

　　「四十歲？這，這都已經成年了啊。他現在是跟你們住在一起嗎？」

　　老人點點頭。

　　「那您確定他不是出去找朋友玩了？」

　　老人又點點頭。

第一章　失蹤

郭敏感到有些棘手，他硬著頭皮問道：「那您兒子以前有過像這一次這樣離家不回，並且不和你們聯絡嗎？」

一旁的老太太終於忍不住了，她挪了挪凳子，湊上前對郭敏認真地說道：「我家阿寶這裡有問題，小時候發燒，結果把這裡給燒壞了。」說著，她伸手指了指自己的頭，「因為他沒辦法一個人生活，所以就一直都跟著我們過日子，我們又沒有錢把他送醫院去看病，那個太貴了。靠我們的這點退休薪資，根本就負擔不起。這麼一來，我們年紀大了，也就經常會有看不住的時候，不過還好，我們阿寶平時都很聽話的，也從來都不去傷害別人。醫生說了，這輩子他的智商一直都會停留在六歲左右，所以對於身邊人沒有攻擊性。就是，就是這抵不上三天兩頭找不到人。可是啊，阿寶以前也這麼出去玩得忘了回家，只是從來都沒有整整一週的時間消失得無影無蹤的。這幾天裡我和老頭子兩個人幾乎跑遍了市裡的每個角落，尋人啟事也貼了一大堆，卻還是沒有回音。」

老太太一邊絮絮叨叨，一邊彎腰從隨身帶來的那個洗得發白的布袋子裡小心翼翼地摸出了一摞A4紙，上面除了必要的相片和姓名、住址、聯絡電話等一些資料外，還很詳細地羅列出了失蹤的兒子季慶寶身上所有的特徵，最後更是不厭其煩地備註了孩子愛吃的東西種類。郭敏的心中不由得一熱，他點點頭：「先生，太太，這個案子我先登記一下，下午會向所裡的長官彙報。對了，你們還記得季慶寶離家出走的具體日期和時間嗎？我好申請查下監控。」

老頭趕緊遞上了自己準備好的情況說明，是用老式信紙寫的，工工整整的鋼筆字。郭敏看了，心裡一陣酸楚。填寫完後，郭敏列印出確認書，請兩位老人簽字，並告知注意事項。

「太謝謝你了，警察先生。」老頭臉上的神情如釋重負，激動地伸手握

住了郭敏的手，一個勁道地謝。就好像郭敏已經替他們找回了兒子一樣，目光中充滿了期待。

臨走的時候，面對兩位老人又有些惴惴不安的神情，郭敏再一次表示自己一定會幫他們找到兒子，不會讓他們失望。

下午上班，老所長聽了郭敏的彙報後，卻長嘆一聲：「事情過去一週了，對吧？」

郭敏點頭：「是的，所長，整整一週。」

「第一，監控這方面，你就別指望了，因為那個村莊已經拆遷了將近二分之一的區域，那地方現存的監控探頭少得可憐。據我所知，最近的一個是在新村外的馬路邊上，還不是高畫質的，能否保留一週都是個問題。」

「第二，失蹤時間超過一週，早就已經過了最初的黃金七十二小時追尋期，尋找起來就有很大難度，更別提是這種智力有殘疾的人，沒有正常人的思考辨別方式，遇到危險的係數也就更大了。」說著，老所長神情凝重地看著郭敏，「年輕人，你剛當上警察，迫切想幫民眾解決困難，這一點我是可以理解的，也很贊同。但是村莊面臨拆遷，監控必定就會缺失，存在大片的盲點，這點，作為轄區的警員，你也不應該忘了的，對不對？以後啊，給你個忠告，對於這種特殊族群的突發案子，尤其是年紀這麼大的報案家屬，在案子沒有被徹底定性之前，你一定要注意自己的言行，做事要盡力，但是千萬不能隨意在嘴上打包票，你明白嗎？記住，我們警察是人，不是神。」

老所長語重心長的一番話讓郭敏漲紅了臉：「所長，那我，我現在該怎麼辦？」

第一章　失蹤

「好好安撫家屬，做好後續的跟進和走訪吧，小郭，你記住了，這可是屬於你的第一個案子。」老所長輕輕拍了拍郭敏的肩膀，「別讓民眾對你失望了。」

郭敏用力點了點頭，心中卻隱約感到了陣陣的不安。

＊　＊　＊

四天後的下午，天空中烏雲翻滾，陰沉沉的，轉眼便下起了淅淅瀝瀝的小雨，雨勢漸漸地變得密集起來。

郭敏結束手頭工作，隨手拿起公文包，和值班人員打了聲招呼後正準備去季家走訪，順便再次問問有關季慶寶的失蹤近況。就在這個時候，一輛電動車突然衝破雨簾，來不及煞車，又加上路滑，直接就狠狠地撞在了派出所的大鐵門上，「咚」的一聲，發出巨響，引得路人紛紛駐足觀看。

從車上下來的中年男人身穿印有「市建工程」字樣的橘色螢光背心，因為被雨水打溼，頭髮亂糟糟地窩成一團，腳上套著工作雨鞋，面色驚慌，雙腿微微打顫。他一眼就看到了正準備走出派出所大門的郭敏，便撲上前，伸手死死地抓住了郭敏的警服衣袖，結結巴巴地說道：「警察先生，快，快，有死人，太可怕了⋯⋯死人⋯⋯我發現死人了⋯⋯」

聽了這話，郭敏微微一怔，反問道：「什麼死人？」

「就在那個，那個要拆的遊樂場，離這邊不遠，我剛看到，我還以為是假人，太可怕了⋯⋯」中年男人目露驚恐，因為過於激動，描述情況的時候雙手上下翻飛。

面對這個幾乎被嚇破了膽的報警人，郭敏弄不明白自己此刻心中為什麼會有一種異樣的感覺，或許是這幾天來自己心中一直都在糾結著那起特

殊的失蹤案的緣故吧，所以一有命案發生，就會神經質地立刻想到那張已經被深深刻在腦海中的面孔。

* * *

雨越下越大，漸漸地，隨著夜幕的降臨，路上的視線也變得模糊了起來。

派出所的巡邏警車載著報警人在案發現場前停了下來，經過指點，得知屍體發現的地方遠離大門口，他們還需要朝裡面再走上一段路。但是因為路上泥濘，巡邏警車已經沒有辦法繼續朝前開了，郭敏便鎖好車，帶著另一位輔警，跟著報警人向裡步行了十多分鐘，才終於來到發現屍體的區域。

這本是一個規模較大的遊樂場，遊樂項目幾乎布滿了整個山坡。只是在朦朧的夜色中，穿梭在破敗的遊樂設施之間，歡笑聲和音樂聲在沙沙的雨聲中若隱若現，讓人的心裡未免會感到一絲說不出的異樣。

在手提應急燈慘白的燈光照射下，郭敏很快就認出了木馬上那張有些腫脹的臉，擔憂的事情終於成了現實。他的心情糟透了，費了這麼多的心思卻最終只找到一具冷冰冰的屍體。不知道是不是因為無法面對屍體的詭異慘狀，也或許是中午所吃的那盤炒飯出了問題，胃部突然一陣猛烈的抽搐，郭敏再也忍不住了，便蹲在路邊一陣翻江倒海般地狂吐了起來。

吐到實在吐不出來，強忍著胃部的痙攣再次抬起頭時，在報警人同情的目光中，郭敏知道這個時候自己在別人眼中的樣子，應該是狼狽到了極點了。

第一章　失蹤

◆ 2

　　章桐不喜歡遊樂場，沒有任何理由，她就是不喜歡。

　　按照GPS的定位指引，好不容易找到了案發現場。雨勢減弱，下車的時候，看著眼前細雨中滿目荒涼背景下那影影綽綽儼然已經成為廢鐵的遊樂設施，章桐不由得發出了一聲長嘆。

　　「我們走吧。」

　　她帶著顧瑜，兩人深一腳淺一腳地穿過泥濘的甬道，順著指引，最終停留在一個小小的陡坡之上，這裡四處都長滿了各式各樣的青草，最高的地方甚至都已經超過了人的膝蓋。

　　身穿螢光背心的值班警員右手所指的方向，在那一片雪亮的應急燈照射的正中央，章桐終於看到了自己此行的目的地。

　　那是一處在尋常遊樂園中都會看到的旋轉木馬區，高高的皇冠頂座下，總共十六匹木馬上下交錯均勻分布，一概保持著四蹄飛揚奔跑的姿勢。一路看過來，這裡應該就是整個遊樂場中唯一還比較健全的設施了吧，至少馬頭和馬尾都還在原位。

　　包括一具本不該出現的屍體。

　　屍體像極了一個人偶，他以一種詭異的姿勢被頭上腳下仰臥在木馬的背上。顯然為了不讓他從馬背上掉下來，布局的人還動足了腦筋的，屍體的左腳被卡在前後兩個馬蹄之間，右腳也是如法炮製，上身卻是以一種常人所無法想像的角度向後仰著。之所以這麼做，只是因為馬的尾部恰好有一個凹下去的空間罷了，那裡可以完美地固定住死者的頭部。相反，如果趴在馬背上的話，那麼在本身的重量作用下，用不了多長時間，屍體就

會從光滑的馬背上掉下去。

刺眼的應急燈光中，先期到達現場的偵查員海子給了章桐一個僵硬的微笑，算是打過了招呼。章桐注意到他的身邊站著一位面色蒼白的年輕警員，兩人此刻正在激烈地交談著什麼，而從海子疑惑的表情中可以看出，他似乎並不太相信那位年輕警員所說的話。很快，警員離開了，海子便直接朝著章桐所在的地方走了過來。

「主任，屍體是負責清理這個遊樂場的市建公司員工發現的，時間是大約四十分鐘前，因為這裡離惠風路派出所比較近，屬於他們的轄區，報警人就直接騎摩托車去了派出所。」海子的目光不時地落在屍體上，遲疑片刻後，他接著說道，「章主任，死者是不是年齡在四十歲上下？」

正準備檢查屍體頭部，章桐聽了這話，不禁停下了手，抬頭問道：「你怎麼知道？你是不是先前翻動過屍體了？」

海子一聽就急了，趕忙擺手：「不，不，不，我們誰都沒有碰過屍體。只是因為剛才那位第一時間趕來的惠風路派出所警員提供線索說，死者很有可能是他所經手的一起失蹤案的關鍵人物，年齡是四十歲。還有就是，在死者的右邊太陽穴上，應該有一個胎記，平常時候是用頭髮蓋住的，麻煩……」說著，海子便從自己的口袋裡摸出了一張被疊得四四方方的A4紙，面對著章桐展開，右手順勢指了指，「我剛才說的那些，都是這張尋人啟事上寫的，上面非常詳細。」

章桐不由得瞇起了雙眼：「光線不好，我看不清楚，你看就行了。」說著，她順手撩開了死者右面幾乎蓋住耳朵的頭髮，果然看到了一處淺黑色的胎記，形狀不規則，卻非常醒目。章桐知道，這絕對不是後天所形成的黑痣，她便示意顧瑜用相機開閃光拍了下來。

第一章　失蹤

　　做完最初的屍表查看和證據固定後，因為屍僵的時間已經過去，屍體便被小心翼翼地抬下了木馬，擺放在早就鋪好打開的黃色裝屍袋上。章桐單膝跪地，擰亮了強光手電筒，在仔細查看過死者的雙眼瞳孔後，不禁緊鎖雙眉，思索片刻小聲說道：「死者為成年男性，年齡為三十八至四十一歲之間，死亡時間的話，結合環境溫度來看，」她伸手接過了顧瑜遞給自己的直腸溫度計，看著上面的資料，「死亡時間應該在十八至二十四小時之前。至於說具體死因，那就需要回局裡解剖後才能得出最終的結果了。」

　　海子有些緊張地說道：「章主任，那就麻煩妳盡快了，這個時候媒體應該還不知道這事，我們越早抓住黃金時間越好。」

　　把裝屍袋的拉鍊拉上，章桐隨即站起身：「總之，從目前狀況來看，『他殺』這個結果是沒有任何懸念的。」

　　聽了這話，海子茫然地環顧了一下黑漆漆的四周，不由得一聲長嘆：「這荒郊野外的，該死的雨又下個不停，有效監控都在三公里之外……真讓人頭痛。」

　　「現在雨勢還不算大，」章桐回頭看了看身後穿著鞋套，幾乎趴在地上提取現場附近足跡的歐陽工程師，苦笑道，「如果再大一點的雨，痕檢的兄弟就該自求多福了。」

　　海子一愣：「為什麼這麼說？」

　　顧瑜聳聳肩：「主任的意思很簡單，一個密閉的空間和一個開放式空間比較起來，固定和提取現場痕跡物證的難度根本就不是在同一個層面的。更別提這麼大的開放式犯罪現場了，我想沒有個三五天的時間，他們應該是搞不完的吧。」

話音未落，一陣響雷過後，雨勢變得更大了。

耳畔頓時傳來了歐陽工程師絕望的仰天咒罵聲。

＊　＊　＊

警官學院教工宿舍樓總共有三棟，上下六層，呈幾字形結構，因為是幾十年前的建築，所以如今算起來也是有些年頭了。但這並不妨礙居住上的舒適感。

由於外婆年事已高，自從上週獨自在家做飯時不小心摔了一跤後，儘管心裡不捨，李曉偉卻還是硬著頭皮把她送進了市裡最好的安養院，並且好說歹說，答應每週都會去看老太太一次，老太太終於點頭，這才算是了結了一樁心事。在辦理完房子出租事宜後，李曉偉就簡單收拾了一下行李，隨即便搬進了警官學院的教工宿舍樓。

宿舍房間並不大，一房一廳，因為是一個人居住，平時也沒有什麼客人，李曉偉便乾脆把外面的客廳拿來當書房，各式各樣的工具書、參考書幾乎堆滿了整個房間的木地板和顏色斑駁的辦公桌，天氣好的時候，打開宿舍門，迎面便是滿屋子的油墨香味。

正對著辦公桌的是一扇老式的推拉窗，窗子上鑲嵌著茶色玻璃，屬於裡面看得見外面，外面卻看不清裡面的那種。打開窗是一株多年的老槐樹，據說每年槐花開了的時候，香味撲鼻。而正對著窗臺的牆上則掛了一塊巨大的白板，白板是李曉偉厚著臉皮從系裡搬來的淘汰貨，自打搬進這個房間後，白板上就從沒有乾淨過，李曉偉在上面寫滿了各式各樣的筆記和分析圖。

此刻，辦公桌上的筆電正在播放著自己和那個叫喬米月的年輕女孩之間最近的一次談話錄影，整整一個小時的影像資料中，小米始終都保持著

第一章　失蹤

　　同一個姿勢──雙手抱著膝蓋，幾乎是以一個蜷縮的角度坐在椅子上，然後把頭深深地埋了起來。這種姿勢看上去很古怪，甚至有些滑稽，李曉偉的心中是沉甸甸的，因為這次錄影已經是在事情發生過後，他和小米之間的第五次談話了，似乎唯一改變的就只是時間而已，除此之外，什麼都沒變。

　　這個可憐的女孩甚至連正眼看他的勇氣都沒有，她唯一做的一件事，就是把自己完完全全地封閉了起來，更不用提和自己的心理醫生之間建立起正常的治療關係了。

　　李曉偉知道這一階段的小米正處於嚴重心理創傷後的否定期，留給自己的時間不多了，如果在接下來的治療過程裡小米一直以這種狀況持續下去的話，那很有可能她這輩子就再也走不出那場可怕的噩夢了。

　　可是，即使小米開口說話，也能做到配合自己的治療，難道說她的生活就能真正地恢復正常了嗎？

　　想到這裡，李曉偉不由得一聲長嘆。

　　正在這時，電話鈴聲響了起來，瞥了一眼話機螢幕，是章桐打來的，問起喬米月的治療情況。李曉偉也只能實話實說，電話那頭的章桐聽了後，沉默了許久，半天才開口說道：「我想，相對於心靈所受到的創傷來說，她肉體上的那一點痛苦，還真的不算是什麼了。」

　　「人抓到了嗎？」問這問題的時候，李曉偉感到自己的聲音有些微微發顫。

　　章桐微微一怔，啞聲說道：「抱歉，還沒有，庫裡沒有找到能比對得上的犯罪嫌疑人的DNA資料，他們應該沒有被我們處理過。所以，在尋找上會有很大的難度，但是我相信遲早會給這女孩一個交代的。」

章桐剛想掛電話，李曉偉趕緊叫住了她：「等等，能，妳能幫我個忙嗎？」

　　「當然可以。」章桐感到有些訝異，因為在這之前，李曉偉還從來都沒有用這種語氣和自己說過話。

　　「幫我查一個案子，我想，是屬於沒破的那種，Cold Case 類型。」李曉偉想了想，又補充道，「如果方便的話。」

　　「別客氣，我拿一下紙和筆。」一陣窸窸窣窣的響動過後，電話那頭又傳來了章桐的聲音，「好了。什麼時候的案子？」

　　「七年前，發生在雲林區的輪姦案，受害者是一位下晚自習回家的高中復讀女生。我之所以會想起這個案子，是因為受害者身上所殘留的特殊物證，也就是所謂的『犯罪簽名』，我想，應該和喬米月身上所留下的是類似的。」李曉偉喃喃說道，「至於說我為什麼會知道這個案子，也是一次偶然的機會。我念研究生的時候，在學校的選修課上聽有關心理介入的講座，一位客座教授無意中說起這個案子，我記得他說不只是沒有抓到歹徒，更因為沒有及時地進行受害者危機心理介入，最終的結果是這個女孩子因為實在承受不了來自自身和社會的雙重壓力，幾個月後徹底瘋了。」

　　「我可以理解，在前些年，這種惡性輪姦案的破獲難度是非常大的，更別提社會的輿論了。」章桐輕輕嘆了口氣，「好吧，我答應你就是，等我做完手頭的工作就去檔案室。」

第一章　失蹤

◆ 3

　　結束通話電話後，章桐隨手揉了揉發痠的眼角，這幾天因為經常加班，眼睛時不時會感到說不出的難受，視線也變得有些模糊，應該是自己用眼過度的緣故吧。

　　提到眼睛，章桐想起剛才在現場的時候，她注意到死者的右眼眶內似乎有點異樣，特別是那一滴出現在淚道附近的奇怪的暗紅色凝固體，那時候就懷疑是血液凝塊，但是用手電筒檢查眼球其餘部分的時候，除了在球狀體上發現了一些疑似窒息所造成的少量出血點外，卻沒有發現什麼明顯的外傷所留下的痕跡，那麼，如果最終確定是人血的話，這滴血又到底來自什麼地方？是屬於死者本人的嗎？

　　一連串的疑問與假設在腦海中翻騰著，她伸手推開門，走向隔壁的解剖室。可是沒走幾步，走廊裡一股熟悉的菸草味便撲面而來：「章主任。」

　　說話的是童小川，已經兩天沒見到他了，包括今天的廢棄遊樂場的出警現場，也是他的年輕小助手海子去的。所以章桐感到有些奇怪，便隨口問道：「童隊，好幾天沒見你了，稀客啊。」

　　「稀客不敢當，最近請了兩天假，事情都拜託海子了，那年輕人辦事牢靠，下午剛上班就聽他說去了拋屍現場，我沒趕得上，我想大概又是妳接手的，我就直接來這裡蹲點了。」也不知道抽了多少菸，童小川連連咳嗽了幾聲，尷尬地伸手摸了摸頭，「案子畢竟是我們二隊的，我這當頭的也不能偷懶，妳說是不是？」

　　章桐突然想起助手顧瑜曾經提醒過自己，好像童小川這幾天正準備結婚，便恍然大悟：「哎呀，看我這記性，童隊，恭喜恭喜！」

誰想到童小川聽了這話，臉上的笑容卻瞬間凝固住了，他只是嘴裡咕噥了句：「沒什麼值得『恭喜』的，別浪費時間，我們開工吧。」說著，便頭也不回地直接推門走進了解剖室。

這樣的反應可是挺讓人感到意外的，章桐驚訝地看著那扇不停擺動的活動門，半天都沒回過神來。

警局的解剖室是間小型的停屍間，前後兩進，裡間不鏽鋼牆面上有大到人都能進得去的冷凍冰箱，房間溫度也始終都保持在零度左右。外間室溫則略高，擺放著不鏽鋼的雙水槽和一些櫃子，特製的通風系統、排風扇可以抽去令人厭惡的氣味和微生物。外間的每一寸牆壁和地板上都塗有防滑的白色壓克力樹脂，它不會吸收任何物質，卻能承受徹底的刷洗和漂白。

在外間的房間中央是兩張移動自如的單人解剖臺，實則就是在不鏽鋼推車骨架上安裝了可煞車的旋轉腳輪和附旋轉軸承的人體托盤，設計的初衷是為了免去平日搬運屍體的麻煩，也是為了節約成本。畢竟進口的解剖臺雖然使用起來更方便，但是價格卻非常昂貴，完全超出了局裡的預算。可是如今看來，當初的決定除了成本上確實有些顯著見效外，搬運屍體還是讓人感到很頭痛，因為人死後，屍體會由於失去了著力點而變得非常沉重。在這個房間裡工作過的每一個法醫就不得不在滑動的簡易解剖臺上與各式各樣沉重的屍體永無止境地搏鬥，然後一身大汗地結束每天的工作。

此刻，一張解剖臺被挪到了房間的一角，而剩下的一張則單獨擺放在正中央。遊樂場所發現的那具男屍被裹在裝屍袋裡，靜靜地一動不動。這樣的場景，章桐在夢裡不止一次見過。

解剖室牆上沒有任何對外的窗戶，因為這個房間不需要新鮮空氣和陽

第一章　失蹤

　　光，反而是越冷越好。局裡曾經有人提議說在靠走廊的牆上開一排供人觀察用的窗戶，這樣可以讓負責案件的警察或者前來認屍的死者家屬不必直接推門走進解剖室了。畢竟那種特殊的環境並不是每一個人的心理都能真正承受得住的。

　　當時章桐聽了，立刻一口回絕，理由是這裡並不需要有人隔著觀察窗來看裡面死狀各異的屍體，要麼進來，要麼就別來。

　　她推門走進去，在隔間花了幾分鐘換好了防護服，戴上口罩和乳膠手套，這個時候的童小川則乖乖地站在一旁，始終都和解剖臺保持著150公分左右的距離，背靠著水池。在章桐的點頭示意下，助手顧瑜拿起了相機，同時按下了錄音按鈕。

　　因為在現場已經做過了初次屍表檢查，所以在仔細核對過檢查結果，確保無誤並固定所提取的生物檢材證據後，章桐又一次仔細查看了死者胸前的兩處灼傷痕跡，皺眉想了想，然後便伸手拿過了解剖刀。Y形切口的路徑，自屍體兩側鎖骨末端開始向胸骨處交會，往下繞過肚臍處，最後在恥骨位置停下，體內各種臟器在體表蒼白的皮膚映襯下變得格外顯眼，面對兩側肺葉間明顯的出血點和心臟表面明顯的針灸狀出血點，章桐不由得皺起了雙眉：「死者生前曾經遭受過胸前電擊，所使用的應該是醫院裡所配備的急救設備，但是這並不妨礙他的最終死因是機械性窒息。」

　　「電擊？」童小川問，「像電視裡演的那樣？」

　　「從位置上來看，不排除是實施救援。」章桐答道。

　　「那機械性窒息呢？」一邊站著的顧瑜不由得感到詫異，「屍表檢查時我注意到他的舌骨是完好的，甲狀軟骨和環狀軟骨都沒有折斷的跡象，頸部也沒有勒痕或者手指印，呼吸道內容物更是沒有明顯的異物，完全可以

排除異物阻塞所導致的窒息。」

　　章桐點頭：「妳觀察得很仔細，但是妳只說對了其中的一種可能，還有兩種可能也會導致死者雙眼球狀體以及兩肺葉間和心臟表面出現針灸狀出血點這樣的結果。其一，是在密閉空間中由於吸入過量一氧化碳所導致的窒息死亡，這點可以排除，因為死者胸大肌並未呈現出明顯的鮮紅色，我想等一下死者血液碳氧血紅蛋白的含量檢測值應該也是正常的。所以，我更趨向於第二種，就是體位性窒息。」章桐說道。

　　「人體呼吸需要三個因素同時進行：第一，肺部的換氣功能；第二，呼吸道的通暢；第三，就是肌肉泵的作用。因為身體長時間被限制在某種異常體位，使得呼吸運動和靜脈迴流受阻，從而引起的窒息死亡就是『體位性窒息』。」說著，章桐伸手指了指顧瑜手中的相機，「妳仔細看最初所拍的那幾張屍體相片，尤其注意他身體上的屍斑形成次序。」

　　聽了這話，顧瑜趕緊翻動手中相機的記憶按鈕，驚喜地說道：「沒錯，主任，這麼看來死者的身體至少保持著對摺姿勢很長時間，直至最終的死亡。」

　　「在那種狀況下，如果是普通人的話，或許還不一定導致死亡，但是這位死者體型本就較胖，生前患有高血壓性的左心室肥大，你看，他的左心室壁明顯厚於右心室，這種狀況所導致的結果就是──患者會經常產生胸悶、心慌以及頭痛，因為他所患的是嚴重的器質性心臟病。我想，他死前所處的位置更是完全限制了他的呼吸，所以才會導致最後的慘劇發生。」

　　「章主任，那難道說這個案子裡的凶手對死者並無故意殺害的本意？」童小川在一邊問道。

第一章　失蹤

　　章桐聽了，搖搖頭：「這個，我目前還不能確定，我只是針對我手頭的證據做出科學的推論罷了。我想，凶手應該並不知道死者本身患有嚴重的高血壓所導致的器質性心臟病，所以，才會那麼處理他。我推測死者生命終結前的最後幾個小時裡，他應該是一直都被拘束在汽車的後車箱或者某個大櫃子裡，因為空間的限制，所以才會把他這麼擺放。到後來，發現死者死了，結合剛才所發現的電擊痕跡，救援無果了，才不得不產生後面的拋屍行為。

　　「雖然說在死者的四肢上並沒有發現繩索留下的痕跡，但是因為死者生前是個殘障人士，所以不排除他是被人騙進去的。」

　　「那這個拋屍過程，設想一下，什麼樣的人才能做到順利完成？」童小川問。

　　「死者身高 180 公分，體重在 125 公斤左右，而木馬離地至少在 140 公分左右，從物理學的角度講，在這個案件上，我想單獨一個人，不管是男人或者女人，都是不太可能那麼長途搬運這麼沉重的屍體，最後再放上那麼高的木馬的。」

　　童小川接過話頭，一字一頓地說道：「那我明白了，這麼看來，本案的犯罪嫌疑人至少是兩個人。」略微沉思過後，他站起身剛要離開，章桐叫住了他：「等等，童隊，還有一個情況。」

　　「什麼？」

　　「我記得在現場的時候聽海子說死者很有可能是當地派出所轄區內一個失蹤人員，對嗎？」章桐問。

　　童小川點點頭：「沒錯，海子是這麼跟我彙報的。」

　　「現在 DNA 比對結果還沒出來，不過請麻煩先幫我問一下死者生前是

否有過什麼腦科方面的疾病史。」章桐說道。

童小川一邊朝外走,一邊右手在空中做了個OK的手勢。

童小川走後,助手顧瑜突然抬頭,壓低嗓門對章桐說道:「主任,妳有沒有覺得童隊最近好像有什麼心事?」

章桐聳聳肩:「他這幾天應該是請假回去結婚,可是我怎麼感覺好像局裡面沒有人收到過他的喜糖之類的?妳收到了嗎?」

顧瑜笑了:「堂堂分隊隊長怎麼可能會發喜糖給我這個初來乍到的小警員,主任妳就別開我玩笑了。」

「那他還真的不太像個新郎官。」章桐感覺更糊塗了,「剛才在走廊上遇到他的時候,我隨口恭喜他新婚快樂,他卻對我發火,我懷疑我自己是不是眼花了?」

「妳可沒眼花,雖然說我們這麼背後八卦別人不好,可是,主任,不知道妳有沒有注意到他右邊的臉,離耳朵不到2公分的距離,那裡有一處傷疤,1.2×1.5的樣子,從皮膚表面的恢復程度來看,應該是二十四小時之內形成的,所使用的工具嘛,顯然就是女人的手指甲!」顧瑜一邊整理相機,一邊分析得頭頭是道。

「女人?」

章桐吃驚地抬頭看著自己的徒弟兼助手。

「那是當然,因為只有女人動手打男人,才會大機率地用手直接去撓別人的臉。我想,這舉動的形成應該取決於雌性動物的攻擊本能吧。」顧瑜衝著章桐嘿嘿一笑,「主任,這麼說吧,童隊臉上的傷,擺明了是一隻很懂得保養雙手的『母老虎』做的。」

第一章　失蹤

◆ 4

又是一個陰鬱的午後，秋天是個多雨的季節。三分鐘熱風吹過，惠風路派出所的院子裡落下了許多發黃的枯葉。

「畢竟是秋天了啊！」郭敏輕輕放下了電話聽筒，心情越發沉重起來。剛才那個電話是市局打來的，通知自己DNA檢驗結果出來了，這一切雖然是意料之中的，但是當結果真的擺在自己面前時，郭敏滿腦子裡卻都是那天下午那對年近七旬的老人看著自己時的目光。

「小郭，結果出來了，對嗎？」所裡的同仁從後面房間探頭關切地問道。

郭敏點點頭：「是的，DNA匹配上了，死者就是季老爹失蹤的兒子季慶寶。」

一聲長嘆。

「那我等一下陪你去季家吧。」同仁輕聲安慰道，「小郭，我看你也不要有太多的心理負擔，你已經盡力了。這個案子，市局的刑警隊會盡快破案的，給死者家屬一個交代。」

郭敏聽了，無聲地點點頭，抬頭看著對方，臉上擠出了一絲笑容：「不了，謝謝你，還是我自己去通知死者家屬吧，這畢竟是我的第一個案子。」

此時，屋外的天空中又開始下起了淅淅瀝瀝的小雨。郭敏走出門，向季家方向走去，口袋裡的手機就不停地響了起來，是父親打來的，只有他打自己電話的方式會這麼無休無止不顧一切，雖然有些不情願，郭敏還是停下了腳步，立刻接起電話。

電話那頭父親的聲音充滿了憤怒和不滿：「你在哪裡？快回來，你姐

姐又發病了,我管不住了,要馬上送去醫院。」

「我……」郭敏欲言又止,就像有一隻無形的大手,狠狠地掐住了他的喉嚨,半天才聲音乾澀地說道,「爸,求你了,一定要看住她,我馬上就到家了。」結束通話電話後,便轉身匆匆走向相反的方向。

＊　＊　＊

警局案情分析室裡,章桐坐在最靠門的位置上,偵查員海子一見到章桐,便趕緊探身說道:「章主任,那個問題我已經查過了,當地派出所的警官彙報說死者季慶寶生前確實患有嚴重的腦部疾病,根據他家人反映,在季慶寶六歲的時候,發燒燒壞了腦子,智商就一直停留在這個年齡了。後來因為家裡的經濟狀況,在確診孩子腦子出了問題很難治好後,就只能停止治療了,此後也沒有上過一天學。」

章桐聽了,不由得緊鎖雙眉:「單純的發燒燒不壞腦子,他應該是別的病症所引起的智力低下,難怪死者的頭圍顯示異常,這麼看來,不排除大腦的非進行性損傷。」說著,她看了看四周,見人還沒有到齊,便把公文夾推到海子面前,「我回一下辦公室,有些事情需要確認。這是完整的屍檢報告,請幫我向陳局請個假。」

海子點點頭。章桐便匆匆地離開了案情分析室。

＊　＊　＊

離開季家的時候,市區已經華燈初上。身心俱疲的郭敏夾著公文包,雖然穿著厚厚的警服,可是站在風裡的時候,卻還是止不住地渾身微微顫抖。

終於,他回頭又看了一眼燈火闌珊的村落,沉吟片刻後,輕輕地發出

第一章　失蹤

了一聲嘆息。

前面不遠處是家小雜貨店，郭敏快步走了進去，順手從口袋裡摸出錢包買了包菸，走到門口了，卻又被胖胖的店主叫住：「年輕人，你等等。」

郭敏轉頭，目光詫異。

「你忘了錢包。」胖店主的手一指自己面前的玻璃櫃檯，目光中露出了同情。

郭敏臉微微一紅，狼狽地上前拿過錢包，剛想道謝，店主卻又摸出了一個紅色的一次性打火機：「送你的，年輕人。還有哇，以前是沒抽過菸吧？聽叔一句話，少抽點，對身體不好。」

郭敏愣住了，許久，方才沙啞著嗓音答道：「謝謝！」便匆匆離開了小店，走進了無邊的夜色中。

＊　＊　＊

關上車門，長長地出了口氣，耳畔突然變得死一般的寂靜。車窗外時不時響起的撕心裂肺的哭號聲也徹底消失了。

我回到了屬於自己的世界。

我抽出菸盒，裡面是空的，這漫長的夜晚很冷，我渾身微微顫抖。

不過，寒冷的感覺是最能讓人回憶過去的。我乾脆順手關上了車燈，蜷縮在尚有一絲餘溫的座椅裡，陷入沉思。

就像翻開一本厚厚的日記，多希望我能在字裡行間告訴你──我母親的樣貌。

我想念我的母親，然而問題就出在這裡，因為她早就已經離我而去，我的記憶抹殺了母親，比我父親活著時對我的冷漠還更有效。

父親痛恨母親，所以在她死後，他便毫不猶豫地燒毀了所有曾經屬於她的東西，卻唯獨留下了我。

　　我曾經在夢中見過我的母親，不止一次，她就這麼瞪著我，呆呆地，表情凝滯，面如死灰。

　　現在想來，那應該就是一張死人的臉吧，對嗎？不過生與死對於如今的我來說，已經並不重要了。

　　在那個血紅的晚霞遍灑天空的傍晚，我的父親或許早就已經知道自己的生命即將終止。

　　我，卻還要活在這個世界上。我會忘了我的父親嗎？當然不會。我會帶著深深的負疚感繼續活下去。

　　儘管這並不是我的錯，但這卻是屬於倖存者的罪惡感。

　　父親說過──我知道你在想什麼，我也知道你為什麼會這麼做，可惜的是你卻並不了解我。

第二章　報案

「我們人的腦子裡有一個櫃子，櫃子是由無數個抽屜所組成的，抽屜裡裝著的就是你各個階段的記憶，有些抽屜你很久沒有打開，上面落滿了灰塵，卻並不意味著這個抽屜會就此消失不見。」

◆ 1

夜晚的一場秋雨過後，黎明到來的那一刻，氣溫驟然下降了整整九度。

網安大隊辦公室的燈光徹夜未熄，連夜排除了一起針對本市某家大型電商平臺的駭客DDoS攻擊，飢腸轆轆的同事們都趕著去食堂用早餐的大饅頭和豆漿慶祝了，網安大隊副隊長兼高級工程師鄭文龍卻一點都感覺不到餓。同事們走後，他鬼使神差一般又一次打開了信箱，未讀信件顯示為零，也就是說，「潛行者」暫時消失了，就好像他從未真正存在過一般。網路世界是一個無形的現實社會，鄭文龍再神通廣大，也無法對「潛行者」做一個準確的評價，因為介乎於「黑帽子」和「白帽子」之間的人，誰都無法界定他的本質到底是屬於正義，抑或是屬於邪惡，但有一點卻是可以肯定的，那就是「潛行者」在關鍵的時刻出手幫了自己。

鄭文龍現在唯一擔心的是「潛行者」的人身安全。他親眼見到過改編

那首曲子的人內心的冷酷,也就更害怕小杰的悲劇會再次在別人身上重演。想到那個在網咖中默默死去的孩子,鄭文龍的心中不由得一顫,他不得不微微揚起頭,這樣的話,淚水或許就不會流下來了。他很清楚,對小杰的深深愧疚與自責將會陪伴自己很長一段時間。

正在這時,身後的玻璃門被人拉開。

「阿龍!」童小川拖著沉重的步伐走了進來。

鄭文龍感到有些意外,因為童小川滿臉的疲憊表明了昨晚上他也一直都在加班。

「童隊,新婚燕爾的,這麼玩命工作就不怕嫂子到時候不讓你回家啊?」鄭文龍嘿嘿一笑,試圖緩和一下房間裡冰冷的氣氛。

童小川卻瞪了他一眼,咕噥了句:「老子還沒結婚呢,你瞎說什麼。」

鄭文龍吃驚地看著他:「到底出什麼事了,兄弟?」

聽了這話,童小川的目光漸漸變得有些黯淡,他從口袋裡摸出菸盒,丟了一支給鄭文龍,點燃後,猛吸了一口,這才靠在椅子上,仰天長嘆道:「我們吵架了。」

「吵架不是很正常的事嗎?」鄭文龍哭笑不得。

童小川卻搖搖頭,反問道:「阿龍,我們認識也不是一天兩天的事了,那你能告訴我你為什麼突然放棄原來的生活,轉而加入警隊嗎?據我所知,在局裡,你的來歷可是嚴格保密的,不到陳局那級別的人,根本就不能看你的檔案。」

顯然是觸動了自己的心事,鄭文龍臉上的笑容消失了:「其實這也不是什麼祕密了,我學校畢業後,因為手頭有幾個專利,個人又很喜歡IT行業,便自己申請搞了個公司,剛開始的時候做的還是挺順風順水的,幾

第二章　報案

　　款數位產品在網路上賣得非常好。可是後來出事了，我們公司設計出的程式被人用來做了詐騙工具，搞得人家家破人亡。警察找上門的時候，我才意識到，在這個世界上其實還有比錢更重要的東西，那就是正義。我想，過去在學校裡，我既然學了這麼多，那現在的我也該為這個社會做點有意義的事了，做人要懂得報恩，你說是不是？那時候正好陳局找到了我，問我願不願意加入網安大隊，我就來了。」

　　童小川當然明白事實必定沒有那麼簡單，但是又不便於戳破，畢竟這年頭誰的心裡都有那麼一兩個不願意被人知道的祕密，便若有所思地看著鄭文龍，半晌，輕輕一笑：「兄弟，看來我們的遭遇差不多。她竟然要我放棄刑警這個行業，婚後給我兩個選擇，要麼辭職，工作她幫我安排，每個月把薪資如數上交，安安心心做個家庭婦男，說什麼現在流行這個；要麼就申請去別的派出所當個基層員警。我沒猶豫，直截了當選擇了第三種──不結婚了。結果她聽了這話後，就在大庭廣眾之下結結實實甩了我一巴掌，然後趾高氣揚地走了。」

　　鄭文龍先是驚得目瞪口呆，半晌，便笑得連連咳嗽了起來，伸手指著童小川：「我的天哪，原來你也會心甘情願被女人打。童隊，現在弟兄們都在猜測你到底是中了哪門子的邪，這真正的原因難怪你說不出口了。」

　　童小川一臉的鬱悶：「我難道就不要臉面了嗎？再說了，什麼叫『心甘情願』？難不成我還動手還回去？」

　　「對了，阿龍，說正事，那個傢伙，後來有消息嗎？」他皺眉追問道。

　　大家心裡都很清楚「那個傢伙」指的是誰。

　　鄭文龍搖搖頭：「我會盯著他的，只是，章主任那裡，你就要多留點心了，我感覺還沒有達到目標，他就不會放棄。」

「你說他這麼做到底是圖什麼？千里迢迢殺一個警察，有意思嗎？」童小川不解地反問道，「還自己花錢，難道說身體殘疾，所以自己沒辦法達成這樣的目標？」

鄭文龍看了他一眼：「童隊，這麼跟你說吧，網路世界看上去比現實世界似乎要弱勢一點，畢竟讓人感覺網路上的都是一些虛無縹緲的東西，你沒有辦法真實地去觸控到，其實，網路世界遠遠勝過現實，尤其是對於那些想掩蓋住自己真實面目的人來說。就像這個『暗網』，隱藏於網路最深層的一個神祕世界，在那裡沒有人能探究你的過往，也沒有人敢去追蹤你的將來，而在『暗網』中，你能做任何事，卻不會受到法律的制裁。剛才有一點你說得沒錯，但是我個人覺得這人或許並不是身有殘疾，他只是非常聰明，因為我們根本就沒有辦法透過網路追蹤到他的初始 IP 所在地，他就像一個並不存在的人一樣，卻又時時刻刻會在你防不勝防的時候出手傷害你。」略微停頓後，鄭文龍的目光中閃過一絲冰冷，「童隊，你難道不覺得這樣的人非常可怕嗎？」

「他為什麼要單獨針對章桐？」童小川緊鎖雙眉，「如果說僅僅因為她的身分是警察、法醫，很多案子都經手過，相信其中的大部分是因為她所提供的證據被最終定性，這麼做，難道就不怕自己的目標性太大了？而且以後我們的排查工作進行起來，難度也非常大。」

鄭文龍在菸灰缸裡掐滅了手中的菸頭，想了想，道：「童隊，要知道喜歡透過網路來實施犯罪行為的人，自己往往會在下意識中無法區分現實與網路世界的不同，簡單來說，他會把自己所做的每一步都當作遊戲中的通關打怪來獲得最終的成就感。上個月，我們這邊就破了一個網路敲詐勒索的案子，最終在暫扣的犯罪嫌疑人的筆電日誌裡發現了一個加密文件，裡面是他所欺騙過的每一個年輕女孩的個人資料，包括裸照在內都逐一被

第二章　報案

記錄得非常詳細，甚至對下一個自己想要下手的目標也都做了極為細緻的規定，比如說對方必須是什麼學歷、什麼長相和收入多少之類，從最初的打工妹子到最後的大學女生，而他的終極目標，說出來你可能會笑，他居然想騙一個大學畢業的漂亮女生，然後娶回家做老婆，這樣他就會感到自己在別人眼中倍有面子。用他的話來講，那就是——這輩子，人生無憾了。」

「回到前段日子沈秋月那案子上，我相信這只不過是周瑜打黃蓋，一個在背後操控，一個在幕前實施，目的各不相同，面對事實各取所需，人家才不會在乎你李智明的案子到底誰才是真凶，他就是在網路上大肆販賣自己改編過的曲子或者其他的什麼程式，就跟撒大網捕魚一樣，但是對客戶來源層面應該也是有一定的篩選的。說實話，我還並不是很清楚他對章主任是不是有目的而來，抑或說只是把這個當作偶然遇到的一個通關打怪的新奇挑戰罷了。但有一點卻是可以肯定的，那就是這樣的案子比起普通人來說，會更有難度，打個比方來說吧，就相當於是被追捕的獵物反過來對聰明的獵人下了套，你明白其中的利害關係嗎？」

童小川無聲地點頭：「所以說，他是絕對不會輕易放棄這個目標的。」

「是的。」鄭文龍伸手揉了揉發痠的眼睛，無奈地說道，「童隊，想必你應該知道『江湖』這個詞吧。在網路世界中，其實也有所謂的『江湖』存在，而要像武俠小說中所寫的那樣在江湖中揚名立萬的話，『高手』就必須做出一些很厲害的、能博取人眼球的事情來。所以我個人傾向於這傢伙是為了名利而來，而章主任就恰恰滿足了他的兩個條件——警察、女人。我相信此刻在『暗網』深處，不知道有多少人在等著看這一場刺激的『獵殺』呢。」

童小川的臉頓時沉了下來。

2

　　初秋的警官學院裡飄滿了桂花的香味，下課鈴聲響過後，兼職的犯罪心理學講師李曉偉便抱著備課筆記走出了階梯教室，穿過長長的走廊，向自己的辦公室走去。

　　他在警官學院的課時並不多，下午還需要回醫院一趟。目前為止，喬米月的心理介入治療雖然並沒有什麼顯著的成效，但還是得去做，儘管知道這將耗費自己很長的一段時間，可這和喬米月所受到的身心傷害相比起來，又算得了什麼呢？

　　擦肩而過的幾位同事和李曉偉打著招呼，李曉偉也逐一點頭回應。

　　推門走進辦公室的時候，掏出手機關掉靜音模式，順便看了眼螢幕，提示有未讀訊息。不免心中一動，知道是章桐給自己的留言，便心情愉悅地在椅子上坐了下來，打開閱讀介面，可是隨著文字的一頁頁翻過，李曉偉臉上的笑容卻消失了。

　　訊息是用圖片的形式傳過來的。警局的檔案剛做完了電子化處理，所以傳送起來比較方便。

　　這是一起至今都還未被破獲的惡性強姦傷害案件，那位受害的女高中生由於案發時尚未完全成年，離十八歲還有一個月的時間，再加上案件侵害程度令人髮指的緣故，因此在所有的紀錄中出於對受害者的保護，按照法規規定都隱去了她的真實姓名以及後來的去向，只有為數不多的一兩個當事警官才會知道。這樣的做法當然是為了能夠讓受害者重新開始自己的生活，但是李曉偉深知，這樣的傷害無論發生在誰的身上，都沒有人能夠做到真正地徹底地把它從自己的生命中完全抹去。其實「忘記」這個詞本

第二章　報案

來就是一個偽命題，人只要活著，根本就不會「忘記」曾經發生在自己身上的一切，更不用說那永遠都無法癒合的疤痕了。說不記得，也只是暫時的自我欺騙罷了。

李曉偉皺眉想了想，隨即撥通了顧大偉的電話。

「大偉，問你個問題。」李曉偉伸了個懶腰，故作輕鬆地問道。

「無事不登三寶殿，說吧老同學，什麼事？」顧大偉長嘆一聲，自從上次被李曉偉又一次婉拒了之後，現在每次接起他電話，就總是忍不住長吁短嘆，也不知道是出自真心還是在想方設法博得同情。

「你說一個人的記憶能不能被徹底抹去？」

顧大偉輕蔑地哼了一聲：「算了吧，這個偽命題都是多少年前的『冷飯』了，你現在還在炒啊？」話音未落，他突然又神祕兮兮地壓低嗓門問道，「難不成你又遇到什麼新案子了？快說來聽聽！」

「這倒沒有，確切點說是一個老案子了，還記得當初我們念研究所時，系裡請來的一個客座教授嗎，就是那個頭髮全白的，我們都叫他『白頭翁』的？」

「當然記得啦，那老頭講話非常風趣的。」一說起以前學校裡的事，顧大偉頓時有了興致。

李曉偉趕緊插嘴打斷：「你別光記得『風趣』了，大偉，他的講座，有關心理介入那個，我記得很清楚他曾經提到過一個案子，七年前的，受害者是個女高中復讀生，據說當時很慘，人找到的時候就只剩下一口氣了。你難道對這個案子已經沒有任何印象了嗎？」

電話那頭半天都沒有回應，答案是顯而易見的。

李曉偉長嘆一聲：「就知道你記不住。那我就直接說吧，省得浪費時

間。當時那教授說這個案子的時候，目的只是讓我們不要忽視了『危機心理介入』，因為那個受害者據說就是沒有被及時進行『心理介入救助』，所以後來承受不住打擊而精神崩潰。我打聽了下這個案子，結果被證實是真的，並且至今還未被偵破，屬於典型的 Cold Case。」

「你為什麼會突然想起這件陳年舊案？」顧大偉警覺地追問道，「難道說是為了你現在手頭的這個案子？」

「是的，」李曉偉緊鎖雙眉，深深地吸了口氣，道，「因為我懷疑凶手可能是同一個人。」

空氣瞬間被凝固住了，電話那頭一片死一般的寂靜。

「兄弟，別開玩笑了。」顧大偉終於忍不住咕噥道，「上次請我吃飯的時候你提到的可不是這個案子。再說了，事情不會這麼巧吧？」

「說老實話，剛開始的時候，我也確實只是懷疑，但是剛看了章醫生給我的檔案資料後，無論是手段的惡劣，抑或是受害者身上所留下的特殊的犯罪簽名，都是一模一樣的，同學。」李曉偉的聲音中充滿了無奈。

「可是都過去這麼久了……」顧大偉猶豫不決地說道。

「你有聽說過『模仿犯』這個詞嗎？」李曉偉順勢抬頭看向窗外，滿院的落葉儼然已經讓這個季節有了幾分初冬的蕭瑟。

「同學，這可開不得玩笑。」明顯聽出顧大偉聲音中的不安。

「我從不做沒有把握的事，不過，這次真的希望我的推斷是錯的。」李曉偉喃喃說道。

＊　＊　＊

警局，陳豪辦公室裡靜悄悄的。

第二章　報案

　　章桐輕輕敲了敲門，看見副局長聞聲抬頭看向自己，這才說道：「陳局，我有點事想和你談談，不知道現在是否方便？」

　　「當然可以，快進來吧。」陳豪伸手指了指自己面前隔了一張辦公桌的椅子，微微一笑。

　　章桐進屋坐下後，便把自己隨身帶來的檔案袋放在辦公桌上，然後悉數輕輕推到陳豪面前：「這個，想請你看看。」

　　陳豪微微一怔，手中的案卷已經發黃，上面的編號顯示這是一份舊案卷，邊打開邊問道：「這是什麼案子？」

　　「一起七年前的舊案，不是命案，確切講是一起未破的惡性強姦傷害案，因為涉及的受害者尚未成年，所以根據相關規定，案卷中隱去了對方的真實姓名，需要法院同意，才能公開她的名字。」章桐憂心忡忡地說道，「陳局，就在剛才，李曉偉醫生要求我幫他查詢了這個案子，經過他的提醒，我也注意到了這個案子中，犯罪嫌疑人在受害者身上所留下的特殊簽名和犯案手法，和我們最近正在處理的一起同類型的案件相似度非常高。」

　　陳豪有些吃驚：「七年？」

　　章桐點點頭：「是的。陳局，我都仔細核對過了。」說著，她從案卷附件中抽出一張喬米月身體部位相片，「這是最近的那一起，我出的現場。陳局，你比對一下，尤其要注意傷口所在的位置。」

　　陳豪戴上了眼鏡，然後打開了辦公桌上的檯燈，接下來便是漫長的等待，房間裡的氣氛變得格外凝重起來。

　　終於，他摘下眼鏡，一臉凝重地抬頭看向章桐：「那妳是怎麼判斷的？同一個人做的嗎？時間跨度有些長啊。這個相片的畫素，也有些看不太清楚了。」

章桐搖搖頭：「雖然傷口的具體形狀和成因，光憑相片沒法具體判斷，但是正因為太像了，就像翻版一樣，所以這絕對不是一個人做的。陳局，我想我們現在所要面對的，是一個有嚴重強迫傾向的『模仿犯』。」

　　章桐是無論如何都不會忘了就在剛才來陳局辦公室的路上，李曉偉打來的電話中最後所說的那句話──喬米月開口了，她說是犯罪嫌疑人叫她報警的，還說如果她不報警的話，就會殺了她。

✦ 3

　　惠風路派出所的大廳裡，午餐隨便吃了碗泡麵後，趁著中午休息的時間，郭敏便獨自坐在值班臺前，開始在電腦上整理上午的出警彙總報告。

　　這間派出所是轄區中人員配置最少的單位，所以平時的工作也是比較清閒，就是家長裡短的事多了點而已。

　　正在這時，面前的電腦螢幕上實時跳出了110接警中心的重大警情通知──三分鐘前，本市柏莊路口發生人員被劫持事件，請就近派出所迅速派員前往案發現場調查。

　　郭敏心中一動，腦子裡快速思考著：柏莊路口地段雖然屬於鄰近的其他派出所轄區，但是卻和惠風路派出所只隔了兩個路口的距離，管轄區上不會有太大衝突，如果自己現在趕緊過去的話，應該比他們還要早到現場。

　　他突然感到自己的心跳得厲害。那邊位於城郊接合部，周邊不只是人員構成成分複雜，而且每天都會有很多運送貨物的重型貨運大車經過，只

第二章　報案

　　要不下雨，路口便是灰塵滿天飛，過往的行人都不得不掩住口鼻加快腳步通過。

　　郭敏判斷得沒錯，自己確實是第一個趕到報案人電話中所說現場的警員，在和接警中心確認過後，他便停下警用摩托車，打開肩膀上的出警錄影器，同時找到了早就等候在路邊的報警人。

　　「剛才是你打的報警電話？」郭敏一邊低頭做著紀錄，一邊語速飛快地問道，「劫持車輛朝哪個方向開了？」

　　……

　　「車輛有沒有什麼顯著特徵？」

　　……

　　「還有，你記下車牌號了嗎？」

　　……

　　報警人是個三四十歲的中年男人，面對郭敏一連串的提問，他竟然只是滿臉驚慌地伸手指了指右手邊的國道路口，支吾了半天，卻始終都說不出個所以然來。郭敏這才突然意識到眼前的這位報警人並不是接警中心通知中所提到的「口吃」那麼簡單，很顯然他在突發事件的認知方面就有明顯的障礙。郭敏不禁暗暗叫苦。

　　知道自己在對方身上已經再也問不出什麼來了，郭敏便趕緊把情況通知了警局，同時報出具體方位，要求影片追蹤考核。

　　結束通話通話後，他正準備進一步詢問報警人，右手邊一家圓圓包子鋪的老闆娘卻直接擠過排隊的食客跑了過來，氣喘吁吁地說道：「還好看見你了，剛才那報警電話，是他借我的手機打的。」

郭敏心中一喜，目測圓圓包子鋪的直線距離離這裡也就不到二十公尺，便追問道：「那妳看見剛才發生的事情了嗎？是不是真的有劫持人質事件？」

　　老闆娘連連點頭，卻又突然搖頭，打著哈哈揮手說道：「那根本就不是什麼『劫持』啦，警察先生，這人總是神經兮兮地亂說話，你不能信。」

　　聽了這話，郭敏不由得抬頭看了眼身邊站著的中年男人，後者則是一臉茫然地朝著他剛才所指的方向張望著，似乎完全沒有意識到自己的身邊還站著人。郭敏心中便感到有些懊惱。

　　「警察先生，你也大人有大量，別怪他，他夠可憐的了。」老闆娘一邊在腰間的圍裙上來回擦拭著雙手沾染的麵粉，一邊嘀咕道。

　　「他叫什麼名字，能回答我的問題嗎？」郭敏皺眉問道。

　　「他叫趙凱，就住在這後面的沿街平房裡，是本地人，娶的外地老婆自打去年跟情人跑了後，應該是受不了打擊吧，腦子就會時不時地有些糊塗了。」老闆娘趕緊半解釋半抱怨道，「有時候他專注起一件事情來的話，就不管不顧周圍人的，說又說不得，打人又犯法，真讓人沒辦法。」

　　「那剛才到底有沒有人被劫持？」郭敏皺眉問道，「要知道報假警可是要承擔法律責任的！」

　　聽了這話，老闆娘沾了麵粉的臉上這才露出了尷尬的神情：「警察先生，你說的是那個瘋女人吧，剛才發生的也不能說是劫持，那樣會搞得跟電視裡頭演戲似的。沒這個必要。咱做人要說實話負責任，你說對不對？那女人是跟人走了的，自願的，沒人強迫，我們這裡開店做生意的幾乎都知道她，平時就四處晃，據說從小腦子就有病。我店裡生意忙，跟趙凱這個傻子也解釋不清楚，一時沒看住，他就拿走我手機打了報警電話，唉，

第二章　報案

真是牛脾氣！」

「我沒瞎說，她就是被人綁架了！」誰想到一旁的趙凱在聽了這番數落後，終於開口了，並且越說越激動，衝著老闆娘雙手不斷地比劃著，聲音嘶啞，「老闆娘我跟妳說啊，阿雲就是被人綁架了，我沒瞎說，我真的沒瞎說……」

郭敏無奈地看著眼前的一幕，暗暗嘆了口氣，趕緊上前拉開了情緒逐漸失去控制的趙凱。

折騰了一個多鐘頭，幾乎是筋疲力盡地回到所裡後，在車棚裡停好摩托車，還沒有來得及摘下出警時用的腰帶和警用械具，肩膀上的通話機便響了起來，接警中心通知他，確實有人失蹤，失蹤人名叫田桂芳，四十二歲，不是本地人。

郭敏隨口問了句：「她有沒有精神方面的疾病？」

對方愣了一下，似乎在核對一些資料，很快便回覆道：「具體不清楚，但是根據收容站多次收容的資料來看，疑似患有先天性的智力方面的殘疾。」

柏莊路口本就是個城郊接合部，離國道也就五十公尺左右的距離，這裡有外地流動人口本不足為奇，但是郭敏的心中卻似乎總有著什麼東西放不下。

終於，在做完這次的出警紀錄後，郭敏深吸一口氣，然後果斷地撥通了警局刑警大隊值班室的電話。

✦ 4

此刻，法醫辦公室，午後的陽光永遠都照不進這個陰鬱的房間。

「『人這輩子都不可能兩次踏進同一條河流』！」章桐嚴肅地說道。

童小川斜靠在櫃子上，皺眉看著眼前這個倔強的女人，小聲咕噥了句：「誰說的？」

「古希臘哲學家赫拉克利特。」年輕的助手顧瑜忍不住在邊上嘿嘿一笑，「不過童隊，這辯證唯物主義的東西嘛，我跟你說了你也不一定會懂。」

意識到自己被顧瑜嘲笑了，童小川頓時尷尬得滿臉通紅，他假藉著咳嗽把話題扯開了：「章主任，這留下的『犯罪簽名』都一模一樣，受害者也是同樣的類型，為什麼妳就認定不是同一個人做的呢？」

「拋開心理學角度這一方面不講，畢竟這不是我的專業，童隊你仔細想想看，目標雖然是同一類型，可畢竟在個體上還是有著顯著的區別的，比如說身高體重之類，還包括作案時的環境，等等，所以，即使是同一把刀、同一個作案者，事隔這麼多年，他都絕對不可能再在受害者的身上弄出如此相似度極高的傷口來。我仔細對比過了，左胸上的傷口，乳頭缺失，乳房組織失去差不多 3 公分的長度，所以用『翻版』這個詞來形容一點都不過分。」章桐神情複雜地說道，「更別提在你來之前，我又做了一次徹底的比對，而這個結果，更是印證了行凶者不是同一個人，後面這個就是在刻意模仿。而且我嚴重懷疑這已經不是第一個受害者，也不會是第二個，更不會是最後一個。」

第二章　報案

聽了這話，顧瑜不由得輕輕哆嗦了一下，她下意識地伸手抱住了自己的兩隻手臂。

章桐看了一眼童小川：「七年前的那個年輕女高中生，雖然遭受到了歹徒非人的折磨，但是在她體內卻找到了不止一個男性的生物檢材樣本，只是可惜的是庫裡沒有比對得上的。七年前雖然說我們的刑科所還未成立，但是在DNA檢驗方面，還是在國內處於領先地位的，所以根本就不可能忽視惡性強姦傷害案中這一個重大證據的提取。但是，這一次的案子，受害者的體內卻只發現了一個未知年輕男性的DNA生物樣本，資料庫裡不論是家族還是個人，也都沒有能被比對得上的樣本參照物。為此，我再一次複核了七年前的那起案件中所保留下來的受害者證據，結果證實除了這個未知男性的DNA樣本不存在外，別的就連最基本的壬苯醇醚都沒有找到。」

「你說的那是什麼東西？」童小川不解地問道。

「上一代保險套表層塗抹的能透過改變精子細胞膜滲透壓，最終殺死精子的一種化學體外殺精劑的主要成分。我又把這次DNA樣本和七年前的存檔做了比對，如果是同一夥人做的話，那麼這兩批次DNA樣本必定就有比對結果重合，但是結果很遺憾——沒有。所以，」說著，章桐伸手從面前辦公桌上的檔案欄裡取出一張化驗報告紙，遞給了童小川，「也就是這後面是徹頭徹尾的一起模仿案！同時也並不排除與七年前的那一起只是巧合。」

聽了這話，童小川突然認真地看著章桐：「章主任，其實我也還真的只希望這是『巧合』而已。」他刻意強調了最後兩個字的音量。

「我希望是。」章桐的目光中充滿了無聲的落寞與擔憂。

＊　＊　＊

　　市第一醫院精神科門診室內，李曉偉輕輕帶上了房門，想了想，又留下了兩指寬的縫隙，這樣，等下喬米月醒來的時候，一眼就能夠看到屋外的燈光。身為一個心理醫生，他當然明白一縷燈光對於一位身心飽受創傷的人來說意味著什麼。

　　每次陪喬米月來進行治療的都是她的弟弟。這一次，也不例外。

　　「李醫生，」面對著李曉偉，這個年輕男孩的臉上充滿了急切的神情，「李醫生，我聽說你們能對病人進行催眠對嗎？」

　　李曉偉心裡一沉：「是的。但是這個用在你姐姐身上行不通！」

　　「為什麼？」年輕男孩的臉上流露出一絲不滿。

　　李曉偉在辦公桌後面的椅子上坐了下來：「告訴我，你所認為的『催眠』是什麼？」

　　「很簡單啊，你告訴我姐姐，叫她忘了那段可怕的經歷，她就立刻忘了。難道不是嗎？」

　　李曉偉微微皺眉：「深奧的名詞解釋你可能一時無法理解，那我就跟你打個比方吧。我們人的腦子裡有一個櫃子，櫃子是由無數個抽屜所組成的，抽屜裡裝著的就是你各個階段的記憶，有些抽屜你很久沒有打開，上面落滿了灰塵，卻並不意味著這個抽屜會就此消失不見。」說著，他臉上的神情變得嚴肅了起來，「而真正可悲的是，作為這個櫃子的主人，你卻沒有權利去決定永遠鎖上哪個抽屜，你也不知道什麼時候哪個抽屜就會被打開，明白嗎？催眠對於一個正常人來說，只是暫時性地關上了那個抽屜而已，但是將來的某一天，藏在抽屜中的記憶就會突然地且毫不留情地出現在你的生活裡，到了那個時候，我擔心的是你的姐姐可能會因為無法面

第二章　報案

對這突如其來的打擊而導致精神崩潰。那時候，可就真的再也走不出來了。」說到這裡，李曉偉不由得一聲輕輕的嘆息。

＊　＊　＊

今晚我不用當班，所以有點不習慣了。

你說，那我們乾脆就聊天吧，就你和我，用這種最古老的方式來打發時間，我一口答應，但是話題必須要由我來選。

是的，今晚，我們一起來聊聊「恐懼」這個話題。

此時，屋內空空蕩蕩；屋外，夜晚的雨淅淅瀝瀝下個不停。

夜已深。

我閉上雙眼。血紅的夕陽中，我又一次看到了父親詭異的笑容。他站在樓頂，就像一隻大鳥，張開翅膀從天而降，他離我越來越近，我卻聽不見半點風聲，周圍的一切都變得那麼寂靜。

我不確定那之後到底發生了什麼，記憶中，一個女人突然抱起我，像抱著個嬰兒，她讓我趴在她的肩膀上，用安撫的聲音對我說：「閉上眼睛，什麼都別看。」

我靠著她的肩膀點點頭，但我怎麼可能閉上眼睛呢？

身後傳來一聲沉悶的撞擊，那是父親生命終止的音符。我用盡全身力氣猛地轉過頭，因為我非看不可，我得記住這一切。身為唯一的倖存者，我必須得記住自己父親留給這個世界最後的樣子。

那一刻的我，渾身充滿了恐懼。而緊緊抱著我的那個女人，把她極度的痛苦和壓抑也從顫抖不停的身上傳遞給了我。

她把頭埋在我的胸口哭得撕心裂肺。

再次睜開雙眼，一切都戛然而止。我大口地喘著粗氣，卻依然難以阻

止渾身的顫抖。

哪怕屋裡開著燈，只要是夜晚，我都會像現在這樣用被子緊緊地包裹住雙腿，這是我的習慣。我雖然已經是一個大人了，但是……我真的很不喜歡把腿露在外面，哪怕只是短短的一分鐘而已。因為我總覺得漆黑的床底下會伸出一隻冰冷的手，抓住我的腳踝，不顧我的尖叫，然後狠狠地把我拖回那恐懼的記憶中去。

沒錯，我的叫聲淒厲而又悲涼，相信就連死人也會不得不用僵硬的雙手來努力摀住自己的耳朵。

當然，這種事情應該不會發生，對不對？

恐懼雖然還在，但是你分明在告訴我說，它總有一天會消失的。

我心裡清楚，我也知道，只要我小心翼翼地把腳藏在被子下面的話，那麼，床底下的「它」就永遠也無法得逞。

親愛的，你知道嗎，我突然有些想念父親了。

第三章　學生

「那能給我看看死者的狀況嗎？有腦部的屍檢照片最好，如果可以的話。」沈教授的目光中分明流露出了一絲渴望。

◆ 1

在同一個地點，同一件事情上，一個人要倒楣的話，那麼就只有可能倒楣一次。

絕對不可能有第二次的！

可是，同樣的地點，同樣的角度，甚至同一匹木馬……無法想像！唯一不同的，只不過是今天沒有下雨罷了，天氣異常晴朗，萬里無雲。做一次深呼吸的話，還能聞到隱約的泥土的清香。

此刻的他極度可憐，兩眼發直，冷汗直冒，呆呆地看著眼前的這一幕戲劇般的場景，嘴裡來回唸叨著三個字：「不可能……不可能……」

但是木馬上的那張臉，凝固的笑容中分明帶著一絲嘲諷的味道。

＊　＊　＊

（四小時前）

郭敏停下了摩托車，摘下安全帽，抬頭看了一眼晨曦中的警局大樓，

複雜的滋味在心中油然升起。今天上午向所裡請了半天的假，老所長對於自己的決定意外地表示了支持，只是在臨走的時候，再三語重心長地叮囑：「一定要冷靜，不要衝動。無論結果是什麼，堅持自己的觀點做到最後才是最主要的。」

　　鎖好車後，郭敏匆匆抱著安全帽跑上樓梯，昨天整整一個晚上他都沒有睡好，翻來覆去卻總是忘不了腦海中那張被印在尋人啟事上的臉。雖然季家的案子已經不再歸自己管，但是在郭敏的心中，那份疑慮卻越發強烈了起來。

　　「請問，刑警隊二隊值班室在哪裡？」初次來到這個地方，郭敏感到有些緊張，他不得不堆著笑臉一路打聽才來到了二樓最頂頭的那個大辦公室。

　　進門處就是一個值班臺，桌子上面的擺設和所裡的配置是一模一樣的，紅黑兩部話機、一臺電腦、一本厚厚的紀錄本、滿是汙漬的馬克杯，還有就是房間裡充斥著的咖啡、菸草和泡麵相混合的古怪味道。

　　面對著滿是疑問的目光，郭敏緊張地解開了脖子上的風紀扣，然後出示了自己的證件：「我是惠風路派出所的員警郭敏，我想找負責拋屍案的長官談話，對了，我昨天打過電話的。」

　　郭敏留了個心眼，他並沒有說出昨天下午的那個電話裡，對方生硬地教訓自己──要好好專注於自己的本職工作，不要鹹吃蘿蔔淡操心。

　　他連問清楚對方姓名的機會都沒有，電話就被結束通話了。

　　值班員微微一愣，卻並沒有阻攔，只是伸手朝後面一指：「最裡面的小隔間，找我們童隊吧。」

　　郭敏趕緊道謝，然後向裡面走去。身後卻傳來一聲善意的提醒：「小

第三章　學生

心點,進去時別踢著東西了。」

童小川才搬進這個小隔間沒多長時間。與其說是「隔間」,還不如說是「雜貨間」比較妥當些,因為4平方公尺左右的空間裡,幾乎無法落腳,四處都堆滿了各式各樣的卷宗和文件資料,更別提後面還擺了一張只能躺著不能翻身的小行軍床,上面的被子胡亂地疊放在一起。床的另一面地上,是一個小行李箱,破舊不堪,窗臺上隨手擺著牙刷杯子、肥皂盒,還有一個裝滿了菸頭的菸灰缸。

顯然,這已經不只是單單供一個人工作的地方了。

郭敏微微皺眉,看著隔間正中央辦公桌旁正埋頭工作的童小川,猶豫著自己該如何開口。

「來都來了,有什麼事就直接說吧,別乾愣著。不介意的話,隨便坐。」童小川頭也不抬地說道。

郭敏突然聽出了昨天電話中那個對自己吼了一通的人正是眼前坐著的童小川,不禁感到一陣陣的頭皮發麻:「是我,昨天……我來過電話……」

童小川果然一怔,他放下了手中的筆,把視線從犯罪現場的相片中收了回來,目光在郭敏的身上從上至下滑過:「你就是昨天下午打電話給我的那個人。」

語氣非常肯定。

郭敏點點頭,把沉重的安全帽騰了個手,這才又說道:「沒錯,是我打的電話。」

「你是基層員警吧?」童小川皺眉,這有些明知故問的味道。

「是的,」郭敏艱難地嚥了一口唾沫,「同時負責轄區的治安工作。」

「通俗點說,就是家長裡短、雞鳴狗盜的事,對不對?」童小川乾脆

向後靠在椅背上，饒有趣味地看著眼前這位稚氣未脫的年輕警察。

「是……是的。」郭敏臉紅了，他聽說過市局刑警隊重案組的人都有著特別強烈的自身優越感，所以，也不好多說什麼，便硬著頭皮接著說道，「童隊，我今天來找你，就是為了柏莊路口所發生的失蹤案，失蹤者叫田桂芳……」

童小川擺了擺手，打斷了他的話：「我知道這事。不過我們這裡很忙的，你不要偵探小說看多了，就什麼事情都往連環殺人惡魔上想像，行不行？再說了，柏莊路口那事，我也看過監控，證實對方確實是自行上車，跟人走了的，並沒有發生什麼不愉快的事情，是不是一件案子如今看來還是個未知數。更何況這失蹤的田桂芳本身就有智力殘疾，屬於流浪人員，居無定所。你又怎麼能夠以一個正常人的思維去考慮她的想法呢？難道說，這季慶寶的事就一定是個連環殺人案了？」說著，童小川的目光落在了郭敏肩膀上，「年輕人，剛入職沒多久吧？」

郭敏尷尬地點點頭：「月初剛入職的。」

「那就做好你的本職工作，明白嗎？破案是要靠科學依據說話的，別想像力太豐富了。」說完這句話後，童小川便再也不願意搭理他了。

郭敏張了張嘴，欲言又止，最終無奈地一聲嘆息，搖搖頭，走出了辦公室。

是啊，光憑直覺，連自己都說服不了，這事情怎麼想也是無法再繼續糾纏下去的。郭敏的心中感到說不出的沮喪。

＊　＊　＊

警局對面小街上不知何時開了家麵館，專賣黃魚麵。每到中午餐點的時候，麵館外面便排起了長龍。

第三章　學生

　　章桐很少有愛吃的食物，似乎「食物」這個概念對她來講，就是肚子餓了的時候拿來填飽用的，但是她卻偏偏對黃魚麵情有獨鍾。

　　李曉偉目瞪口呆地看著章桐猶如舉行儀式一般在麵碗中依次撒入白胡椒粉、雪菜……最終拿起筷子時滿臉洋溢著的幸福和陶醉感，讓他都忘了自己面前也擺著同樣的一碗熱氣騰騰的黃魚麵。

　　「你到底吃不吃？」章桐皺眉看著他。

　　「吃，我當然吃。」李曉偉嘿嘿一笑，嘴裡含糊不清地說道，「原來妳也有這麼喜歡吃的東西啊。」

　　章桐愣住了，意識到李曉偉話中有話，不禁啞然失笑。兩人雖然經常一起出來吃東西，但是這麼讓自己在意的美味，也還真是第一次。

　　「妳笑起來的時候還是挺漂亮的呢。」依舊是含糊不清的話，李曉偉脫口而出的時候，不免在心中感到了一絲不安，因為這麼直截了當地誇一個女人漂亮對他來說還是第一次，卻是在這麼一個似乎有些不太禮貌的場合中。不過還好，周圍的環境實在是太吵了，章桐似乎並沒有注意到自己方才的自言自語。李曉偉不免暗暗慶幸。真是越在意的時候就越害怕被自己所喜歡的人討厭呢，無論是哪種方式。

　　走出小店的時候，李曉偉伸了伸懶腰，滿足地打了個飽嗝：「謝謝妳今天請客，下回我得把我那兄弟叫來，一定要讓他也嘗嘗，真沒想到這街頭的蒼蠅小店也有如此的美味呢！」

　　「你說的是那個開公司的顧大偉吧，」章桐搖搖頭，「人家看不上的。」

　　「這不一定哦，我們倆還經常去路邊攤喝酒呢。」話剛說完，李曉偉突然注意到章桐有些心不在焉，知道她必定是牽掛下午的工作了，便輕輕一笑，委婉地說道，「那我先告辭了，下午還要回去備課。」

「等等，我有話說。」章桐叫住了他。

李曉偉趕緊轉身，有點小小的激動。

「我對神經外科手術不太了解，因為這不是我的專業，但是我知道你是全科，你能不能幫我查一個手術，一個古老的手術。」章桐喃喃說道。

「當然可以，我的研究生導師就是神經外科手術方面的專家。」李曉偉嘿嘿笑道，心裡卻又一陣發虛，因為想起那個固執的老頭知道自己最得意的弟子最終卻選擇去當心理醫生的時候，那種憤怒可是無法用言語形容的，「我幫妳問問……說吧，什麼手術？」

「經眶腦白質切斷術。」章桐想了想，接著補充道，「因為現存的資料不多，我主要想知道這種手術施行時的具體過程以及所產生的後果，這個後果，我更趨向於『後遺症』。」

李曉偉心中一動，想了想，便放棄了繼續追問的念頭。就在這時，章桐的手機響了起來，她匆匆掃了一眼，便告辭向街對面走去。

看著章桐略顯單薄的背影，李曉偉心緒複雜，他來到自己的車邊，正準備打開車門的時候，耳畔就響起了一陣急促的警車鳴笛聲，接著，街對面的警局大門全部打開，一輛輛警車飛快地開出大院，而警車的最後是一輛笨重的箱式警車，塗成黑色的車廂上面印著四個大字「技術勘查」。警車從自己面前呼嘯而過，向北邊開去。

很快，街道上便又恢復了平靜。住在這周圍的人們已經習慣了警車的來來去去。

站在陽光下溫暖的街頭，恍若又是夏天，但是李曉偉知道，這只不過是自己的錯覺罷了。

既然已經是深秋了，那冬天也就不遠了。

第三章　學生

◆ 2

　　郊外廢棄的遊樂場，警戒帶被一直拉到了大門外的幾根鐵柱子上，馬路的對面圍了幾個好奇的村民，旁邊停著兩輛濺滿了泥汙的摩托車。而那位發現屍體的倒楣的市建公司現場管理員則哭喪著臉，縮著脖子乖乖地站在童小川的面前，嘴裡翻來覆去就一句話──「這不是我做的，這不是我做的……」

　　海子再也忍不住了，皺眉大聲說道：「我知道不是你做的，但是，但是你怎麼又……又發現了呢……你，唉，深呼吸，來，像我這樣做個深呼吸，好好冷靜一下，不然的話你再這個樣子胡鬧下去，叫我怎麼做紀錄？」

　　「我真的沒有胡鬧。」市建公司管理員，一個四十好幾的大男人終於像個孩子一般哭出了聲，鼻涕、眼淚很快就糊了一臉。

　　海子重重地嘆了口氣，小聲抱怨道：「哭什麼哭，不就是發現了死人嗎？跟個小女生似的。」

　　童小川順手拍了拍海子的肩膀，低聲道：「別急，我來吧。」說著，他從身上那件皺巴巴的牛仔服口袋裡摸了半天，最終摸出一張紙巾，然後蹲下遞給了報案人，和風細雨地說道：「老弟，擦擦眼淚吧，哭解決不了問題。」

　　中年男人啜泣著好不容易止住了哭聲，眼淚汪汪地看著童隊：「謝謝你，警察先生。」

　　「不哭就好，不就是個死人麼，嚇著了是不是？死人也沒什麼可怕的，」童小川微微一笑，「沒幾天就會忘了這事的，相信我，你回去後吃

好喝好別想太多就好。對了，跟我說說，老弟，你到底怎麼發現這具屍體的，還有啊，你怎麼又來這裡了？」

臉上笑歸笑，可是童小川看著中年男人的目光中，卻分明看不見一絲笑意。

＊　＊　＊

陽光下，山坡上沒過腳踝的雜草，木馬上斑駁的油漆，頭頂的帳篷因為破了好幾個大洞，所以風吹過的時候，耳畔便傳過了類似於鳥類翅膀撲騰時所發出的聲音。

顧瑜轉頭看了看章桐，臉上流露出了驚愕的神情：「主任，真的一模一樣啊。」

章桐沒有吭聲，只是緊鎖雙眉，快步來到屍體旁，目光在屍體上從上滑到下：「應該有些不一樣的地方。」

「妳說的是性別？」顧瑜問。

「不只。」她的視線落在了屍體蒼白髮青的臉上，放下手中的工具箱，戴上手套後，伸手輕輕掰開了死者的雙眼。這一次，她看得更清楚了，右眼眼球上布滿了血絲，而眼眶接近鼻骨處的部位則是一個更明顯的空洞，上面凝結了厚厚的一層血痂。

「淚阜已經被打穿了，凶器應該類似於錐子，底部非常銳利。小顧，看來我們需要盡快對她進行開顱檢查。」章桐嚴肅地吩咐道。

身後傳來了童小川的聲音：「章主任，怎麼樣？」

「死因需要屍檢後才能確定，但是案件的性質方面，我現在就能告訴你——他殺無疑！」章桐頭也不抬，語速飛快地說道。

第三章　學生

　　屍體很快被裝進了裹屍袋，抬上了簡易擔架，兩人正準備離開，卻見童小川站在那邊有些神情異樣，直到章桐和顧瑜抬著屍體走過身邊的時候，突然攔住了她們：「等等，讓我再看一眼死者。」接著，便不容分說地伸手拉開了黃色的裹屍袋。

　　見此情景，顧瑜剛要說話，卻被章桐用目光攔住了，只能眼睜睜地任由童小川認真端詳著死者已經有些輕微變形腫脹的臉。

　　許久，他才站起身，臉上的神情充滿了陰鬱：「我想，我認識這個死者，她叫田桂芳，今年四十二歲，失蹤時間是在昨天。」他嚥了一口唾沫，接著說道，「所以，已經可以確定這是一起連環凶殺案，章主任，按照程序走吧。」

　　章桐點點頭。

＊　＊　＊

　　停下車，熄火，然後趴在方向盤上，透過車窗遠遠地看著廢棄遊樂場的門口，臉色陰沉的警察不斷進進出出，最終抬出了一具冰冷的屍體，而整個過程就像在演一出極具諷刺意味的啞劇。

　　我不明白，人都死了，還要那麼緊張做什麼？他們不知道死人是沒有時間觀念的嗎？

　　這個世界上的每個人都會死，唯一的區別只不過是死亡的時間和方式而已。

　　聽我一句吧，其實有時候，真的不用太在意。

3

　　秋雨對於處在南邊的地區來說，是見慣不怪的。

　　但是秋雨有時候也會讓人感覺心煩意亂，因為它不知道何時起就會突然來臨，讓人猝不及防。淅淅瀝瀝的雨聲落在街頭，來不及掃去的落葉很快便鋪滿了整條大街。

　　郭敏不會抽菸，可是站在警局大院外的圍牆旁，等的時間越長，心中的焦慮感就愈加濃烈。他把手伸進了口袋，無意中摸到了那包還未全部抽完的菸，盒子空了一大半，只剩下為數不多的幾根。那天在路邊的小店裡買了菸後，郭敏像很多老警察那樣抽了幾口，結果被嗆得半死，弄得肺裡充滿了火燒火燎的感覺，但他還是流著眼淚勉勉強強地把那根菸抽完了，就像他逼著自己去習慣這種內心的自責感一般。老所長說得沒錯，這是自己作為一名警察的第一個案子，他只知道自己放不下，沒有很崇高的理由，只是因為心裡放不下而已。

　　強忍著咳嗽抽完了手中的菸，接著在路邊的垃圾桶上擰滅了菸頭。這時候的郭敏似乎下定了決心，他鎖好摩托車，然後冒著雨向警局大院裡走去。在出示了證件後，渾身溼漉漉的郭敏便按著路牌指引，直接穿過一樓大廳，來到樓梯口，下樓，轉彎，最終，聞著熟悉的來蘇水味道，他敲開了章桐辦公室的門。

　　「你好，我是惠風路派出所的警員郭敏，這是我的證件。」

　　顧瑜一愣，回頭看了看正從更衣室裡走出來的章桐：「主任，這有個小警察找妳，派出所的。」

　　「有什麼事嗎？」章桐問。

第三章　學生

「沒……哦，不，有事，有事找您，是公事。」郭敏結結巴巴地說道，「案子的事。」

「案子？什麼案子？」

「就是您現在正在辦的那個案子。」郭敏有些緊張，章桐肩膀上的警銜標誌可不是用來做裝飾的。

聽了這番沒頭沒腦的話，章桐不禁微微皺眉：「我這邊正忙著，有什麼案子方面的事，出門右轉上樓，然後在二樓頂頭最後一個辦公室找童小川隊長就可以了，明白嗎？他是案子的負責人，一切都按照程序來！」

這明顯是對自己下逐客令，郭敏急了，趕緊解釋道：「我知道，我知道，可是這件事，我不得不找您，主任。您是負責屍檢工作的，我只想見一見這個新發現的死者，哪怕只是見一下現場相片也好。」

「等等，你說你是惠風路派出所的？」章桐問道。

「是的。我知道案發地點是我的轄區所在地，但是報案的時候不是我值班，上一次是，但是這次他沒有來我們派出所……」因為著急，郭敏漸漸地有些語無倫次了起來。

章桐感到不耐煩了：「既然不是你出的警，難道就要我來向你科普處理刑事案件的正常程序嗎？真是無聊。你快走吧，我們這邊的工作不能再耽誤了。」邊說，她邊朝辦公室外走去。顧瑜見狀，只能乖乖地跟在她的身後，走過郭敏身邊的時候，輕輕聳了聳肩，臉上露出了同情。

郭敏並沒有跟進解剖室，只是呆呆地站在走廊上，進也不是退也不是。許久，他便拖著沉重的步伐在一旁的簡易長椅上坐了下來。這裡的椅子只有一種功效，就是提供給來此認領屍體的家屬穩定情緒時用的，因為在這條長長的見不到一絲陽光的走廊裡，哪怕只停留五分鐘的時間，心中

都會感到一種說不出的壓抑而無法站立，所以，有張椅子坐著，總比癱軟在地板上好得多，也來得比較體面。

不知道過了多久，耳畔突然傳來了輕微的腳步聲，郭敏本能地睜開了雙眼，不由得一怔，顧瑜雙手插在口袋裡，正歪著頭認真地看著他。

「出，出什麼事了？」郭敏趕緊站了起來。

「沒什麼事，你不用太緊張，」顧瑜微微皺眉，雙手始終都插在工作服外套口袋裡，沒有拿出來，只是朝後面努了努嘴，「進來吧，我們主任有話要問你。」說完，她便轉身朝解剖室走去，沒走幾步，卻突然意識到郭敏並沒有趕上來，不禁站在活動門邊苦笑，「你是不是怕死人？」

「不，不，我當然不怕。」回過神來的郭敏便趕緊追了上去。

推開門的時候，一股混合了人體排洩物和血液的怪異味道撲面而來。

章桐沒有抬頭，只是冷冷地吩咐道：「給他找件適合的防護服，離垃圾桶近一點。」

這一次雖然沒有像在上一個現場時那麼狼狽不堪，郭敏好歹忍住了，不過所站的位置還是遠離了不鏽鋼解剖臺。

雖然一時之間看不清楚死者的臉，但是從牆上掛著的液晶螢幕裡，解剖臺上所發生的每一個動作都是清清楚楚的，包括死者的臉。

而這張臉，或許是因為同樣的面無表情，抑或是郭敏已經在戶籍登記資料上看了無數遍，所以印象特別深刻，他一眼就認了出來。

「難道真的是田桂芳？」他吃驚地伸手一指。

章桐聽了這話，不禁抬起頭，疑惑不解地看著郭敏：「這麼說在她生前，你就曾經見過她？」

第三章　學生

郭敏搖搖頭，果斷地說道：「不，人家報警時，是我第一個到現場的。但是當我知道的時候，她就已經被人帶走了。這個事情，自始至終只是從來都沒有人重視過的失蹤而已。」

「為什麼？」章桐輕輕放下了手中的無齒鑷子，抬頭不解地問道，「為什麼會沒有人重視她的失蹤？」

「理由很簡單，因為她是一個智力殘障的流浪女，所以她活著的時候，沒有人會相信她所說的每一個字，而她失蹤了，也沒有人會真正在乎。」郭敏喃喃地說道。

章桐心中一沉，她略加思索後便默不作聲地沿顱骨鋸線剪開硬腦膜與大腦鐮前端，將其向後牽拉與蛛網膜分離：「記一下，蛛網膜下腔有明顯出血。」

顧瑜按照吩咐在本子上記錄。

章桐接著伸出雙手，將兩側額葉向後上抬起，盡量靠近顱骨硬腦膜側剪斷嗅覺神經和視覺神經，然後將腦部逐漸向後拉，依次剪斷顱內動脈、腦垂體及兩側第三至第七對腦神經，又沿著枕骨外側緣向顳骨邊緣剪開小腦幕，剪斷三叉神經及其他各對腦神經。做完這一切後，接著用細刀盡量伸入椎管，切斷脊髓，放下刀，最後用左手托住大腦，右手協助將大小腦連同腦橋和延髓及其深部的脊髓一併取出。最後剝離腦垂體周圍組織，取出腦垂體。

這一切的動作猶如行雲流水一般乾脆俐落，把郭敏看得目瞪口呆，臉上露出了佩服的神情。

章桐對著燈光仔細查看取出的腦部組織。過了很長的一段時間後，她抬頭看向顧瑜：「幫我接通李曉偉醫生的電話。」

顧瑜點頭，拿過工作臺上章桐的手機，滑開介面，找到速撥鍵，上面李曉偉的名字是第一個，便直接撥打了過去，然後按下了擴音。

　　電話剛接通，章桐便語速飛快地說道：「可以確定這次凶手失手了，死者腦部蛛網膜下腔出血很嚴重，並且伴隨大腦白質和基底節部大片出血，多處孤立性血腫，排除病理性腦出血和外傷性腦出血，頭部照過CT，除了眼眶部位的外傷並無其他外傷的形成，所以，她的死因可以確定是經眶外傷性腦內出血。」

　　電話那頭一片沉寂，半天過後，李曉偉的聲音充滿了無奈：「看來，對方是不死心啊……我下午就回來，會馬上去局裡找妳。」

　　章桐衝著顧瑜點點頭，「可以掛了。」她接著對郭敏說道：「雖然這個案子目前來說已經不屬於你的職責範圍，但我還是要感謝你的執著，你回去後，希望能放下這個心理負擔，好好工作，加油！」

　　「謝謝！」郭敏勉強擠出一絲笑容，脫下防護服後，便神情落寞地轉身離開了解剖室。

　　顧瑜若有所思地看著郭敏的背影，半晌，這才低聲說道：「主任，我怎麼覺得這個小警察有點對自己的案子太投入了，這樣不太好。」

　　章桐聽了，遲疑片刻後，啞聲說道：「說是這麼說，可是當初我剛入行的時候，也是經常放不下，畢竟我們做這一行的都是活生生的人，而不是神，對不對？不過，相信時間長了就好了。把案子與自己的生活好好切割開，不要太受影響，否則的話，這一行做不久的，妳明白嗎？」

　　顧瑜默默地點頭：「放心吧，我會的。」

第三章　學生

◆ 4

　　李曉偉把車開進了市醫科大學分校園區內的停車場，鎖好車後，出示證件做了登記，接著便穿過熟悉的石拱門，直接向右手邊的教授樓走去。

　　因為剛下了一場雨，地面上溼漉漉的，道路兩旁高大的法國梧桐樹幾乎葉落殆盡，而教授樓旁斜坡上的那片火紅的楓樹林就顯得格外突出了。他不由得停下腳步，仰天深呼吸，那雨後清新的空氣和楓葉的清香讓他全然忘記了即將到來的冬天的蕭瑟。

　　「是小李吧？」一個蒼老的聲音在耳畔響起。

　　「沈教授。」李曉偉微微一怔，隨即笑道，「我正要去你家，有個問題想請教一下。和你在電話中說過的。」

　　「我知道。」沈教授雖然滿頭白髮，卻精神不錯，只是當李曉偉提到電話中所說的那件事時，他臉上的笑容顯得有些僵硬，「走吧，去我辦公室，有些資料在我電腦裡存著呢。」

　　兩人便順著林蔭道走進了紅色磚瓦結構的教授樓，這棟樓是整個校園中最老的一棟建築，建成後被修繕過無數次，李曉偉曾經聽說過校方想拆了重建，卻被教授樓中幾乎所有的老頭老太太們嚴詞拒絕，理由是已經習慣了這裡的環境。如今想來，這或許就是所謂的「念舊」吧。

　　「聽說你現在做了心理醫生，對嗎？」穿過長長的陰暗的走廊，沈教授看似隨意地問道。

　　李曉偉頓時臉紅了，他支吾了半天。

　　「不不不，小李，你也不用太自責了，我從來都沒怪過你，雖然你是當年我最得意的門生之一，但是這個世界上的每個人都有實現自己夢想的

權利,所以呢,我很尊重你的選擇。」說這句話的時候,老頭一直背對著李曉偉。

「老師……」李曉偉感到鼻子有些發酸,他張了張嘴,想安慰老頭,卻又不知道該說什麼才好。

辦公室的門打開了,一股油墨香味撲面而來,木質的地板踩上去的時候發出了輕微的吱嘎聲。一切都沒有變,就連牆角的那具人體教學模型還是照著老樣子斜靠著,頭上被戲劇般地戴上了一頂牛仔帽。李曉偉記得很清楚,這頂帽子是那一年沈教授去國外講學時,對方學生會送的臨別禮物,老頭視若珍寶,回國後自然也就送給了陪伴自己多年的這具人體教學模型了。

時光彷彿倒流,李曉偉習慣性地走向了辦公桌邊那張油漆斑駁的櫸木椅子。見此情景,沈教授不由得微微一笑,便也在辦公桌邊坐了下來,伸手打開了桌上的電腦:「經眶腦白質切斷術對於我們神經外科手術界來說,曾經是一場噩夢。」

老人沙啞的嗓音微微顫抖著:「醫者仁心,很多事情雖然初衷都是好的,但是往往結果卻是差強人意。經眶腦白質切斷術是一種切除腦前額葉外皮連線組織的神經外科手術,最初起源於 1930 年代,那時候是用來醫治一些精神類疾病的神經外科手術,可以說是精神外科手術的鼻祖,治療對象包括精神分裂症、臨床憂鬱症、躁鬱症和部分憂慮紊亂症等,病人術後雖然變得溫順了,卻往往會就此患上精神幼稚病,表現在喪失語言功能和智力低下,嚴重的還會喪失個人自理能力。」

「老師,也就是說,這種手術治療好了病人可怕的一面,卻往往會帶來更可怕且難以想像的後果,對嗎?」李曉偉問道。

第三章　學生

「有所得必有所失，在醫療技術並不發達的那個年代，人們為了能夠更快地解決眼前的問題，所以就做出了很多種嘗試，雖然一開始的時候是有顯著成效的，就像這個手術，成本低，並且操作簡單，但是術後的恢復卻顯出了這個手術在設計上的很大不足。據我所知，它的後遺症還不只是精神幼稚病，還有別的……對了，小李，你為什麼突然問起這個手術？」沈教授一邊在電腦上搜尋著，一邊問道。

李曉偉也不隱瞞：「老師，情況是這樣的，我現在不只是在第一醫院當心理醫生，同時作為警官學院的聘用講師，我還會經常幫助警方辦案……」

話還沒說完，老頭便是一陣劇烈的咳嗽伴隨著沉重的喘息，他制止了李曉偉想幫助他的打算，顫抖著手從口袋裡摸出了一個噴霧器，連噴幾下後，才止住了咳嗽，這時候老頭的臉上血色全無，變得有些灰白。他的視線從電腦螢幕上轉到了李曉偉的臉上，嘴裡喃喃道：「小李，說老實話，是不是出人命案子了？」

李曉偉心中一震，微微點頭：「是的，老師。」

「那能給我看看死者的狀況嗎？有腦部的屍檢照片最好，如果可以的話。」沈教授的目光中分明流露出了一絲渴望。

李曉偉遲疑了一會兒，隨即掏出了手機：「好吧，老師，你稍等，我打個電話給章醫生，徵求一下她的意見。」

「章醫生？」

面對沈教授有些疑惑的目光，李曉偉竟然有些臉紅，他囁嚅道：「是案件的主檢法醫。」

老頭似乎有些領悟，便微微點頭。電話很快接通了，章桐並沒有拒絕

李曉偉的要求，很快就給他發來了一張田桂芳屍檢時的高畫質腦部解剖相片。

沈教授看了後，沉吟半晌，似乎是在猶豫著什麼，很快，他伸手點開了電腦螢幕上的一個資料夾，名稱赫然就是──關於經眶腦白質切斷術的探討。

「老師，這……」李曉偉不明白老頭的意圖。

「這雖然是一個古老的神經外科手術，確實也存在著很多弊端，但是作為一位神經外科方面的專家，我卻從未放棄過對它的研究，畢竟去其糟粕留其精華也是一件有功德的事，你說對不對？」老頭的目光中閃過一絲不安，「但是如今看來，我當年所打開的分明是一個潘朵拉魔盒。」

「老師，你的意思是……」面對著沈教授臉上所流露出的異樣神情，李曉偉不由得緊鎖雙眉。

老頭長嘆一聲：「這個手術雖然不人道，在國內也已經被禁止，但是當初我之所以這麼做，也是有我的苦衷的，因為經眶腦白質切斷術是目前唯一一種價格低廉，且術後病人性格溫順，完全喪失攻擊力的手術。小李，要知道在這個世界上沒什麼東西是能做到真正的完美無缺的，任何一個手術都有它不可避免、必須去面對的後遺症。而且，你現在做了心理醫生，應該也知道有很大一部分病人，他們是沒有辦法被完全治療好的，他們的生存必須要靠大量的藥物，而這些藥物中的多數是走不了保險的，也就是說病人的家屬必須完全自費，對他們而言，這不亞於一場滅頂之災。而我重啟對這個手術的研究，就是想能夠找到一種盡可能減少後遺症，並且在術後能讓病人完全自理的途徑，也算是我懸壺濟世的一個心願吧。」沈教授抬頭看著李曉偉，神情落寞地說道，「當初在我所帶的學生中

第三章　學生

提起這個研究課題時，有一個學生非常感興趣……」

李曉偉心中一沉，但是他並沒有出言打斷老頭的話。

「他和你一樣，是個很聰明的孩子，也很有前途。」說到這裡，老頭有些猶豫，似乎在內心掙扎是否要把那個人的名字說出來，最終，他艱難地轉了個話題，「小李，你打電話給我的時候，我就覺得這個事情太巧了，簡直有些不可思議。」

李曉偉點點頭：「老師，因為你在神經外科手術界是非常有名望的，而這個經眶腦白質切斷術相信也只有老師你才能夠給我一個完整的並且是極具權威性的答案。在來找你之前，我也曾查過一些相關資料，知道這個手術的背後有一段黑歷史，但是箇中內幕，我卻不知道。」說到這裡，他不由得長嘆一聲，「老師，你就放心吧，像你剛才所說，那個孩子或許真的只是對這個手術感興趣而已，也不能就此說他就是犯罪嫌疑人，對不對？所以，老師，我覺得你不必有太多顧慮。或許和他談談，還能找到一些新的線索呢。」

沈教授認真地看著自己曾經的愛徒，半晌，他移動滑鼠，點選最後查閱者一欄，接著點開使用者的編碼，隨即跳出了學生檔案，看著那張稚嫩的面孔，李曉偉不禁感到有些詫異。

沈教授輕聲苦笑：「說來也怪，他和你一樣，最終也並沒有選擇成為一名神經外科醫生呢。看來我這個死老頭子確實挺討人嫌的。」

說這個話的時候，李曉偉注意到老頭的目光中閃過一絲悲哀。

「老師，我最後還有一個問題，想請教你。」

「當然可以。」沈教授點點頭。

「為了以防萬一，老師，我想知道這個手術除了剛才提到的後遺症之

外，撇開手術失敗所帶來的死亡不說，還有沒有別的意外可能存在？」

一聽這話，沈教授似乎想起了什麼，突然緊鎖雙眉，看著李曉偉，半天都沒有說出話來。

＊　＊　＊

和沈教授告別後，李曉偉便獨自一人走出教授樓，直接向學院外走去。一路上，天空中飄起了濛濛細雨。寂靜的校園裡，還能夠聽到偶爾的鳥鳴。

但是李曉偉此刻的心中卻感到了一種說不出的酸澀。他完全能夠理解自己恩師的心情，雖然並沒有直接證據表明就是那個年輕人做的，可李曉偉記得很清楚，在看了那張相片後，沈教授的目光中就再也沒有了剛開始見到自己那一刻時的神采飛揚，相反，充滿了深深的自責。學過醫的人都知道，尤其是作外科的，每個外科醫生的手法在外人眼中看似一樣，其實卻有著很大的區別。可想而知，悉心培養學生的沈教授所受到的心理打擊有多麼沉重。最後，站在校門口，李曉偉本能地轉身朝教授樓的方向看了一眼，無論多麼努力，片片楓葉間卻已然看不到那棟深紅色的磚瓦結構老建築了，他默默地一聲嘆息，駕車離去。

＊　＊　＊

站在窗邊，沈教授陷入了沉思，他不是一個善於撒謊的人，或者說，但凡是做學術的，都不善於撒謊。他不知道自己剛才的那一番話是否最終還是讓李曉偉起了疑心，卻很清楚自己其實對於李曉偉放棄神經外科而去做了心理醫生的這件事，一點都不感到吃驚。這是個對生活中任何事物都觀察入微的年輕人，無論朝哪個方向發展，他都會有不小的成就。不像自己，已經走到了生命的盡頭，自然也就無所謂對與錯了，必要時候，該放

第三章　學生

棄的還是要學會放棄的，哪怕是做人的原則。

想到這裡，他拿起電話，撥通了一個沒有被輸入過手機的號碼，這個號碼已經被牢牢地刻在了他的腦海裡，所以，他並不需要去刻意儲存。電話接通後，沈教授毫不猶豫地說道：「我看，警察已經盯上你了，你要小心了。」

＊　＊　＊

又來了，這該死的記憶！

我夢到了父親，再一次的，但是當我醒來的時候卻怎麼也記不起他的臉。

不知怎的，我越來越想他了，因為記憶中的父親也曾經有過溫柔的時候，我忘不了他不經意時看著我的眼神，雖然只是轉瞬即逝，但是卻足夠驅散我心中所有的恐懼。

可是，這樣的溫柔，在母親離去後，便在我的世界中蕩然無存。

如今，我總是莫名地揣測著，父親最後那一刻所張開的雙臂，說不定就是來擁抱我的，因為那時候的我，就站在樓下，仰起頭，看向空中。

他必定是看到我了，所以才會笑。

很奇怪，我一點都不感到害怕，只是覺得父親笑得很詭異，卻也很釋然。不過，我也笑了，只是我的笑聲，短暫得就像天邊的流星。

人，如果能有第二次機會，那該多好。可惜的是，我越來越記不清父親的臉了。不過這樣也沒關係，因為總有一天，我終歸會把自己活成他的樣子。

第四章　再犯

　　李曉偉點點頭：「會的，顯然，他這麼做是試圖用自己的行動證明著什麼，他知道自己從未被處理過，所以在你們系統裡沒有他的任何生物檢材紀錄，他就能為所欲為。」說到這裡，他深吸了一口氣，「這麼說吧，他是一個典型的心理學上的『鏡面人』。」

◆ 1

　　警局五樓的案情分析室裡燈火通明，哪怕是大白天，都不得不如此，因為房間裡的光線實在是太暗了，以前還能夠做到勉強不開燈，但是當窗口的那株大槐樹終於用樹冠努力地遮蓋住了房間裡唯一的室外光線來源時，大家就只能選擇最終的妥協，因為警局只有權力抓壞人維持治安，卻並沒有權力隨意砍樹。

　　接連發生了兩起誘拐並殺害智力殘障人士的案子，並且最終是以一個詭異的方式來進行拋屍，這對案件的動機定性方面所產生的影響後果是非常大的。果不其然，參加會議的人很快便分成了明顯有分歧的兩派，卻無一例外最終都把犯罪嫌疑人的作案動機歸納為伏擊者類型的連環殺人犯，因為這種連環殺人犯的特點是在其熟悉而又能控制的場所範圍內實施攻擊行為，侵害目標一般都是身邊的人或者被誘騙至其控制場所內的人，並且這種類型的連環殺手計劃性極強，行事縝密，經常在相同的地點藏匿或者

第四章　再犯

銷毀被害者的屍體。

這些顯著特徵，與廢棄遊樂場中的木馬拋屍案中的幾處要點相對照起來，確實有很多相符之處，尤其表現在作案對象和拋屍現場上。但是身處同一室的章桐卻總覺得有哪裡不太對勁。所以，從會議開始後直至過半，她都沒有說話，只是在靜靜聆聽，時不時地緊鎖雙眉。

副局長陳豪注意到了章桐神情的異樣，便找了個機會說道：「章主任，作為本案的主檢法醫，妳有什麼需要補充的嗎？」

章桐聽了，便點點頭：「我不否認大家的觀點，本案無論從作案手法還是作案對象，直至最終的拋屍現場來說，都能看出凶手是同一個人。我所關注的卻是他為什麼要如此執著於一個古老的並且已經被明令禁止的手術，並且我可以確信我們目前所見到的兩位死者，都只不過是他的試驗對象而已。也就是說，他其實並不希望置人於死地，但是他顯然更著眼於對自己成果的驗證。所以，當出現自己不希望看到的結局時，我想他才會想到用在遊樂場拋屍來做一點小小的彌補。」

「遊樂場拋屍？」歐陽工程師小聲嘀咕道，「難道說之所以選擇遊樂場，那只不過是因為死者都是智力殘障人士而已？」

章桐無奈地說道：「兩位死者中的第一位，季慶寶，生理年齡四十歲，心理年齡卻只有六歲。而另一位死者田桂芳，雖然沒有詳細的病歷資料，但是根據最初接警時的那位警員所說，也是屬於幼稚型，對事物的是非對錯缺乏正常人的判斷能力。我想，凶手應該是知道這一切的，所以最終拋屍才會用遊樂場這種自我安慰的方式來畫上句號。我以前經手過的一些發生在近親或者戀人夫妻之間的衝動型殺人案，現場所發現的屍體上，很大機率都會有一些彌補的行為，比方說在死者的身上蓋上一床被子，或者說

把死者的屍體擺放得舒服一些。有一個案子中，甚至還幫自己妻子擦乾淨了滿是血汙的臉，而這些，我想都表現出了凶手對死者的歉疚感。至於說到那個手術，我想在這裡有必要詳細解釋一下。」說著，章桐從面前的檔案袋裡取出幾張放大了的相片，然後逐一順著橢圓形辦公桌傳遞過去。

「這是幾張在實施經眶腦白質切斷術時的黑白相片，我是從網路上下載下來的，這種手術現在在我們國內，甚至於整個世界上，都已經明令禁止了。這種經眶腦白質切斷術屬於精神外科手術史上的第一例手術，設計的最初目的就是想透過切除我們人類的額葉部分來對某些特殊的精神病症進行有效的控制和治療。打個比方說吧，就是做手術前，病人是一個極具攻擊性的躁狂症患者，但是做完手術後，病人就會變得非常溫順，可以說是性格大變，並且不會反彈，這在一定程度上對於病人家屬來說，是一種徹底的解脫。所以，在這個前提之下，那些術後的後遺症，比如說自理能力下降之類，就可以完全忽視了。因為某些精神方面的疾病，哪怕終身服藥，也還是無法徹底治癒的，更不用說高昂的經濟代價了。但是後來，這個手術被廢除，不只是因為有了更好的治療手段，最主要的原因，就是這個手術的後遺症實在是太大。」

說到這裡，章桐抬頭看了一眼對面坐著的李曉偉，憂心忡忡：「有專家曾經把這個手術比喻為是一把雙刃劍，病人在接受手術後，表面看去是有很大改觀，但是內裡卻好像裝了個定時炸彈一般。根據 1996 年開始調查的資料看，34 名接受過此類手術的嚴重強迫症患者，六年後，其中 20 名可以勉強進行基本的個人生活自理和一些簡單的維持生計的工作，但是剩下的 14 名中，卻出現了自殘乃至自殺的嚴重憂鬱傾向，後來不得不進行藥物強制治療干預。我擔心的是，犯罪嫌疑人如今重開這個手術，並且在不斷地試驗，他的最終目的到底是什麼，而且在這之前，他還要做多少

第四章　再犯

個試驗才能停手。」

童小川問道：「那這個手術到底是什麼樣子的，章主任能簡單介紹一下嗎？」

章桐點點頭，拿出一塊白板，邊說邊在上面簡單地繪出了大概的人體示意圖：「在這個手術中，需要的工具是一把類似於冰錐一樣的尖銳物體，還有就是一把榔頭，別的什麼都不需要，非常簡單。補充一下，在本案中的第一具屍體上，電擊所產生的灼傷出現在死者胸口，看灼傷的痕跡可以得出所使用的電壓是很大的，而第二具屍體身上卻沒有發現電擊的痕跡，也就是說本案中第一具屍體身上的電擊行為可以推測為死者在經歷過手術後，突發意外狀況，導致心臟停搏，所以施行手術的人才會用電擊法來試圖讓心臟再次跳動，結果是失敗的，直接導致了第一位受害者季慶寶的死亡。」

「是不是可以說凶手的目的並不是想置他們於死地？」陳豪問。

「目前來看，結合第二具屍體的死亡原因判斷，確實都是手術所引起的意外，並不是凶手刻意為之的結果。」章桐答道，她從公文包中取出了兩張報告紙，讓大家傳閱。

「我接著結合本案再詳細闡述一下，這是我剛拿到的第一具和第二具屍體的毒化物檢驗結果，發現了血液中有琥珀醯膽鹼的人體轉化殘留物，這是一種被普遍用於臨床神經外科手術的肌肉鬆弛劑，配合麻醉劑使用效果是非常好的，副作用也很小，並且很容易讓病人昏迷。從而，在此前提下，將錐子經由眼球上部從眼眶中鑿入腦內，破壞掉相應的神經，總之，整個手術過程是非常迅速的，哪怕沒有專門的手術室都可以進行。所以在1930年代到1940年代的時候，這個手術在全世界非常流行，因為那時候

的精神病患者根本就沒有辦法進行有效的藥物治療，而術後效果的評價也沒有客觀並且可信的標準。但是現在不一樣了，從人道的角度出發，所以才會被禁止。」

聽到這話，李曉偉不禁皺眉，神情凝重地說道：「我補充一下章醫生的論述，關於這個手術，還有一個更可怕的後遺症，那就是不管成功與否，只要人還活著，術者都將會永久性喪失以往的記憶，並且永遠都沒有恢復的可能。所以說，這對術者的餘生來講，也是非常殘酷的。」

痕跡工程師歐陽不解地問道：「兩位，那難道說我們要抓捕的，竟然是一個急於用廉價手術來讓人得到解脫的『善良醫生』？」

章桐搖搖頭：「歐陽，我雖然無法回答這個問題，但是可以確定地告訴你，這個人絕對不是一個醫生，因為醫者仁心，哪怕是我們做法醫的，前提條件之一也必須是尊重每一個活著的生命，而不是眼睜睜地看著兩條人命死於自己之手，雖然是無心過失，但是也不能把手術的風險轉嫁給這些無辜者，你說是不是？」

「那他手術成功了沒？」歐陽緊接著問道。

章桐無奈地搖搖頭：「從屍體上的痕跡來看，他太心急了。」

一旁的副局長陳豪聽了，不禁皺眉說道：「手術還沒完全成功的話，這麼看來，下一個對象很有可能還是智力殘障人士，需要通知各個下屬派出所，立刻對轄區內所有的類似人員進行摸排走訪摸底，並且及時提醒，盡量趕在下一起案件發生之前盡快制止，從而盡最大可能減少人員傷害事件的重演。」

會議結束後，童小川回到辦公室，下屬偵查員海子便從自己的桌子旁探頭說道：「童隊，案發現場附近的監控終於有結果了。」

第四章　再犯

一聽這話，童小川不由得面露喜色，他緊走幾步上前，順著海子的手指看去，卻是一愣，臉上的笑容也瞬間消失了：「等等，你再倒過去。」

海子照做了幾遍，雖然監控中仍然無法看清楚對方臉部的具體長相，但是背影和動作卻是清晰可辨的。童小川的目光因此而變得異常冰冷，果斷地伸手一指：「把這張圖截圖，馬上傳給我。」

監控影片的畫面是黑白的，一角所標註的時間是凌晨一點三十二分，畫面中一輛行駛的摩托車正在穿越離廢棄遊樂場最近的那個十字路口，雖然看不清騎手的臉，但是從抓拍畫面上，童小川一眼就認出了那是警用摩托車。這種摩托車區別於地方上的其他類型摩托車或者電動車，無論是車身體積還是排放量都非常大，尤其是車後座裝有一個警燈。而市中配置這種摩托車的，除了交警之外，就是供給各個派出所警務站巡邏時使用。

童小川無法解釋的是此刻自己的腦海中，為何總是出現那個前天特地上門前來質疑自己的小警察的身影。

是的，在他的手裡，就抱著一個警用安全帽！

「難道是他？」童小川心中一沉。

＊　＊　＊

網安大隊辦公室裡，副隊長兼高級工程師鄭文龍緊鎖雙眉，看著自己面前的電腦螢幕，心中充滿了憂慮。本能告訴自己必須小心謹慎，因為每一次的追蹤行動都是充滿著未知的風險的。雖然說很想再次進入那個可怕的「暗網」，但是卻不能保證每次的進出都平安無事。

可是，難道自己就這麼放任不管？自己加入警隊的初衷不就是想在網路上懲惡揚善，維護正義嗎？鄭文龍輕輕閉上了雙眼。不知道何時那首可怕的曲子又會在網路的任何一個角落中響起，那麼，當年李智明殺妻案的

悲劇就將會在別人的身上重演，凶手巧妙地利用了網路來偽裝和保護自己。即使被抓，如果沒有直接的證據，也很難在法律上把他嚴懲。想到這裡，鄭文龍的心中不免感到一絲絕望和憤怒。

還有，「潛行者」到底是誰？

鄭文龍猛地睜開雙眼，呼吸也變得急促了起來，他突然想起「潛行者」最後傳給自己的那一份加密郵件。鄭文龍知道，但凡是「碼農」，尤其是高手級別，幾乎都會有一個炫耀心理，不論是出自本能，抑或是故意而為之，他們會在暗碼中加入自己的特殊簽名，那麼，如果自己找到這個簽名的話，或許也就能夠找到這位「潛行者」。

鄭文龍的臉上終於露出了笑容。

隔著玻璃窗，站在走廊裡的偵查員海子有些擔憂地對身邊站著的張一凡說道：「張哥，聽網安的兄弟們說，阿龍這些天一個人坐著的時候就總是這麼神神祕祕的，叫他，他也聽不到，你說他的腦子不會出什麼問題吧？」

張一凡瞥了他一眼，小聲嘀咕：「不懂了吧？阿龍本來就不是一個普通人，相信我，不然的話，陳局是絕對不會對他那麼言聽計從的。」

海子尷尬地嘿嘿一笑。

✦ 2

快下班的時候，天空中一陣驚雷閃過，轉眼之間大雨便傾盆而下。

正好經過一樓大廳，章桐抬頭看了看大樓外灰濛濛的天空，長長地嘆

第四章　再犯

了口氣。自己早上出門的時候沒帶傘，也怨不得誰。

正在這時，身後傳來了李曉偉的聲音：「嗨，真巧，等下一起走吧。」

聲音中充滿了笑意，章桐不禁感到有些驚訝，但也沒有拒絕。

直到車開上環城高架，李曉偉這才充滿歉意地看了一眼章桐：「我想請妳陪我去見一個人。」

章桐有些意外：「現在？誰？」

「郭敏。」李曉偉打開雨刷器，看著雨水順著搖晃的刷頭在車前窗玻璃上留下了一道道扭曲的痕跡，他的目光中充滿了憂慮，「我想和他好好談談，或者說，我只想近距離看一看，他到底是一個什麼樣的人。」

章桐聽了，不由得心中一動：「他做了什麼？以至於要拉上我一起去。」

「他是個警察，今年年初才正式參加工作。」說到這裡，李曉偉略微遲疑了一下，「提到另一個角色，妳可能會感到意外，他是我的師弟。」

「我前天下午見過他，他來局裡找我，為了第二具屍體的事。但是，」章桐更糊塗了，「說到這個人，他真是你的『師弟』？同一個醫科大學的？」

「是的，我的導師沈教授的學生。我後來查了，那段時間因為學院本科部缺人，沈教授就暫時代了一個學期的課，他就是在那個時候接觸的郭敏。老教授非常喜歡他，說他很有靈氣。而沈教授是業內神經外科手術方面的專家，他當然也知道這個臭名昭彰的經眶腦白質切斷術。那天，在學院中他的辦公室，他告訴我說他之所以研究這個手術，就是想找到一種避免後遺症的方法，徹底改善這個手術的本質，讓它造福於人。但是後來，老教授不得不放棄了，因為一方面身體狀況不是很好了，畢竟自己上了年紀；而另一方面，是因為從心底裡，他感覺不到希望。但是老教授卻很高

興自己的這個半路學生非常感興趣，所以，他給了他查看自己筆記檔案的電腦許可權。」李曉偉緩緩說道。

「原來如此，」章桐不由得一聲低呼，「我記得他那天來了我的辦公室，就覺得他的神態有些不太對勁，因為第一次看我們進行屍檢的，都不會那麼鎮定，真是一點都看不出來。」

李曉偉沒有說話。車窗外的雨越下越大，漸漸地路面被一層雨霧所籠罩，前面的路牌顯示已經過了柏莊路口，很快，就來到了惠風路派出所門口。停下車，李曉偉略加思索後，果斷地說道：「等下還是妳主導問題吧，我見縫插針就行，畢竟他見過妳，心理上對妳就不太容易設防，容易說真話。哪怕不說，表情和肢體上也會流露出來。」

章桐點點頭：「沒問題。」

因為在來之前，李曉偉就已經打過電話確認，所以此時的值班大廳裡空蕩蕩的，郭敏一個人坐在值班臺旁，看到有人走了進來，便站起身：「你們來了？請坐吧。」

坐下後，章桐開口就問道：「你是學醫的？為什麼要來當警察？」

郭敏一愣，或許是沒有料到章桐會直截了當問這個問題，片刻遲疑後，便雙手一攤，苦笑道：「章主任，這一點都不奇怪，我是個實實在在的普通人，妳也知道五年學醫畢業後，還要實習和當住院醫師，薪水微薄不說，很長一段時間裡也照顧不了自己的家人。所以呢，我就只能改行了，參加了當年的招警考試，很快就上工，說起來還算是比較幸運吧。相比起在這個小地方當醫生來說，基層警察的值班補貼還是挺可觀的。」

一旁的李曉偉並沒有說話，他也沒有出言戳破郭敏精心編造的故事，只是認真地看著對方的雙眼，靜靜聆聽。

第四章　再犯

「對了，章主任，妳們今天來找我有什麼事嗎？」郭敏問，「還有，這位是……」

李曉偉微微一笑：「我姓李，章醫生的同學。」

章桐感到有些意外，卻見李曉偉繼續說道：「現在基層的工作一定很辛苦吧？」

「那是當然，畢竟是基層警員，很多事都是要處理的，工作起來非常瑣碎。」郭敏的臉上露出了專注的神情，「但這麼做卻是很值得的。」

「為什麼，單純只是為了錢嗎？」李曉偉看似很隨意地追問道。

「不，也有一些是對這個職業的崇敬吧，章主任當初應該和我是一樣的出發點吧。要知道現在基層當法醫的女性可真的是鳳毛麟角。」郭敏臉上露出了誠懇的笑容。

章桐雙眉輕輕上揚：「我和你不一樣。」

一時尷尬，房間裡的氣氛變得有些緊張。章桐接著說道：「你既然是學醫的，並且還是神經外科，就這麼放棄的話，還是挺可惜的。」

「都過去了，不想那麼多了。」

郭敏的話還沒說完，李曉偉突然從風衣胸口的袋子裡摸出了一張被仔細摺疊的列印紙，也不打開，就放在桌面上，然後推到郭敏面前，一個字都沒說，而臉上依舊帶著淡淡的笑容。

郭敏不解地打開這張 A4 版面的列印紙，很快便認出了這是電腦的截圖列印稿，上面的相片正是自己，而時間是兩年前：「這……」

「這是你的一次電腦訪問紀錄截圖，還有印象嗎？」李曉偉目光專注地看著他，輕聲問道，「沈教授親自給了你訪問許可權。」

郭敏並沒有否認，只是茫然地點點頭：「你去過沈教授那裡了？」

李曉偉沒有回答他的問題：「你再看看上面所訪問的檔案資料名稱，別急，慢慢看，畢竟過去這麼久了，有些事情還是需要時間回憶的。」說這些話的時候，他的目光始終都停留在郭敏的臉上。

郭敏下意識地咬了咬嘴唇，最終卻只是搖搖頭，同時把紙疊好後還給了李曉偉：「對不起，我幫不上你，因為我已經不記得有這次訪問了，離開學校後，我徹底忘了這些事了。再說了，即使我真的看了，那也代表不了什麼，你們說是不是？」

章桐剛要開口追問，卻被李曉偉攔住了，他對著郭敏微微一笑：「郭警官，謝謝你的耐心解答，打擾了。」說著，他便站起身，和章桐一前一後走出了值班大廳。

＊　＊　＊

不知過了多久，窗外已經夜幕降臨，郭敏這才伸手關了面前的電腦，然後站起身，回到後面的值班辦公室。辦公室房間很小，就兩張桌子，面對面放著。郭敏在自己的桌前坐了下來，他掏出手機，滑開螢幕，映入眼簾的是一張自己和姐姐郭亞茹的相片。記得照這張相片的時候，正好是自己去醫科大學報到的那一天，姐姐送自己到學校，走的時候，兩人便在校門口留下了這張合影。如今算來，這張相片已經在他的手機裡存放了整整六年的時間，中間換過一次手機，郭敏都捨不得把這張相片刪掉，畢竟，相片中的快樂記憶再也無法重現了。

姐姐是個性格倔強的人，就像父親。母親死得早，父親從不管家裡的事，從懂事起，自己的一切就順理成章地指望著姐姐，或許是平日依賴慣了，也或許是自己太粗心，直到出了那件可怕的事情……郭敏常常後悔不

第四章 再犯

已，如果自己當初能夠及時留意到姐姐身上的細微變化的話，或許還能來得及做出點什麼去補救。可是「或許」永遠都只能是「或許」，現實冰冷得讓人幾乎窒息。

「小郭，還不回家嗎？」老所長推門進來問道，外面的雨下得很大，儘管穿了雨衣，他的帽簷還是被打溼了。

「我今晚街道巡邏，所長。」郭敏站起身，順手拿過桌上的警用安全帽。

「年輕人，工作別太拚命了，要多注意休息。」老所長看了他一眼，語重心長地說道。

郭敏沒有吭聲。

◆ 3

警局網安大隊辦公室裡，童小川神情嚴肅地看著鄭文龍面前不斷跳動的電腦螢幕畫面，半天都沒有說話。

「童隊……」出於直覺，鄭文龍從童小川的沉默中隱約感覺到了一絲不安。

「這個程式可靠嗎？比中的機率高不高？」童小川緊鎖雙眉，沉聲問道。

「這個你不用擔心。」鄭文龍輕輕一笑，「本部去年專門出面搞的大資料庫，準確率是非常高的，當初錄入資料的時候，那幫小子嚴格把全市每輛車的顏色形態特徵用高畫質相機拍攝下來的，毫不誇張地說就連一根髮絲都不會放過，交警那邊自從開始使用這個大資料庫後，肇事逃逸的破案率幾乎達到了百分之百。」

「哦，是嗎？」童小川突然有些弄不清自己此刻的心情為什麼會變得異常複雜，畢竟畫面上正在比對的是一輛警用摩托車，因為夜晚光線不好，所以儘管路面用的是高畫質鏡頭，卻沒有能夠看清楚騎手的長相，就連車牌號都無法抓拍到。而最初當童小川向鄭文龍提出說要比對一輛車，並且補充說有可能是一輛警用摩托車時，鄭文龍驚得目瞪口呆。

　　而這是目前為止唯一的線索。

　　不過還好鄭文龍並沒有繼續追問下去，童小川才暗暗鬆了口氣。資料庫的比對是需要時間的，耳畔充斥著電腦主機執行時所特有的嗡嗡聲，過去的每一分每一秒，對於童小川來說，都顯得有些度日如年。

　　終於，電腦螢幕上停止了跳動，畫面定格在一輛警用摩托車上。右邊的紀錄一欄裡顯示，這輛車確實被登記在惠風路派出所的名下。

　　「童隊，警用車輛的使用都是有相關紀錄的，」鄭文龍啞聲說道，「一查紀錄就知道結果了。」

　　童小川輕輕拍了拍鄭文龍的肩膀：「謝謝，兄弟。」很快，匆匆的腳步聲傳出門外，消失在走廊的盡頭。

＊　＊　＊

　　有些事情不用說得太明白。

　　李曉偉把車停在社區門口的玉蘭樹下，拉上手剎，熄火，瞬間車裡便顯得異常安靜。

　　「他撒謊了，對嗎？」章桐喃喃地問道。

　　「是的。」李曉偉答道，「人會說謊，但是肢體語言卻不會。」

　　「那他為什麼要這麼做？」章桐抬頭看著李曉偉，目光中閃過一絲不

第四章 再犯

安,「難道他就不知道這個手術可怕的後遺症？」

李曉偉默默點點頭：「他當然知道。」腦海中閃過沈教授自責的面容，他不由得輕輕一聲嘆息，「我想，他應該有著無法告訴我們的祕密吧。但是我覺得他不可能殺人。」

「為什麼？」章桐不解地問。

「我雖然不知道他的生活中到底發生了什麼，才會導致他最終心甘情願地放棄了自己所追求的夢想，而選擇了另外一種截然不同的生活，但有一點可以肯定的是，旋轉木馬的案子，絕對不是他做的。很抱歉，我現在不能告訴妳具體的理由，因為這還只是出於我的個人直覺，畢竟我和他的接觸僅僅只有今天這一次。在和他的交談過程中，我感覺到他是一個『服從型』的人。這種『服從』絕對不是字面上的『服從』那麼單純。打個比方來說吧，擁有這種性格的人，往往會在生活中不惜做出巨大的犧牲，而在他看來，這種『犧牲』是自己的義務，是他必須去完成的，他沒有別的選擇，哪怕為此而放棄自我。」李曉偉認真地看著章桐，「總之，這是一個極富有正義感的人，他絕對不會為了一個手術和一己私利而做出任何草菅人命的事來。」

「他來我辦公室是有他的個人原因的。」章桐說道，「他告訴我說，自己當班的時候曾經接到過一起失蹤人員報告，因為失蹤對象是一位殘障人士，他就有些擔心是第一起旋轉木馬案件的再次重演，為此，他曾經找過刑警隊，希望他們能重視這個失蹤報告。」

李曉偉恍然大悟：「要是我沒記錯的話，普通的失蹤案，尤其是殘障人士的走失，一般不會上報到重案組的。」

「是的，所以童小川顯然並沒有重視這條線索，後來，遊樂場再次發

現屍體。他得到消息後，就趕來警局找到我，要求驗證下死者是否就是那位失蹤的女性，很不幸，最終確定正是死者田桂芳。」說到這裡，章桐不由得嘆了口氣，「失蹤案最初寶貴的那一段時間被浪費了，這是一個無法迴避的嚴重判斷失誤。」

「這，這個，我想這也不能都怪妳們，對不對？妳也不要太自責了。」李曉偉結結巴巴地安慰道，「妳們畢竟也是照章辦事，沒有做錯什麼。警察也是人，不可能神通廣大、未卜先知……」

章桐沒有回答，她沉吟半晌，接著拉開車門，鑽出車後便頭也不回地走進了社區。

看著章桐的背影逐漸消失在小路盡頭，李曉偉不禁陷入了沉思，他忘不了郭敏緊咬嘴唇時那短短一瞬間飛快滑過嘴角的凝重神情。

這個年輕警察的身上到底背負著一個什麼樣的祕密？

◆ 4

我來了。

面對著你哀求的目光……

我就這麼靜靜地看著你，我不會讓你死去，至少是現在。我太熟悉你此刻身上的所有變化了。

我知道人死的時候，呼吸將會變得更加困難，變成間歇性的，就像你現在所感覺到的那樣，死亡始終都在離你兩三分鐘的距離之外徘徊。

對了，你或許還能聞到它的氣味——那是骯髒的腥臭味，卻又伴隨

第四章　再犯

著一絲讓人著迷的暈眩。

沒有人會真正喜歡上這種味道的，相信我。因為這將是他在這個世界上所聞到的最後的氣味。

但凡是知道自己必將死去的人，都會哀求上蒼讓那一刻趕緊來臨，這樣，自己也好盡快得到解脫。

就像此刻的你。

但是我不會讓你死去的，至少是現在，不管你相信還是不相信，因為我打從心底，真的嫉妒你。

是的，我要讓你繼續活下去，背負著只屬於倖存者的罪惡感，活下去。

像我一樣。

＊　＊　＊

雨停了，夜色中寧靜的街頭，閃爍的霓虹燈把城市的另一面靜靜地倒映在穿城而過的運河河面上。

因為不是雨季，所以沿河的城市洩洪洞口都是裸露在水面上的，由於位置處在堤岸下面，即使白天也很少有人在經過時會注意到這個角度，夜晚更不用說了，就連路燈的光也是朝著另一個方向。

虛弱地趴在洩洪洞邊上，就像一個被瘋狂扯碎的破布娃娃，與其說是自己醒過來的，還不如說是他把她用力晃醒了。伸手不見五指，所以她連他到底長什麼樣都不清楚，但是渾身上下那種生不如死的痛苦卻會讓她牢牢地記一輩子。

他粗暴地抓起她的右手，然後把一個手機塞進了她的手裡，甚至還用力地握緊了一下，痛得她叫出了聲。

黑暗中，藉著手機螢幕所散發出的微弱光芒，她辨別出那是她自己的

手機，粉紅色的手機殼，上面的櫻花吊墜完好如初，就好像剛才那一幕根本就沒有發生過一般。

劫色完了應該就要劫財了吧，意識到這一點後，她便絕望地垂下了頭，因為害怕而輕輕啜泣了起來。早就知道自己錢包中那兩張二十塊紙幣是完全無法填補對方的貪慾的，可是，為什麼自己就會這麼倒楣？抑或說，眼前這一切只不過是一場噩夢而已？

腦子裡一片混亂，渾身上下卻又痛得要命，她緊緊地抓著手機，一時之間便陷入了迷茫之中。

「打電話，快！」對方壓低了嗓門，聲音惡狠狠的。

她不由得一陣哆嗦，手機終於從手掌心中滑脫了，落在水泥管道裡，發出清脆的啪嗒聲。

本以為會因此又招來一陣拳打腳踢，誰知，對方卻只是無聲地抓起手機，又一次用力地抓住她的手臂：「打電話，報警！」

她呆住了，簡直不敢相信自己的耳朵，囁嚅道：「你，你說什麼……」

「報警，就說妳被人性侵了，至於地點嘛，就說是運河邊的涵洞裡，靠近金龍橋的地方。」對方丟下這句話後，便慢悠悠地穿好衣服，然後縱身跳下涵洞口，頭也不回地說道，「我最後警告妳，再不打電話，等到天亮的時候，他們就要來收屍了，明白嗎？」

惡魔般的腳步聲漸行漸遠。

也不知道過了多久，心中猛地一沉，恐懼感瞬間爬滿了全身，她咬著牙爬起身，強烈的求生慾望逼得她不得不顫抖著右手打開了手機螢幕，身體上的劇痛讓她幾乎哭出聲，終於，她按下了三個數字。

電話很快就接通了。

第四章　再犯

「你好，請問有什麼可以幫助你？」

「救命……請救救我……」屈辱的淚水順著臉頰無聲地滾落下來。

是的，噩夢終於結束了。

與此同時，城北的街道上靜悄悄的，路燈昏黃的燈光投射在柏油馬路上，遠遠看去，昏黃的燈光在夜霧中若隱若現。

一小時的街道巡邏很快就結束了，平安無事。

緊握車把，煞車，摘下安全帽，漆黑的夜色中，郭敏本能地環顧四周，這才發覺自己竟然又一次來到了第九醫院的門外。

他的心頓時被緊緊攥成了一團，這個地方讓郭敏感到窒息，但是卻又不斷地出現在他的腦海裡，因為，在過去的整整四年時間中，他來過這裡的次數都已經記不清了。

現在是凌晨一點二十七分，他乾脆把摩托車直接駛入了醫院大門，在住院部前停了下來。下車後，便直接走進了住院部值班室。

本就沒有人會去攔阻一位身穿制服的巡邏警察，更何況值班住院醫師孫強認識郭敏，因為每一次他總是會在半夜時分出現，也總是看一眼就走，從不會多說什麼。

長長的走廊寂靜無聲，就連兩人一前一後行走時的腳步聲也變得小心翼翼，儘管病房中的病人因為服用了藥物，本就睡得十分沉，但是郭敏似乎並不想讓房間裡的人知道自己來過。

隔著緊鎖的病房門，透過玻璃窗，郭敏看到了姐姐。冰涼的月光從窗口照射在床上，此刻，她正蜷曲著身子，像極了一個在睡夢中的孩子。

他點點頭，轉身便順著原路返回到住院部值班室門口，正要走，孫強

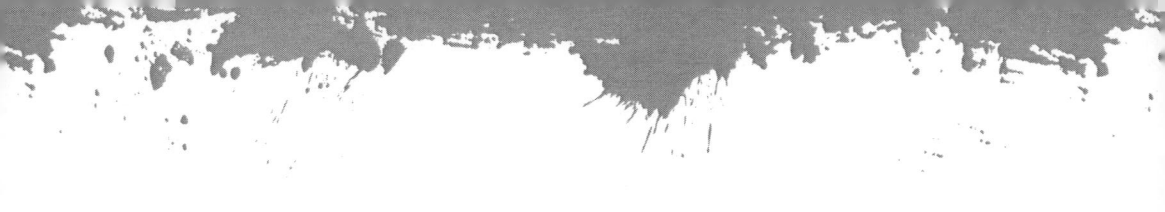

下意識地小聲說道：「你姐姐……」

郭敏停下了腳步，沒有回頭：「她怎麼了？」

「她恢復得很好。」孫強遲疑地說道，「還有就是……」

郭敏無聲地苦笑：「孫醫師，你放心吧，醫藥費用我不會拖欠的，我只有一個要求，治好我姐姐，看住她，不要讓她再繼續傷害自己。我工作忙，請多理解。」說完這句話後，他便走出了住院部，騎上摩托車揚長而去。

看著郭敏的背影，值班醫師孫強不由得一聲長嘆：「我盡力而為吧。」

＊　＊　＊

章桐到家時已經過了凌晨三點，穿過黑暗的房子，看見屋外對面大樓裡還有晚睡的人亮著昏暗的燈光，她的心情舒緩了許多。她把提包、外套和鞋子都放在走廊裡的長凳上，然後在廚房裡稍做停留，幫丹尼打開了一盒狗罐頭，接著自己便喝了杯水，同時看了眼手機。

從李曉偉的車上下來後，她本想早點回家，但是在轉進樓棟口的時候，卻接了個電話，是市急診中心自己認識的一個年輕急診醫師秦剛打來的，她聽得出電話那頭的年輕醫師已經在竭力控制自己的情緒了，可是講話的聲音卻依然微微顫抖，甚至還有些語無倫次，而這種情況發生在「久經沙場」的急診醫師身上，是極不尋常的。章桐無法拒絕，便回頭重新打了一輛計程車，按照電話中的指點，直接去了市第一醫院，之所以去那裡，是因為第一醫院的急救設備是全市最好的。

不出所料，又是一起惡性傷害案。被性侵的女孩就像一具破布娃娃一般被丟棄在沿河的涵洞裡，苟延殘喘等待著救援。

第四章　再犯

「我從沒見過這麼嚴重的傷勢。」站在 ICU 病房門口，身上沾滿血汗的急診醫師秦剛壓低嗓門，目光中流露出了一絲恐懼，「一個腦子正常的人是絕對做不出來這種傷天害理的事的。所以，我就想到或許這，這個人不是第一次做，章醫生，我，我不知道……」

隔著玻璃窗，章桐緊鎖雙眉，她緩緩脫下了身上的無菌手術服，神情凝重地對急診醫師秦剛說道：「秦醫生，你不用懷疑自己的判斷，這確實不是第一次。這個案子，我接了，我會通知重案組過來的，到時候你配合一下工作。」

秦剛點點頭，卻又難以掩飾眉宇間的擔憂，他沙啞著嗓音說道：「謝謝妳，章醫生，這麼晚還讓妳跑一趟。」

章桐笑了：「都是為了病人和工作，再說了，我們也已經習慣了。」

回到家，想著還有不到四個小時的時間又要去工作了，章桐瞬間便無了睡意，如水的月光灑滿了整個房間，看著心滿意足的丹尼伸著懶腰重新又爬回了狗窩，她不由得靠在身後的椅背上，盤起雙膝，陷入了沉思。

不知過了多久，天邊露出了一絲魚肚白，章桐瞥了眼桌上的手機，時間差不多了，她便抓過手機，撥通了李曉偉的電話。

「我需要你的幫助……」

✦ 5

一切突發事情的開始似乎都會有一個難以解釋的徵兆，郭敏嘗試了很多次，都沒有辦法把腰間的警用制式腰帶順利解下來，應該是哪裡被扣住

了吧，他略略感覺到了一絲不安。老所長每天都來得很早，今天也不例外，所以，當他在派出所大院的車棚裡看見亂了方寸的郭敏時，便上前伸手幫了他一把。

「年輕人，別太心急，這種腰帶都有一個暗釦的，一旦掛上了，就很難自己打開。」老所長笑咪咪地說道，「我就在這上面吃過很多次苦頭呢。」

很快，暗釦解開，腰帶應聲而落。郭敏尷尬地笑了笑，正要開口說話，大院入口處走進了兩個人。

「請問，哪位是郭敏郭警官？」來人掏出了自己的警官證，「我們是市局刑偵二隊的，我叫張一凡，這是我同事李海，請你現在跟我們去一趟局裡配合一下工作。」

老所長聽了，頓時驚得目瞪口呆。郭敏卻似乎早有預料，他並沒有多說什麼，只是對著老所長點點頭，沙啞著嗓音說道：「所長，我去去就回，值班巡查紀錄本請幫我填一下。」

說著，三個人便一前一後離開了惠風路派出所。老所長手中拿著腰帶，緊走幾步來到大門外，看著遠去的警車，心緒複雜。

「所長，出什麼事了？」一位所內的警員問。

「他們帶走了小郭。」老所長心事重重地說道。

「他們？」

老所長抬頭看了一眼自己的老搭檔，沉聲說道：「局裡刑偵二隊的人，說是要配合工作。」

「這，這不符合程序啊。」他隱約感到了一絲不安。以往也有被要求去局裡協助調查案件的經歷，但那通常都只是提前來一個電話，然後自己過

第四章　再犯

去就可以了，眼前這一幕，卻讓人感覺很是彆扭。

「小郭不會有什麼事吧？」

老所長果斷地搖搖頭：「他不會有事的，我了解這個孩子。」

＊　＊　＊

警局法醫辦公室，章桐手上拿著兩張腦血管造影 X 光片，踮起腳打開燈箱，然後逐一把它們夾了上去，接著，便對一旁站著的李曉偉說道：「這是我今天找你的第一件事，注意看這兩張 X 光片，你看出其中的差異了沒有？」

李曉偉剛想搖頭，突然眉頭一皺，伸手指了指右邊的那張：「這一張，明顯比那張手法要嫻熟許多。雖然損壞了很多腦血管，導致大面積出血的陰影，但是它的路徑，至少是摸索對了。」

「是的，」章桐的目光中充滿了憂慮，「你也知道這是兩張旋轉木馬拋屍案死者的 X 光片，對吧？」

李曉偉點點頭：「對，看被切除的腦白質陰影部分就知道，我想，他是在摸索做這種手術的手法。」

「我擔心他真的不會就此罷手。」章桐輕輕嘆了口氣，轉身看著李曉偉，說道，「但是我沒辦法阻止他，這才是最讓我感到擔憂的事。」

李曉偉沒有說話，他在等她繼續說下去，他還從沒有看到過章桐此刻臉上的神情。

果不其然，章桐的口氣變了，她有些舉棋不定，聲音中充滿了猶豫：「可是，我還有個想法……」

李曉偉雙眉一挑：「那就說來聽聽。」

「我們既然已經知道這個手術的真正用途所在，那麼，在現今發達的醫療技術手段下，還有繼續研究這個手術的必要嗎？甚至不惜用活人來做實驗？」章桐不解地問道。

　　李曉偉沉吟片刻後，說道：「是的，這個已經被淘汰的手術放在現在，確實顯得有些多餘，而且手術後遺症一大堆，所以再次研究，確實是有些讓人覺得不可思議。雖然說沈教授再三表示是因為想另闢蹊徑，降低治療成本，但是在我看來，這個理由顯得有些牽強。除非……」

　　「除非什麼？」章桐頓時警覺了起來。

　　李曉偉神色凝重地說道：「我記得沈教授最後說過一句，這個手術有個後遺症，就是一旦手術成功，患者以往的記憶就會徹底喪失，並且再也沒有被恢復的可能。」

　　「說下去。」這時候的章桐似乎想起了什麼，轉頭繼續看著那兩張X光片，因為她的身材有些矮小，燈箱又做得比較高，所以為了看得更清楚一些，她不得不高高地昂起頭。

　　「妳也知道的，我們人的記憶共分為三種——短時記憶、聯想記憶和感覺記憶，有時候看上去我們會隨著時間的流逝而遺忘某些人或者事物，但是實際上它們只不過是被我們的大腦轉移到了深層腦細胞而已，只要時機恰當，它就會被喚醒，手段各式各樣。」李曉偉伸手指了指右邊那張腦血管造影X光片，「但是這種手術卻能徹底破壞負責記憶的腦細胞，也就是說，人為地造成一個記憶斷層，徹底遺忘過去。」

　　「這樣的話，對人腦的損傷是非常大的。」章桐喃喃地說道，目光卻始終都沒有離開過那兩張燈箱上的X光片，「不過，我總覺得他這麼做的話，拋開法律層面不講，真的有點愚蠢。」

第四章　再犯

「確實無法理解他的動機。」李曉偉道。

就在這時，顧瑜推門進來，懷裡抱著剛列印好的屍檢報告，她應該是聽到了剛才屋裡兩人的對話，於是，前腳剛進門，便直截了當地說道：「我看啊，主任，這個傢伙應該是想在這種早就被淘汰的手術中尋找一種能永遠毀掉別人記憶的方式，不然的話，你說他為什麼要這麼孜孜不倦呢？」

「這⋯⋯這不惜把術者變成一個幼稚園的孩子，代價未免也太大了吧？」李曉偉斷然搖頭，「不可能，除非這人瘋了。」

「不，他沒瘋！」章桐冷冷地說道，「小顧說得對。他在試圖破壞大腦的顳葉海馬迴，而顳葉海馬迴一旦被破壞，就會發生不可逆的記憶障礙，我想術者會因此而徹底忘記以前的一切，並且導致聽覺和嗅覺的喪失，取而代之的是不斷出現的幻覺。這樣一來的話，就真的徹底瘋了。」

顧瑜聽了，卻呆住了：「如果是這樣的結果，那還真的是不如死了算了。」

一旁的李曉偉聽了，不由得微微一怔，他若有所思地看了看章桐，故作輕鬆地說道：「那第二個呢，妳說過今天找我有兩件事的。」

「今天凌晨兩點左右，你們第一醫院急診中心的人接收了一個特殊的病人，她是一起惡性性侵傷害案的女受害者，人還活著，和喬米月一樣，」說到這裡，面對李曉偉驚愕的神情，章桐伸手抓過桌上檔案欄裡的一份病理檢驗報告，遞給他，「這是傷者的傷情法醫病理檢驗報告，和喬米月所受到的傷害，一模一樣。」說最後四個字的時候，章桐刻意加重了語氣。

看著報告上的每一個字，李曉偉的雙手不由得微微顫抖，這女孩還活著簡直就是一個奇蹟。

「她,她是怎麼被你們發現的?」

章桐直視李曉偉的雙眼:「是他讓女孩自己打電話報警的。如果再晚一些的話,就是失血性休克導致的多臟器功能衰竭死亡。」

「天哪!」李曉偉腦海裡頓時出現了喬米月那呆滯的眼神,這哪裡是奇蹟,簡直就是詛咒。

「如果只是出現一次的話,或者說只是出現小米那一次,我也許還會認為這只是『一次』,但是現在看來……」說到這裡,章桐不禁長嘆一聲,「真的如你所說,只能從心理的角度來分析了,很可惜,這並不是我的專長。」

「主任,妳的意思是說,還會有下一次?」顧瑜面色蒼白。

李曉偉點點頭:「會的,顯然,他這麼做是試圖用自己的行動證明著什麼,他知道自己從未被處理過,所以在你們系統裡沒有他的任何生物檢材紀錄,他就能為所欲為。」說到這裡,他深吸了一口氣,「這麼說吧,他是一個典型的心理學上的『鏡面人』。」

6

你絕對不會相信,一個真正品味過恐懼的人,無論過了多長時間,最願意接近的卻仍然只是「恐懼」——別人的「恐懼」。因為已經熟悉了這種特殊的滋味,就像一個對其上癮的人,痴迷於在別人身上繼續複製著那曾經屬於自己的「恐懼」。

就像回到當初,隔著那層薄薄的板壁,悶熱的空氣讓我幾乎窒息,我

第四章 再犯

卻依舊用毯子裏緊了雙腿，冷眼旁觀那一刻自己所流露出的無助和恐懼。只不過這一次，我再也不用顫抖了。

無論我願不願意，我還是變成了那個曾經被我詛咒過無數遍的人。

而這，說來真是諷刺，竟然是我戰勝恐懼的唯一方式。

* * *

警局刑偵二隊辦公室裡，一切都和自己第一次來的時候一模一樣，只不過，周圍人的目光卻變得異常陌生，郭敏的心中感到很不是滋味。

童小川並不在，張一凡打開了他的辦公室，伸手指了指辦公桌對面空著的那張椅子：「坐下吧，我們有些事情想問問你。」

還好不是旁邊的審訊室，知道對方可能是顧及自己的面子，郭敏點頭，坐下後，心中便湧過一絲異樣的感覺：「你們童隊呢？是不是他來找我問話？」

海子笑了笑：「童隊開會去了，我們先開始吧。」

張一凡準備好了小型攝影機，隨即便轉身，清了清嗓子，說道：「好了，現在時間是10月9號上午7點28分，地點是警局刑偵二隊辦公室，問訊事由：廢棄遊樂場旋轉木馬區拋屍案，問訊對象：惠風路派出所警員郭敏，警號 ******。」

這些都是標準的問訊步驟，郭敏卻下意識地深吸了一口氣，坐直了身體，他有些緊張。

「下面是具體問題，郭警官，」說到這裡，張一凡認真地抬頭看了眼郭敏，「第一個問題，請問你是什麼時候正式加入警隊的，具體負責什麼工作？」

「實習期從 4 月 1 號開始，正式工作是 10 月 1 號，具體工作是派出所裡的警員，負責日常的治安工作和夜間巡邏，因為我們所裡人不多，所以要做的工作就多了些。」

　　張一凡微微一笑：「好的，那第二個問題，郭警官，跟我說說你平時的夜間巡邏範圍好嗎？」

　　「從火車站的安定橋東側開始，到柏莊路口西側，北邊的話，從中山北路和上南塘橋交叉路口北側到惠風新村，總共巡邏時間是一個小時。」

　　海子和張一凡不禁互相對視了一眼，海子問道：「你們夜班是幾個人一起巡邏？」

　　郭敏微微感到了一些不滿，他皺眉答道：「出於安全考慮，按照規定是兩個人，但是輔警不能單獨行動，因為他們沒有執法權，而遇到接警多的話，所裡又需要有人留守，故此巡邏時實際上都是一個人，隨時和接警中心保持聯絡就是。這種情況在夜班的時候是很正常的。」

　　海子認真地看著郭敏的雙眼，接著問道：「那你們所裡巡邏用的警用摩托車都是固定一個人在用嗎？」

　　郭敏點點頭：「一部車兩把鑰匙，備用的那把都在值班室的牆上掛著，一般不會有人動用。」

　　「那十一假期這幾天，你都上夜班嗎？」

　　郭敏的心中閃過一絲警覺：「重大節日期間所裡都是處於值班狀態的。」

　　張一凡雙眉一挑，聲音也變得尖銳了起來：「那好，你能解釋一下為什麼 10 月 4 號凌晨 2 點 07 分到 2 點 10 分之間，你的警用摩托車會出現在不屬於你巡邏區域的地方？而根據你們所裡當晚的值班紀錄顯示，那天使用這輛警用摩托車的人就是你，沒有別人。」說著，他把手中的平板電

第四章　再犯

腦轉向郭敏所在的方向，而電腦螢幕的畫面中，一輛警用摩托車正穿過十字路口。

房間裡的氣氛瞬間變得緊張了起來。

「你不會告訴我說這個人不是你吧？」張一凡冷冷地說道，「你雖然關了警用摩托車上的GPS定位儀，但是這並不妨礙我們最終找到你。」

郭敏沒有說話。

「從這個區域到你剛才所講的巡邏位置，至少還有八公里左右的路程，郭警官，你能告訴我們，這個時候的你本應該回派出所繼續值班，為什麼卻會關了GPS在街頭閒逛？你到底在做什麼？」海子沉聲問道，「我們查詢過那天二十四小時內的接警中心紀錄，可以說在這個區域裡當晚非常安靜，沒有任何突發事件。而且，周圍幾乎都是農田，根本就沒有巡邏的必要，除了那座被廢棄的遊樂場。」

郭敏微微側目：「我剛參加工作沒多久，那晚上我開錯方向了，不熟悉路程，好不容易才找到回派出所的路，這是我的工作失誤，對不起。」

「那你為何要關了GPS？為什麼不馬上聯絡接警中心？開著GPS的話，不是更容易找到路嗎？」明知道郭敏在撒謊，海子卻苦於目前為止手中還沒有任何直接的證據，他不時瞥一眼桌上的手機，心中充滿了焦急。

終於，手機鈴聲響了起來，海子趕緊抓起手機走出門，來到隔間外的走廊上，電話是痕跡工程師歐陽打來的。

「怎麼樣，輪胎印和現場的吻合嗎？」

「不吻合。」歐陽的聲音中充滿了沮喪，「不止如此，輪胎縫隙中的泥土樣本和現場的也不吻合，也就是說，這輛車根本就沒有進過遊樂場。對不起，幫不上你忙了，兄弟。」

從遊樂場正門口到旋轉木馬區的拋屍地點至少有八百公尺左右的直線距離，隔著玻璃窗，海子緊咬嘴唇，他知道在這個年輕警員的身上肯定隱藏著一個祕密，與旋轉木馬拋屍案有關的祕密，但是自己現在卻什麼都做不了，海子的心中感到一種說不出的挫敗感。

　　他又一次撥通了歐陽的電話：「現場發現的那兩組足印，都是43碼的，對嗎？」

　　「不全是，」歐陽答道，「另一組是37碼的。我在剛發出的報告中都有註明。」

　　海子心中一喜，他結束通話電話後立刻來到自己辦公桌前，點開共用文件，找到現場的足印相關相片，看著畫面中足印痕跡的變化，他立刻抓過手機，撥通了童小川的電話：「童隊，我終於找到屍體進入現場的方式了。」

　　「說。」

　　「是被人抬進去的。歐陽工程師在現場發現了兩組足印，尺碼分別為43碼和37碼，兩組之間間距均衡，進去的時候，這兩組足印在泥地上顯得比較深，出來的時候，就相對較淺……」

　　話沒說完，電話那頭的童小川卻冷冷地打斷道：「這些我都知道了，把那個小警察放了吧。」

　　「為什麼？」海子感到不解。

　　「你問下他穿幾號鞋就知道了，遇事要多動動腦子！」電話應聲結束通話。

　　海子愣了半天，這才沉著臉返回隔間，他走到郭敏身邊，示意他脫下鞋子，果然，童小川的判斷一點都沒錯，海子自己就是穿43碼的鞋，但

第四章　再犯

　　是郭敏明顯大了兩號。雖說曾經遇到過「小腳穿大鞋」的現場足印，但是這 45 碼的腳是絕對不可能穿上 43 碼的鞋的。

　　「謝謝你配合我們工作，郭警官，很抱歉耽誤你時間了。」海子無奈地打發走了郭敏，轉身面對張一凡，長嘆一聲，搖了搖頭。

　　「他肯定有事，不然的話，在拋屍那天繞著現場附近閒晃做什麼。」張一凡不滿地說道。

　　海子沒有吭聲，在這一點上，他是完全贊同的。

第五章　第三起

「我先不問你這案件編號是哪裡來的，李醫生，這可是違反局裡規定的事，我不能做。」童小川果斷地說道，「保護受害者的隱私是法律上明文規定的，我不能知法犯法。」

◆ 1

天陰沉沉的，沒有一絲風。

警局案情分析室裡，童小川的聲音低沉而又沙啞，這一半是因為抽菸的習慣老改不了，而另一半則是沉重的心理壓力，看不見摸不到，卻分明壓得人幾乎喘不過氣來。

「遊樂場就是一個單純的拋屍地點，作案人的攻擊目標是智力殘障人士，這種人如果有什麼意外發生的話，不會引起太大的社會關注。」說著，他按動手中的遙控按鈕，牆上的投影機便進入了下一張畫面。

「這是兩位死者被發現時的現場比對相片，仔細看的話，相似度非常高，無論是坐姿還是手腳擺放的位置。雖然說兩位死者的死因不同，但是根據拋屍地點和死者的身分，再加上死者眼部的傷勢來看，綜合派出所的接警紀錄研判，可以確定是同一個人所為。」

陳豪皺眉說道：「作案動機確定了嗎？」

第五章　第三起

「不排除凶手利用死者進行經眶腦白質切除手術的嘗試，」一旁的章桐說道，「至於說原因方面，除了死者身上有相同的手術痕跡外，還有就是死因，都不是故意造成的，可以推斷出凶手的本意並不是想殺害他們，之所以有這樣的結果，就是因為手術的不完善性。這在第二個死者的腦部血管造影 X 光片上就可以判斷出來，手法有了明顯的進步，但是因為力度上的掌握失誤，導致了死者田桂芳的最終死亡。」

「這麼說的話，凶手還是會繼續作案的，對嗎？」陳豪的目光中充滿了焦慮。

「是的。」童小川說道，「而且這個案子是兩個人做的，這從拋屍現場的那兩組足印上就可以看出來，」投影機螢幕被定格在現場兩對足印的放大相片上，「在這之前，我一直無法解釋屍體到底是怎麼進去的。」

「等等，你的意思是說這個案子有可能是兩個人做的？」一旁默不作聲的李曉偉突然開口問道。

童小川點點頭：「剛排除了一個體格優秀的人的作案可能，那就只有是兩個人作案這個選項了，至少是共同拋屍。」

「如果其中確實有一位女性的話，那誘拐受害者的成功性就大大提升了，」李曉偉憂心忡忡地說道，「作案者的攻擊目標很明顯就是智力低下的人，而這種人在社交判斷力方面類似於六歲左右的孩童，對男性有著本能的排斥，但是如果是女性的話，就有一種母性的親近感，很容易就會跟著對方走。這和誘拐兒童的人販子中六成左右是女性同一個道理。」

「我的下屬已經逐一通知了轄區內的各個派出所，要求他們入戶見人，希望能在源頭上堵一堵，不然的話，這麻煩就大了。」童小川輕輕嘆了口氣。

李曉偉略微遲疑過後，便說道：「做下這兩起案子的人，有醫學背景是肯定的，至少其中一個人是，他的出發點可能是好的，但是卻無法迴避附帶傷害的形成。原因可能是現場的醫療條件，也有可能是心理因素。他的年齡不會太大，並且身體還不錯，不排除接受過高等教育，這從拋屍現場的選擇以及屍體的擺放姿勢上，可以看出來。」

「旋轉木馬？」陳豪問。

李曉偉點點頭：「是的，旋轉木馬意味著孩子的童真，而智力停留在六歲左右的人，他們就是永遠都長不大的孩子。拋屍地點選擇旋轉木馬的話，我想，那應該是作案者一種內心歉意的表露。」

童小川皺眉道：「殺了人又要表示歉意，這唱的到底是哪出戲？」

「我只能說殺人不是他們的本意吧，從拋屍地點來看，至少作案者的內心深處還是有那麼一點良知的。」又一次想起沈教授憂慮的目光，李曉偉一聲長嘆，「但是這卻無法彌補兩條無辜的人命。」

「童隊，圖偵組這幾天要盡全力配合你們的工作，重點是拋屍用的交通工具，擴大搜尋範圍，做到跟人跟車到位。我就不信了，抓不住他們的蛛絲馬跡？這可是活生生的兩個人啊，不是隨便供人擺弄的兩具人偶！」陳豪憤然地一拍桌子，「我們做刑警的，不管受害者是什麼樣的人，就不能允許有破不了的案子存在！」他看了看面前的案件彙報報告，抬頭冷冷地說道，「還有發生在涵洞的那起惡性傷害案，不是第一起了，現在在社會上的反響非常惡劣，醫院方面的消息——受害者雖然活下來了，但是卻落下了終身殘疾，身心都受到了很大的創傷。童隊，你們那邊查得怎麼樣了？」

童小川換上了另一組相片：「已知的第一位受害者，喬米月，年齡二十五

第五章　第三起

歲，出事前是一家旅遊公司的涉外導遊，事發那天正值同事聚會，本來說好送她回家的男友卻出了事，因為喝多了，從樓梯上不慎踩空，導致腿部骨折，當晚就用救護車送進了醫院。而第二天由於要接一個美國旅遊團，受害者喬米月替男友辦好住院手續後就從醫院回家了，慘劇就是在她回家的路上發生的。至於第二位受害者，蔡曉玲，年齡二十三歲，是一位下中班的護理師，就在本市婦幼醫院工作。事發當晚，受害者離開醫院後，在回家的路上被人帶走。可惜的是，受害者至今都回憶不起自己到底是怎麼出事的，又怎麼到涵洞的。而痕檢方面，非常奇怪，受害者的身上包括衣服上，都提取不到任何有用的物證。雖然說兩者體內都有相同的男性生物檢材樣本，但僅此只能得出結論對方是一個年齡在三十歲至四十歲之間的男性，並且身體良好。由於資料庫裡根本就匹配不到相對應的DNA樣本，自然也就無法確定他的身分。」

「不，還有一個方法，或許有效，可以縮小犯罪嫌疑人的身分辨識範圍。」章桐神情嚴肅，徵詢的目光看向李曉偉，「但是在做出結論之前，我需要再分別見一見兩位受害者。」

李曉偉當然明白章桐看向自己的用意所在，他沉吟片刻後，不由得輕輕出了口氣，為難地說道：「不錯，她們現在是我的病人，但是她們正在經受嚴重的PTSD的折磨，我擔心妳的突然出現，會讓她們重新又回到封閉的狀態中去，也有可能就此發展成為嚴重的精神分裂症患者。」

「但這是我唯一的辦法，」章桐的聲音果斷而又堅決，「我不只是要和她們談話，我還要看到她們的身體。所有的，你明白嗎？」

「妳這是在逼我！」李曉偉明顯地流露出了不滿。

「沒有辦法，如果不逼你的話，那我們很快就會見到第三個受害者，」

因為激動，章桐的臉色微微漲紅，「你難道還沒看出來這犯罪嫌疑人行為的惡劣嗎？而且我很懷疑他是一個受過嚴格訓練的醫療從業人員。」

李曉偉不禁屏住了呼吸：「說下去！」

「兩個受害者，都是我第一時間出的警，她們所受到的傷害，完全是致命的，但是她們卻偏偏沒有死，你知道為什麼嗎？」章桐聲音有些發顫，直視李曉偉的雙眼，一字一頓地接著說道，「那可不是她們的運氣好，真正的原因是他恰到好處地掌握了自己下手的分寸，他要受害者留著這條命來狠狠打我們警察的臉！」

房間內頓時一片譁然。

李曉偉臉色大變，他呆呆地看著章桐，半晌，點點頭，目光黯淡，輕聲說道：「給我一點時間，我會打電話通知妳的。」

＊　＊　＊

窗外，瓢潑大雨，雨水打在玻璃上，發出了沉重的噼啪聲。

郭敏撐著傘，拖著疲憊的步伐，心事重重地走進惠風路派出所大門，剛要向自己的值班宿舍走去，口袋裡的手機響了起來。

「郭先生，我們這裡是第九醫院，你現在方便過來一下嗎？」

郭敏臉一沉：「我姐的住院費不會拖欠的，不要老盯著我好不好。」

電話那頭的年輕女聲略微遲疑了一下，接著便果斷地說道：「不是為了住院費的事，郭先生，請你務必馬上過來一下，是孫醫師找你。」

直覺告訴郭敏，姐姐肯定出事了，對方只是不方便在電話中直截了當告訴自己：「我馬上到！」隨即便轉身匆匆離開了派出所大院。

一旁屋簷下的老所長把這一幕看得清清楚楚，他本想叫住郭敏，詢問

第五章　第三起

　　下市局那邊到底處理得怎麼樣了，很快卻又打消了念頭。同仁從身後走了過來：「老丁，小郭是不是出什麼事了？」

　　「我剛才聽到是他姐姐的事，醫院打來的。」老所長嘆了口氣，「這家家都有一本難唸的經，只是苦了這孩子了。」

　　「他姐姐？怎麼了？」

　　老所長沉聲說道：「據我所知，小郭的姐姐郭亞茹患上了精神分裂症，平日也是時好時壞的，為了怕他姐出事，每次犯病了，他就不得不把他姐送進第九醫院。」

　　「精神分裂症？我知道那種，」同仁的目光中滿是同情，「我家所在的社區裡就有一個，一犯病就到處打人，周圍居民報過好幾次警，但是因為家裡沒錢送醫院，家人實在沒辦法，就不得不用根繩子綁起來，唉，這麼做真是作孽。」

　　老所長聽了，卻只是用力搖搖頭：「你是五月分才調來的，不了解裡面的情況。小郭的姐姐可不一樣，她具有嚴重的自虐傾向，有好幾次都差點自殺成功了。我想啊，或許就是為了能夠離家近一點，方便照顧，這孩子就放棄了去大醫院工作的機會，當了一個平平淡淡的派出所小警察吧。對了，他家就住在離我們所裡不到五百公尺的那個社區裡。」

　　話說到這裡，老所長臉上的神情突然變得凝重了起來：「說到他家，去年的時候，我去家訪過一次，因為看著那份實習意向單，我心裡總覺得一個名牌醫科大學畢業的年輕人，放著大好前程不去，卻強烈要求來我們這個小地方實習、上班，內裡肯定是有原因的。」

　　「那後來呢？」

　　老所長長嘆一聲，苦笑：「他媽媽早就因病去世了，父親是個老酒鬼，

平日靠打零工度日，賺的錢自己花都不夠，所以常年不管家裡的事。小郭從小到大都是姐姐郭亞茹在照顧，後來，姐姐意外患病，家裡請不起看護，為了能照顧姐姐，他便強烈要求來我們這裡。」末了，又感慨道，「這孩子，非常聰明，說老實話，我其實很希望他能離開，不要束縛在我們這個小地方，但是現在看來，他早就已經做出了選擇。誰都改變不了了。」

＊　＊　＊

警局網安大隊辦公室裡，鄭文龍飛速敲擊著自己最心愛的櫻桃青軸鍵盤，清脆的鍵盤劈啪聲充斥著房間裡的每一寸空間，也讓他的心情異樣激動。這兩天因為要不斷地進行程式設計嘗試，局裡統一分配的鍵盤被他生生敲失靈了，便乾脆搬來了家裡的這個最心愛的 MX8.0，不僅如此，就連過夜用的枕頭被子也一併搬過來了。

終於，看著電腦螢幕上最後出現的那一行 IP 地址，鄭文龍驚喜過後，卻怔住了，嘴裡喃喃道：「原來你不在本國啊！」

站在身後的助手嘀咕道：「鄭隊，難不成你還活在 20 世紀？」

「為什麼這麼說？」鄭文龍不解地問道。

「網路和現實不一樣的地方就在這──它根本就無國界可言！」助手嘿嘿一笑，「不過，鄭隊，你還真挺厲害的，藏得這麼深的 IP 都被你找到了。他是誰？」

鄭文龍若有所思地看著這串數字，半晌，聳了聳肩，道：「一個老朋友。」

第五章　第三起

◆ 2

　　市第一醫院職員更衣室的走廊裡，李曉偉有些心不在焉地來回踱著步。終於，身後的門一響，章桐走了出來。

　　在來醫院的路上，章桐不得不向李曉偉妥協，答應臨時換上醫院裡加護病區護理師的專有顏色制服。因為她身材比較瘦小，所以要想找到一套適合穿的並不是什麼大問題。

　　穿著護理師服，章桐卻感覺渾身彆扭，每走一步，雙手不是拽就是扯，臉也憋紅了。李曉偉見此情景，先是一愣，隨即臉上露出了青澀的笑容。要知道章桐除了青黑色的制服外，平日的衣服也總離不開黑色和灰色兩種單調的色彩。

　　章桐盯著李曉偉看了一會兒，不禁皺眉嘀咕道：「我是不是穿得很難看？」

　　「沒，還真挺好看的呢！」李曉偉臉紅了，他趕緊轉移話題，「快走吧，到查房時間了。」

　　章桐點點頭，兩人便一前一後向病房區快步走去。

　　按照規定，加護病房區每天有兩次查房，而只有在這個時候，才能夠讓病人徹底放鬆警惕，章桐所提的要求也很簡單，就是想再次近距離看看兩位受害者身上的傷勢。

　　每個加護病房裡只住一個病人，李曉偉和內科主任等在門外，章桐和另一位護理師先走進蔡曉玲的病房，用力拉上圍簾，輕聲安撫後，年輕護理師便輕輕掀開被子，直至褪去衣服。章桐便上下仔細查看起蔡曉玲的身體，除去左胸口因為有開放性傷口，不得不綁上 8 公分寬的紗布以外，身

體的其餘部分是看得清清楚楚的。在這之前本打算用手機拍下相片，但是卻遭到了李曉偉的強烈反對，章桐便在醫囑紀錄上盡可能地畫下蔡曉玲身上所有傷痕的位置和大致形成的時間。

走出房間後，接著便是喬米月的病房。在門口，章桐遇到了喬米月的弟弟，見他纏著李曉偉抱怨個不停，便和護理師先行進去，很快就結束了查驗登記傷勢的工作。出來的時候，見他還在角落裡和那年輕人理論著什麼，就和身邊的護理師囑咐了幾句，自己先下樓去他的辦公室等。

十多分鐘後，李曉偉匆匆推門走進了等候室，滿臉歉意地對章桐說道：「實在沒辦法，他問個不停，我又不好多說什麼，畢竟凶手還沒抓住，妳說是不是？」

章桐合上紀錄本，抬頭看著他，目光複雜。

「妳這麼看著我做什麼？」李曉偉感到很奇怪。

「假設一下，你被人打了，我是指程度很嚴重的那種，接著你反抗了，那受傷後的第幾天，你身上的傷勢能最完整地在皮膚表面被反映出來？」

李曉偉皺了皺眉：「活人的話，我想應該是在四十八到七十二小時左右吧，不過，這也要就事論事的。」

章桐點點頭：「喬米月已經超過了七十二小時，蔡曉玲不一樣，她正好符合這個時間段，但是，在她們的身上，我沒有看到任何抵抗傷的遺留痕跡。」

李曉偉愣住了：「不對不對，這不可能，這麼嚴重的傷勢，怎麼可能沒有抵抗傷？會不會是因為傷痕太多，所以你忽視了？」

這話一出口，李曉偉就後悔了。章桐只是看了他一眼，卻並沒有回答，接著說道：「兩個人身上的傷痕中，包括掐痕、皮膚撕裂傷、擦傷……」

第五章　第三起

發現位置和數量與紀錄相對照，都是吻合的，但是在這些遍布全身的傷痕之下，受害者的十指指關節、手背、上臂、下臂……那些我所能想到的位置，什麼都沒有。也就是說，案發過程中，這兩位受害者要麼是被迫承受傷害，放棄抵抗，要麼就是被突然襲擊，被控制，以致根本就沒有反抗的機會。」

「我趨向於後者。」李曉偉道。

「為什麼？」章桐不解。

李曉偉神情凝重，緩緩說道：「因為無論再怎麼忍耐，只要意識還清醒著，那麼在『痛感』的面前，本能會迫使你去做出反抗，哪怕被捆住了手腳，還是會拚命去掙扎和躲避。因為『痛感』是我們人離開母體時最先接觸的也是最原始的感覺。」

章桐突然想到了什麼，抬頭看著李曉偉：「那處胸口的創口，有原始的相片嗎？我幫她們做檢查的時候，都已經被急診醫生處理過了，進行了包紮。」

「妳問過急診醫生了嗎？」

章桐臉上露出了尷尬的神情：「他只是提到說左胸乳房發生了接近兩公分左右的離斷傷，乳頭被割去，別的，他就沒說。而這還不是命案，我沒有權力……」

李曉偉頓時明白了章桐言語之間為何會這麼遲疑不決了，他不由得咧了咧嘴，無奈地搖頭：「我也沒辦法。」

* * *

市第九醫院住院部走廊裡，看著空蕩蕩的病房，郭敏狠狠地一拳打在

了牆上，嘴裡不由得發出了痛苦的哀號，這一幕驚得一旁陪同的護理師和住院醫師面面相覷。

突然，郭敏轉身順勢一把抓住院醫師孫強的前胸，把他推到了牆角，雙眼緊緊地盯著對方，沉聲斥責：「你們到底是怎麼回事？我警告過你們，一定要好好看住我姐姐，她是怎麼出去的？她現在要是有個什麼三長兩短的，我……」

「郭警官，你冷靜點。」孫強竭力控制住自己的情緒，「你好好聽我說，行嗎？事情的發生並不是你所想像的那樣的。郭警官，我是她的主治醫師，我要對她負責的，你相信我一次，就這一次，行嗎？」

聽了這話，郭敏呆了呆，隨即鬆開了對方的衣領，低聲說了句：「對不起，孫醫師，我衝動了。」

孫強大口喘著粗氣，用目光示意隨後趕來的保全和護理師離開，直到走廊裡只剩下他和郭敏兩人，這才無奈地說道：「郭警官，你很清楚你姐姐所患的只是間歇性精神障礙並且伴有輕度自殘傾向，她除了發病的時候需要看護，其他時間裡，是不需要我們全天候陪護的。因此，在你所交費用的基礎上，只要她自願，並且通過了我們醫院的稽核，三位主治醫師確定她神志清醒，並且具有完全獨立的自我判斷能力，我們就不能夠限制她的人身自由，這裡畢竟只是醫院，不是你們派出所，更不是監獄，你明白嗎？」

「那你至少也該打個電話給我，是不是？」郭敏憤怒地說道。

孫醫師聽了這話，只是神情複雜地看了他一眼，自言自語道：「看來我猜的是對的。」

「什麼意思？」郭敏愣住了。

第五章　第三起

「護理師正要打電話通知你，你姐姐說她出去後會告訴你的，還說你現在工作很忙，叫我們不要隨便打擾你。」孫強若有所思地喃喃說道，「我那時候就覺得有點不對勁，但是我卻又一時半會兒找不到原因。你姐姐走後十多分鐘的樣子，我就叫護理師打了個電話給你，讓你馬上來趟醫院，因為我猜到你姐姐身上一定發生了什麼事。」

「說下去！」郭敏急切地追問道，「發生什麼事了？」

「我們查過醫院外面的監控，發現她是坐了一輛白色的轎車走的，而據我所知，你家沒有車，對嗎？」孫強認真地看著郭敏的眼睛，「那車一直在等她。」說著，他伸手從白袍口袋裡摸出一張病歷籤，遞給郭敏：「這上面是你姐姐離開醫院的時間，還有車牌號。在打電話給你之前，我們沒辦法確認她是不是出事了，這些判斷也只不過是推論而已，而在給你的電話中又說不清楚，所以，也就只有硬著頭皮把你叫來再說了。總之，希望你姐姐她沒事。」

郭敏聽了，感激地點點頭：「謝謝你，孫醫師，你放心吧，我姐姐不會有事的，絕對不會！」

面對郭敏的果斷，孫醫師只能輕輕嘆了口氣：「唉，平安就好，她太可憐了。」

＊　＊　＊

入夜，市日報社大樓裡一片燈火通明。

記者部年輕的副主任吳嵐心情糟透了，不只是因為自己結婚的事前不久剛剛泡了湯，更主要的是一連好幾天都沒有吸引人眼球的大新聞拿出來，這對自己來說可不是什麼值得慶幸的事。新官上任三把火，自己卻連個火星都見不到，那可是很丟人的。

透過隔窗，外面的大辦公室裡依舊萬頭鑽動，畢竟是市裡的大報社，很多人擠破腦袋都想進來混個飯碗好出人頭地，所以這裡每天都在上演著無聲無息的角逐廝殺。吳嵐知道，頭條大新聞對於一個想出名的記者來說到底意味著什麼——就像嗅到血的蚊子，當然會毫不猶豫地向獵物衝過去。

　　吳嵐絕對不會甘心自己就此被淘汰，她焦躁不安地敲擊著鍵盤，彷彿自己下一個成名的機會就隱藏在螢幕上的字裡行間一般。

　　正在這時，鍵盤旁的手機發出了提示音。吳嵐微微皺眉，只是習慣性地瞥了一眼，如流水一般敲擊鍵盤的聲音依舊在自己小小的隔間裡流淌著。但是她的內心卻為此而大大地鬆了口氣。

　　似乎這幾天來，吳嵐所等待的就是這一刻。

　　留言的話不多，只是短短的幾個字，吳嵐也並沒有迫不及待地立刻點開手機頁面去回覆對方。她看似沒當回事，嘴角卻閃過一絲心滿意足的微笑。

✦ 3

　　這麼多年了，我不斷地在問自己一個問題——同一件事情，有沒有第二次機會的可能？

　　人的一生不會重新來過，錯過的就是錯過了。如同玩輪盤賭一樣，自打輪子轉動的那一刻開始，就不會有人知道下一個結果到底是什麼。

　　但是我不甘心。

第五章　第三起

　　我學會用父親的眼光去看待生活。我吃他愛吃的食物，學著他抽菸的樣子，甚至還買了一輛同樣牌子的摩托車。

　　說來真是奇怪，我害怕父親，但是我卻又崇拜他，因為，他是唯一真正愛過我的人，難道不是嗎？

　　一縷笑容從我的嘴角慢慢洋溢開來，我溫柔地說道：「親愛的，如果妳不想死的話，妳現在可以打電話報警了。」

　　但是這一次，她卻再也不會動了。

　　我的心也在一點一點地變得冰冷。

　　是的，她死了。

＊　＊　＊

　　警局大院裡格外熱鬧，因為臨街的出入境辦證大廳需要維修，所以便臨時把辦公窗口挪進了警局一樓大廳。

　　誰都沒有注意到一輛警用摩托車快速地開了進來，郭敏下車後，拔了鑰匙，穿過人群便向樓上跑去，全然不顧身邊經過的人投來異樣的目光。最終，他大汗淋漓地出現在刑偵二隊辦公室門口，衝著海子便嚷道：「我要報案！」

　　海子驚得目瞪口呆，他上下打量了一番郭敏，問道：「你說什麼？」

　　「我要報案！」郭敏的聲音幾乎充斥了整條走廊。

　　童小川從小隔間裡走了出來，皺眉：「出什麼事了？什麼案子？」

　　「我姐姐，她失蹤了！」郭敏嚥了口唾沫，神情緊張，「她，她患有創傷後壓力症候群，已經好多年了。求你了，童隊，一定要幫我找到她。」

　　童小川不由得心中一凜，他立刻轉身，來到值班臺前，打開電腦，一

邊記錄一邊問道:「什麼時候發生的事?」

「就在剛才,不,確切時間是五十八分鐘前。」郭敏邊說邊抬頭看了看牆上的掛鐘,聲音微微顫抖,「我接到第九醫院孫強孫醫師的電話,趕到醫院後,他們告訴我說,我姐姐離開了醫院,並且,並且坐上了一輛白色轎車,兩廂式的,我看了他們給我的車牌號,還查了監控……」

「套牌?」童小川瞇起了雙眼。

郭敏點點頭,焦急地說道:「是的,是套牌,而且車輛行駛軌跡也很特別,出了兩個街口,在錢橋花園社區門口消失了,在來這裡之前,我去了車輛最後出現的社區附近,可是查遍了所有的周邊監控,這車就跟人間蒸發了一般,消失得無影無蹤。」

「看來這傢伙對地形非常熟悉。」童小川嘀咕道,他突然抬頭,目光狐疑地看著郭敏,「等等,我記得精神病院的病人不都是要經過家裡人接才能出院的嗎?你是不是搞錯了?」

郭敏搖搖頭:「我姐姐郭亞茹雖然患的是 PTSD,但她是屬於輕度自殘傾向的,也就是說發病的時候,她只會傷害到自己。至於說家裡,也只有我照顧姐姐。我怕萬一出事,所以這麼多年來,只要一發覺姐姐的精神狀況出現異樣,我就會送她去九院治療一段時間。」

「那他們醫院的出院制度呢?不會只是個擺設吧?」海子在一旁不解地問道。

「當然不是。」郭敏果斷地否決了,「九院對於出院這方面的要求是非常嚴格的,哪怕是病人家屬去接,病人也要先經過院裡的專門問卷調查,並且由三位主治醫師共同做出鑑定才能放行。」

「但是你姐姐……」童小川不解地問道。

第五章　第三起

「是的，她通過了調查，再加上是自願入院，所以，只要她願意，她隨時都可以離開醫院。」郭敏並沒有說出姐姐郭亞茹還欺騙了院方，其實在他心裡，只要能把她找回來，那一切就都不是問題了。

童小川沉思片刻後，點頭道：「好的，這個案子我接了，海子，幫他完整地做個筆錄，把情況通知圖偵組。」

他剛站起身，值班臺上的紅色電話便響了起來，聲音刺耳，聽得人不由得心頭一震。海子趕緊接起電話，簡單確認後便對童小川說：「童隊，有案子，排程通知我們馬上出發！」

郭敏在一旁聽了，焦急地追問道：「哪裡？是哪裡出了案子？」

童小川沒有回答他，直接囑咐海子：「你留守，有情況隨時聯絡。」轉身便帶著幾個下屬跑了出去。

見此情景，郭敏剛要追，卻被海子一把攔住了：「沒你的事，去了只會讓童隊對你發火。」

郭敏愣住了，他看了看海子。

海子卻嘆了口氣：「屍體是在隧道邊的排水溝裡被人發現的。我看，你就給我老實待著吧，別再給我們添亂了。兄弟，等有你姐姐消息的時候，我一定會盡快通知你的。」

「謝謝！」郭敏的眼圈紅了。

* * *

雲溪山隧道有將近三公里長的距離，因為地處交通要道城市內環，所以平日就是車水馬龍的地方。隧道兩旁是高大的排水溝，有一人多深。

因為是旱季，儘管剛下過一場雨，排水溝裡也只有幾公分高的積水。

女孩的屍體就在排水溝的底部，頭東腳西斜靠著一旁的水泥管壁，睡著了一般，頭耷拉著，長髮遮蓋住了臉部，身上的衣著還算完整，只是雙腳光著，沒有穿襪子。

在隧道路中央的往來車輛根本就看不到排水溝底部的女孩屍體。她就像一袋垃圾，被人隨手扔在了這裡。

章桐換上長筒膠鞋，下到排水溝底部，然後從助手顧瑜手中接過工具箱和相機，等她也下來後，兩人這才在屍體旁蹲下身子。

章桐伸手輕輕地拂開蓋在女孩臉上的頭髮。她看到的是一張沒有生氣的臉，冰冷而又僵硬，臉色呈現出異乎尋常的灰白。

「主任，」顧瑜忙著拍照，卻又微感不安地問道，「這裡難道是拋屍現場？」

章桐點點頭，神情凝重，戴著手套的右手逐一輕輕翻開了女孩微微閉著的雙眼：「與遊樂園的案子無關。」

這話是說給一直守在排水溝邊上的童小川聽的。他張了張嘴，卻只是發出了一聲重重的嘆息。

章桐心中一動，右手順勢撩起了死者的內衣，果不其然，血肉模糊的左胸頓時出現在她的面前：「拿手電筒給我。」

顧瑜趕緊從一旁打開的工具箱裡找出了強光手電筒：「主任，難道是那個案子？」

章桐沒有說話，排水溝裡雖然有隧道的頂燈照明，但是進一步查看傷口的話，卻需要更為集中的光線。章桐用嘴咬著手電筒，騰出雙手，把屍體的內衣全部捲了上去，面對著滿是血汙的上身，她乾脆雙膝跪在排水溝的底部，身子前傾，這樣能更接近自己所要查看的位置。

第五章 第三起

　　終於，章桐看清楚了。她默默地放下衣服，關上手電筒，站起身，對童小川說道：「童隊，我想這次那傢伙是失手了。」

　　「你說的是⋯⋯」

　　章桐爬上排水溝的頂部，站在隧道邊上，來往車輛所發出的嗡嗡馬達聲讓她感到有點頭暈：「是的，目前看來就是那個暴力傷害前面兩位女受害者的犯罪嫌疑人做的。胸部的傷口位置一模一樣，而且是死前造成的。」

　　一聽這話，童小川的臉色頓時陰沉了下來：「你確定是同一個人做的？」

　　「手法完全相同。」章桐答。她想了想，又強調了一句，「但是前面兩個還活著，所以我沒辦法考核近距離的傷口。」

　　「可連環傷害案件的行凶者一般都是不會傷人性命的，」童小川皺眉自言自語道，「這說不通。」

　　正說著，排水溝底下的顧瑜已經把屍體裝進了裹屍袋，拉上拉鍊，在章桐的幫忙下把擔架拿下來，準備最後固定屍體。耳畔突然傳來了一聲急煞車，很快，車門打開，車上匆匆下來兩個人，扛著相機和錄音設備，自顧自伸手拉開路邊的警戒帶，直接就要向這邊過來。張一凡正站在警戒帶邊上，見這一幕，剛要伸手阻攔，其中的年輕女人頗為傲慢地說道：「我們是報社法制專欄的，主管叫我們來現場進行實地採訪，這是正常公務。」

　　童小川聽了，不由得心中暗暗叫苦，因為這聲音對他來說再熟悉不過了，來人正是前段日子和自己鬧得不可開交的未婚妻吳嵐。

　　他鐵青著臉轉身朝吳嵐走去，來到近前，面對對方臉上一閃而過的得意笑容，冷冷說道：「廢話少說，你們再不馬上離開，我就直接抓人！」

笑容瞬間凝固在吳嵐精心修飾過的臉上，因為記憶中眼前這個男人還從未這麼公開冒犯過自己，她目瞪口呆地注視著童小川漸漸遠去的背影。直到警車全部離開，身邊惴惴不安的助理這才忍不住小聲嘀咕道：「吳姐，妳看……」

「看個屁，直接去警局，我就不信堵不住他的門。」吳嵐憤憤然說道，「這可是頭條新聞，不能讓別人給搶了！絕對不能！」

話音未落，手機響起，是提示音，吳嵐匆匆掃了一眼螢幕後，臉上的怒容竟然消失了，她一頭鑽進車內，衝報社同事嘀咕了句：「開車，去市警局！」

同時，纖細的手指快速敲擊手機螢幕── 謝了！

透過車後照鏡無意中看到後座上的吳嵐臉上的神情變得輕鬆許多，助理不禁意外地問道：「吳姐，什麼好消息？」

吳嵐雙眉一挑，神情傲慢且頗為得意：「我遇到個線人，消息還真的是準呢。」

「是嗎？」助理也挺高興的，畢竟吳嵐是自己的直屬上司，她開心了，自己接下來在她手下當差的日子也能好過些，「吳姐，妳是怎麼認識這位『大神』的？能弄到警方線索的，可不是什麼 B 級別，必定是 A 級別哦。」

吳嵐聽了，卻只是聳了聳肩，嘀咕道：「我沒見過他，是他在網路上自己找到我的，並且免費提供我消息，看來這年頭還是『好人』多啊。」

第五章　第三起

◆ 4

　　警局案情分析室裡，應童小川的強烈要求，李曉偉便在分析室靠門的位置給自己加了張凳子，不然的話按照他的習慣，屍檢報告出來之前，他是不習慣加入案件分析的。

　　「從案發現場屍體身上所發現的工作證件得知死者叫邱月英，女，二十二歲，生前是順康醫院的護理師。」童小川說道。

　　「順康醫院？」陳豪不解地問，「這名字很陌生，是什麼醫院？」

　　童小川低頭看了下自己面前的紀錄本：「這是一家專門護理老人的康復醫院，位於城東，屬於社會安養院下屬機構。」

　　「既然是在城東，那死者屍體又怎麼會被拋在這麼遠的隧道內，足足橫跨了大半個城？」有人問。

　　童小川道：「根據走訪回來的彙報情況顯示，案發當晚，死者所工作的康復醫院裡，一位老人舊病復發，但是康復醫院沒有相應的醫療設備，便聯絡了急救中心，安排救護車給送到了市醫院。而死者邱月英正是隨行護理師。」說著，他抬頭環顧了一下四周，「據死者的對班同事說，當時兩人交接班後，邱月英便離開市醫院，自行返回宿舍休息。凶案就是在那個時候發生的。」

　　聽了這話，李曉偉不由得心中一沉，他看了看童小川：「童隊，在現場時，章醫生那邊的判斷是什麼？」

　　「她認定這是一起連環案。」童小川遲疑了片刻後，說道，「不過，現在屍檢報告還沒出來，我暫時保留併案的個人意見。」

　　李曉偉不解：「那你的意見是什麼？」

童小川看了他一眼：「李醫生，我沒有你專業，但是我總覺得一個已經有既成模式的連環傷害案件犯罪嫌疑人，一般來說是不會輕易打破自己的犯案模式的，所以，我需要更進一步的證據來推翻我這個觀點。」

　　李曉偉微微皺眉：「童隊，我記得前面兩個案子，犯罪嫌疑人都是在事後威逼受害者報案，而作案地點也都是比較隱祕，事後受害者也還能保住性命。但是這一個，卻死了，而且，根據剛才你的講解，案發地的隧道是交通要道，來往車輛非常多，監控探頭的密集程度更不用提了，他為什麼偏偏要選擇這麼一個拋屍地點？原因應該很好理解。」

　　「繼續說下去。」一旁坐著的副局長陳豪禁不住開口催促道，「什麼原因？」

　　「我記得章醫生曾經說過這個犯罪嫌疑人做事非常謹慎，這一點，可以從前面兩位受害者身上的傷勢看出來，用心理學上的話來說，就是近乎病態型的強迫型人格障礙的表現。」說到這裡，李曉偉突然換了一種口氣，聲音低沉，臉上的神情也變得嚴肅了起來，「但是說到性侵案，再加上暴力虐待，總有無法掌控傷害程度的那一刻，畢竟我們所面對的是普普通通的人。所以，一旦出了差錯，受害者死了，而這樣的意外結果是完全打破了這傢伙所預先擬訂的計畫的，本來遊刃有餘的他瞬間就失了章法，所以才會出現在隧道口冒險拋屍的結果。我想，這種近乎愚蠢的拋屍行為的發生應該是由於時間倉促，嫌疑人必須馬上處理掉屍體，以防自己的所作所為被人發現。

　　「所以我的結論和章醫生是一樣的──兩起傷害案，一起殺人案，可以併案。」李曉偉果斷地點頭，結束了自己的推論。

　　與會的眾人面面相覷。

第五章　第三起

　　散會後，李曉偉在走廊裡叫住了童小川：「童隊，有件事想麻煩你，或許和你的這三起案子有關。」

　　「是嗎？」童小川雙眉一挑。

　　李曉偉點點頭，順手從口袋裡摸出一張便條紙，塞到他手裡：「幫我找到這個人，這是案件編號。」

　　童小川聽了，一臉狐疑地打開手中的便條紙，目光掃過之後，不禁繃起了臉，冷冷地一口回絕：「對不起，李醫生，這個案子，我恐怕有難度。」

　　「可是，我必須找到她。」李曉偉有些急了，「她是唯一的鑰匙。」

　　「我先不問你這案件編號是哪裡來的，李醫生，這可是違反局裡規定的事，我不能做。」童小川果斷地說道，「保護受害者的隱私是法律上明文規定的，我不能知法犯法。」

　　「你，你怎麼這麼不講理！」一向溫文爾雅的李曉偉頭一次急紅了臉，「我沒有要窺探她的隱私，我只是懷疑當初傷害她的人和我們目前這起惡性性侵案的受害者有著密不可分的關係……或者說，我只想和她談談而已。童隊，我說你別這麼死腦筋，要不這樣吧，你們出面和她聯絡，這樣就不算違法了吧？」

　　「理由？」童小川一字一頓地說道。

　　李曉偉嚥了口唾沫，語速飛快：「『犯罪簽名』！她身體上的『犯罪簽名』，和我另外兩個病人身上的所處位置一模一樣！」

　　「『犯罪簽名』？」童小川不由得愣住了，他思索片刻後，依然不置可否，「還有別的事嗎？」

　　「當然有，我需要一份前面兩位受害者的詳細資料，包括工作單位、

案發的時間和地點，還有剛發現的死者的，加起來總共三份。」李曉偉道。

「這個沒問題，我盡快安排人整理好後，就給你發手機信箱。」丟下這句話，童小川便頭也不回地匆匆離開了走廊。

看著他的背影，李曉偉沮喪地發出了一聲長嘆。

第六章　午夜殺人魔

　　我輕輕地閉上雙眼，在仔細品味黑暗的同時，耳畔傳來了你的聲音，輕柔地彷彿來自另外一個世界──準備好了嗎？

　　這一刻，終於來到了。

◆ 1

　　警局底層獨立解剖室裡，水池中的滴答聲不斷敲擊著人脆弱的耳膜，偶爾房間裡還會響起用力剝離人體器官時所發出的一陣陣沉悶而怪異的刺啦聲。

　　房間裡的空調已經調到最低溫度，章桐穿著一次性手術服，頭髮被小心翼翼地捲進了手術帽裡，臉上戴著護目鏡和口罩，整個人都被包裹得嚴嚴實實，貼身的衣服已被汗水浸溼。

　　此刻的她雙手沾滿了血汙，汗水順著額頭滾落，讓她幾乎睜不開眼。或許是顧瑜剛才繫得太緊了，腰間的皮圍裙讓她感覺很不舒服，只要稍微動一下身體，無論多麼小的角度，圍裙的邊角就會發出難聽的嚓嚓聲。

　　章桐不太喜歡聽到皮質互相摩擦的聲音，就像有些人不喜歡聽到飯勺刮鍋底的聲音一樣，這會讓她感到頭皮陣陣發麻。

　　「⋯⋯擦傷⋯⋯挫傷⋯⋯挫裂創⋯⋯主任，除了她左面乳房上 3.2×2.5

的Ｖ字形銳器剪下創外，她身上可到處都是傷啊！她到底經歷了什麼？」看著手中的屍檢紀錄畫冊，顧瑜的年紀和死者的差不多，所以難免就有些動了感情，說話的語調中自然也隨之而帶上了些許質問。

章桐平靜地看了她一眼，什麼都沒說，只是依舊低頭把注意力集中到自己面前墊板正中央的心臟上。這無疑是一顆健康的心臟，大小正如死者的右手握拳時的尺寸，幾條重要血管的分布和心臟瓣膜的顏色、狀態都是正常的，幾乎挑不出一絲瑕疵，但是現在這顆心臟卻再也不會跳動了。

雖然說死者曾經經歷過一場可怕的劫難，並且為此而失去了性命，但是章桐知道，如果不排除死者本身病因致死的可能，那後面就將寸步難行。

看著死者水腫的肺部和微微腫大的左心室，章桐的心中頓時有了底。

正在這時，解剖室的門被推開了，童小川站在門口，眼前突兀的場景讓他微微皺眉，一腳門裡一腳門外。正在遲疑之際，章桐頭也沒抬，嘆氣道：「童隊，要麼關門要麼出去。」

童小川訕訕地一笑，順手從工作臺上抓起一件一次性手術服，胡亂地往身上一套，靠近解剖臺的時候，和章桐說話，脖子卻僵硬地保持在水平線上：「章主任，死因出來了嗎？是不是他殺？」

「這個，比較複雜，」章桐對顧瑜點點頭，後者便把手中的屍檢紀錄畫冊遞給了童小川，「除了左胸那一處明顯的剪下創外，身上總共有8處刺創、2處砍創、7處挫傷，其中嚴重的有3處，分別位於背部、腰部和左後臀部，表層伴有嚴重的挫裂傷，明顯是在拖拽的過程中形成的，至於說頭部，3處頭皮撕裂⋯⋯」

章桐話還沒有說完，就被童小川打斷了：「等等，章主任，妳是說她

第六章　午夜殺人魔

是被活活虐待死的？」

　　章桐伸手指了指自己面前的心臟，輕輕嘆了口氣：「她雖然渾身都是傷，但是真正的死因卻是急性心力衰竭。她雖然曾經擁有一顆健康的心臟，但是因為行凶者對她過於殘暴，整個作案過程持續的時間又很長，所以，造成了受害者情緒激動，導致嚴重的心律失常，血壓持續降低，直至心源性休克，最後在沒有得到及時救助的情況下，心臟突然停止跳動，心力衰竭而死。」

　　說到這裡，章桐回頭看了一眼靜靜地躺在解剖臺上的屍體，在蓋著的白布下，女孩顯得越發瘦弱不堪。

　　童小川突然問道：「章主任，請妳如實告訴我，這個屍體上的傷口，是不是和當初的那起案子分毫不差？」

　　章桐一愣，隨即意識到李曉偉必定找了童小川，便點頭：「是的，分毫不差，所使用的都是一把刀刃長約9公分的剪刀。」

　　「剪刀？」童小川不由得一哆嗦，他又小聲重複了一遍，「剪刀？妳確定？」

　　聽了這話，章桐不由得和顧瑜面面相覷，這才無奈地點頭道：「沒錯，是剪刀，這是從她的傷口判斷出來的。妳給他看一下剛才拍下的屍表相片，詳細給他說一下。」

　　此刻的屍體因為處於開胸狀態，所以並不適合翻動。

　　顧瑜便隨即上前，把相機中剛才拍攝的屍體相片分別調給童小川看，解釋道：「童隊，剪創並不多見，因為剪刀的使用方式不同，所造成的創面也是不同的。你注意這幾處，是剪刀刺創，凶手應該是將剪刀的雙刃合攏，作為刺器刺入受害者體內，形成剪刺創，它的形成機理卻與刺創相類

似,但是與一般的單刃或者雙刃的銳器不同,因為皮膚表面會有雙剪背的形狀。如果是張開的剪刀的話,則是大小不一,距離不等,兩兩相對的瓜子形剪創創口,」顧瑜指著死者背部的一處剪創道,「就是這一處,也是剪刀造成的,上面的瓜子形剪創創口很明顯。內側呈現出銳角,而外側便是鈍角。皮膚表面也有出血,表明這是生前造成的。」

再次翻動相片,眼前便出現了一張死者左胸口的放大相片。童小川下意識地緊鎖雙眉。

「我們對傷口進行徹底清洗後,才確認這是明顯的剪斷創,雖然創口較為平整,但是仔細辨別的話,可以看到右邊1.3公分處有凸起,也就是說形成了互相錯位的、一高一低的兩個半圓平面,兩者之間有個小小的夾角。」說到這裡,顧瑜抬頭看著童小川,目光複雜,「我說童隊,這傢伙瘋了,你如果不盡快抓住他的話,下一個,就不知道是誰倒楣了。而在被抓住前,相信我,他可是絕對不會停手的。」

童小川沒有說話,他思索片刻後,問:「我有兩個問題。」

章桐摘下了手套,順手丟進一旁的垃圾桶:「儘管說。」

「第一,前兩個受害者身上,創口是否也是剪刀造成的?」童小川直視章桐。

「第二,當年的那起案件呢?」

章桐想了想,答道:「嚴格意義上來講,前面我所看過的那兩位受害者,因為都不屬於命案,所以,我只是從表面做了相應的檢查,並沒有深入研究傷口的形狀和成因,所做出的結論也是基於和急診醫生溝通的結果。而現在,受害者已經進入身體的恢復期,我上次在病房中查看的時候,她們胸口的位置都被進行了包封處理,我看不到了,至於說急診醫

第六章　午夜殺人魔

生，因為不是很專業，所以又描繪得很含糊。」說到這裡，她重重地嘆了口氣，「這應該算是我的失職。」

「至於說當年那起案件，如果能有機會和當初的倖存者談一談的話，就能得到更確切的結果了。」

童小川點點頭，轉身走出了解剖室。

「主任，這不能怪妳，妳為什麼要往自己身上攬責任？」顧瑜一臉詫異地問道。

「不，前面兩起雖然說並不是命案，我們法醫也不用負責勘驗，一切都是以傷者的意願為主，但是，」章桐認真地看著顧瑜，「我希望以後妳要記住，但凡是腦子裡有任何一個念頭，哪怕很荒唐，或者說自己事後想想都會覺得是多餘，可只要在當時與案子有關，就必須追查到底，這是妳的職責！明白嗎？」

＊　＊　＊

二樓走廊上，童小川剛要推門走進辦公室，身後就傳來了雜亂的腳步聲，很快吳嵐的聲音便響了起來：「等等，小川！」

童小川一皺眉，鐵青著臉緩緩轉身，看著氣喘吁吁的吳嵐，伸手一指：「叫妳的跟班馬上給我把攝影機關了！」

年輕助理嚇了一跳，本能地按下開關，呆呆地站著，目光在兩人之間來回游移，一時之間不知道該說什麼才好。

吳嵐剛想反駁，可是臉上的怒容卻很快就消失了，打發走了身旁的助理後，接著便笑嘻嘻地說道：「小川，別生氣嘛。」

「妳來這裡做什麼？」見對方的態度有些軟了下來，童小川也不好抹

了面子，畢竟兩人曾經是準備談婚論嫁的。

「公事！」吳嵐回答的倒是乾脆俐落。

「公事？」童小川皺眉，壓低嗓門道，「不是跟妳說了嗎，妳不方便在這個時候介入案子，明白嗎？破案後，自然會告訴妳。」

吳嵐聽了，卻只是雙眉一挑，顯得滿不在乎：「你說那個小案子啊，我才不當回事呢，你可別忘了我的身分。」

「喲，幾天不見，妳升官了？」童小川饒有趣味地看著吳嵐，「那剛才跟在妳身後的小跟班，難不成是來幫妳拎包的？」

吳嵐臉上的笑容消失了，她瞪了童小川一眼，不滿地說道：「話怎麼說得這麼難聽！好吧好吧，不跟你計較了，浪費我時間！我這次來，是跑新聞不假，但其實那也是多餘，裝裝門面而已，因為案子裡面的大概內幕，我事先都已經知道了，所以呢，我今天來找你，私底下還有更重要的一件事，不過呢，你這榆木腦袋是絕對猜不到的！」

童小川是真的感到吃驚了，他呆呆地看著眼前的這個年輕女人，囂張與果敢兩種不同的個性就像冰與火一樣，竟然以一種不可思議的方式得到了完美的結合，雖然說兩人之間幾乎三句話不到就會吵個你死我活，但是吳嵐似乎總有辦法在最緊要關頭讓童小川甘拜下風，乖乖聽她說話。

「怎麼，不問問我到底是什麼事嗎？」吳嵐笑咪咪地看著她。

「等等，」童小川臉上的神情突然變得嚴肅了起來，「按照規定，案子未破，媒體是不能夠隨意介入的，妳又是怎麼知道所謂的內幕？難道說又是妳的什麼『線人』透露給妳的？吳嵐，我以朋友的身分警告妳，妳可別玩火。」

「唉，」吳嵐一聲長嘆，伸了伸懶腰，「你怎麼總是把我想得那麼無能

第六章　午夜殺人魔

呢？歪門邪道這一套我是不玩的。」說著，她順手揮了揮身上的深棕色套裝，把頭髮夾在耳後，等收拾停當了，這才清了清嗓子，神色嚴峻地繼續說道，「我告訴你，解開這件案子的唯一的路徑，就是當年的那起轟動整個市的『午夜殺人魔』案。」

略微思索後，童小川不由得臉色一變，向前一步道：「我知道這個案子，那凶手不是死了嗎？又怎麼會和現在的案子有關聯？妳的消息可靠嗎？」

誰想到吳嵐卻突然伸出雙手，神情誇張地做出了投降狀：「別問我，你是重案組的警察，你自己去調查，如今你既然知道這個案子，那麼師父領進門修行在個人，我該說的都說完了，我可以走了嗎？」

童小川若有所思地盯著吳嵐的雙眼看了半天，這才小聲地嘀咕了句：「注意安全！明白嗎？不要輕易相信別人！有什麼事隨時和我聯絡，妳有我的電話。」說著，便推門走進了辦公室。

「連句『謝謝』都不說，真是的！」吳嵐悻悻然離去。

房間內，隔著百葉窗，童小川其實並沒有離開，他只是站在窗邊，看著走廊裡吳嵐遠去的背影，心中的不安陣陣湧起。他非常了解吳嵐，這是一個極度高傲的女人，為了事業的成功，會不惜一切代價。但是她卻又有一個很特別的原則，就是無論面對什麼樣的狀況，她都不會說假話。

沉吟片刻後，童小川撥通了李曉偉的電話：「李醫生，你上次所說的那件事，我答應幫你。但是我也需要你幫我一次……因為有個老案子，我想聽聽你的意見和建議，我們下班後見個面吧……是的，你來局裡找我，有些東西，我不方便帶出去……好的，到時候見！」

剛掛上電話，辦公室的門突然推開了，網安大隊的鄭文龍探頭進來，

焦慮的目光在房間裡四處張望著，等看見童小川後，便趕緊招呼道：「童隊，隧道的監控影片，圖偵組有結果了，你快來！」

童小川和海子急匆匆地跟著鄭文龍下樓去了機房。

路上，童小川隨口問道：「阿龍，你怎麼知道我會在辦公室？為什麼不打電話給我？」

「猜的！」鄭文龍小聲嘀咕，「我這個人的直覺一向都很準。」

說話間，他已經伸手推開了機房的門，然後直接來到了自己辦公桌前，指著電腦螢幕說道：「圖偵組在經過處理後總共傳了 121 張有關嫌疑車輛的影片影像資料給我，我透過對影像資料進行 LBP 處理……」

童小川皺了皺眉：「阿龍，說人話！」

鄭文龍尷尬地清了清嗓子：「也就是區域性二值模式處理，這是一種影像特徵處理方式，能對人臉進行簡單有效的紋理分類，根據影像上幾個重要畫素點的紋理特徵，衡量它和其他畫素點之間的關係，再結合我們的戶籍資料庫中已有的人臉資料，就能比對出乘車人的身分資訊。」

「你是怎麼鎖定這輛車的？」海子吃驚地問道，「那可是我們市裡車流量最大的隧道啊，更何況據我所知監控並沒有完全覆蓋住整條隧道。」

鄭文龍輕輕一笑：「兄弟，這其實一點都不難，雖然車輛可以被偽造號牌，但是按照保險公司的要求，2000 年後出廠的車輛都被強制安裝了 GPS 定位系統，而這種定位系統的大資料庫只有保險公司才有，也就是說我們目前雖然還無法確定具體是哪輛車，但是卻能在案發時間段裡，得知哪輛車在隧道裡異常停留過。這樣一來，自然也就能鎖住嫌疑車到底是哪一輛了。結合我前面所說的 LBP 處理方式，」說到這裡，他略微停頓了一下，飛快地敲擊鍵盤輸入了一串指令，電腦螢幕上隨即便出現了一張放大

第六章　午夜殺人魔

的人臉圖，雖然還有些模糊，但是已經達到了人臉比對的要求了。

「這是坐在副駕駛座上的人。」最後，鄭文龍如釋重負一般向後靠在椅背上，長長地出了口氣，「你們不想知道她是誰嗎？」

「她是……」童小川沒有說下去，雙眼死死地盯著螢幕。話還沒說完，一旁的海子已經把自己的手機遞了過來：「童隊，就是她！」

「郭亞茹？她到底搞什麼鬼？」童小川吃驚地看著手機螢幕，「阿龍，你能確定是這輛車嗎？」

鄭文龍果斷地點頭：「案發當天整整十二個小時之內，總共三輛車在東西向隧道內有所停留，一輛是拋錨的比亞迪，停車時間總共是十八分二十七秒，另一輛是把它拖走的清障車，停車時間是三分八秒，這兩輛車，都已經經過考核，沒有任何問題。只有這第三輛車，套牌的，停車時間是兩分十一秒。我想，這點時間用來開關車門和拖動屍體足夠了，而且，交警隊那邊並沒有找到這輛車。」

童小川聽了，看了看電腦螢幕中那張略顯模糊的臉，不由得粲然一笑，順手拍了拍鄭文龍的肩膀：「你給我找到這個女人，阿龍，我就已經欠你一頓宵夜了！」

臨出門的時候，童小川突然停下腳步，轉頭問鄭文龍：「對了，那傢伙，一直都沒消息嗎？」

鄭文龍搖搖頭。

「那他會不會就此消失了？」童小川略微遲疑。

「不可能。」鄭文龍神情黯然地低聲說道，「相信我，童隊，我會抓住他的。」

童小川深知阿龍始終都無法忘記那個慘死在網咖的瘦弱男孩小杰，本

想勸慰他幾句，最終還是放棄了，因為這也是自己心中無法打開的心結。想到這裡，他便長嘆一聲，喃喃叮囑道：「注意安全，隨時打電話給我。」

✦ 2

午後四點，正值中小學放學的時間，柏莊中學門口的大街上頓時被車流和人流塞爆了。

因為是雨季，天空中總是下著淅淅瀝瀝的陰雨，兩個車道更加顯得水洩不通。

這種時候就是最危險的時候，圓圓包子鋪的老闆娘雖然忙得滿頭大汗，看著店鋪裡越聚越多的學生，卻怎麼也高興不起來。前天，就在這個時間段，剛被人偷走了自己的手機，如果不是錢箱上被兒子裝了個小鈴鐺的話，說不準連錢箱也保不住了。

這年頭，年紀輕輕的，怎麼就不做好事呢？

一邊忍受著店鋪裡躁動不安的吵鬧聲，一邊還得分神盯著爐子和錢箱，沒一下子，老闆娘就已經感到自己有些力不從心了。

好不容易喘口氣，就在這個時候，一個讓人感覺不安的女人走進了包子鋪。她沒有撐傘，頭髮被雨水打溼了，溼漉漉地貼在臉上，身穿米黃色風衣，黑色牛仔褲，腳穿一雙灰色輕便單鞋，有魔術扣的那種，只是上面沾著幾滴汙漬，這應該是外面下雨的緣故，被飛濺的汙水弄髒了。

女人從口袋裡摸出了一張紙鈔，遞給老闆娘。

「你要什麼？」

第六章　午夜殺人魔

「白饅頭，四個。」女人的聲音聽上去有些怪異，就好像在夢遊，緩慢而又單調。

老闆娘瞥了她一眼，見女人的臉色不太好，有些蠟黃，順手把裝著四個白饅頭的塑膠袋遞給她的時候，注意到女人的目光已經是第二次落在自己右手邊的錢箱上，便本能地狠狠瞪了她一眼。

女人瞬間把目光挪開了，伸手接過饅頭和找錢，轉身便匆匆離開了店鋪。

因為暫時沒有新的客人，老闆娘便探頭向店鋪外張望，只是一眼，她便頓時呆住了，差點叫出聲來，因為眼前這樣的一幕，在幾天前也曾經發生過。

店鋪外不到十公尺遠的地方，淅淅瀝瀝的細雨中，剛才那個讓自己感覺很不舒服的女人，此刻正彎腰把手中裝著白饅頭的塑膠袋遞給路邊蹲著的一個渾身髒兮兮的拾荒者，滿臉流露出同情。

因為離得比較遠，包子鋪老闆娘無法聽清楚她在說什麼。情急之下，老闆娘立刻叫來了在後廚忙碌的老公，奪過他的手機，又在錢箱裡翻了好一陣子，才終於找到那張寫著郭敏聯絡電話的名片。

「喂喂，是郭警官嗎？我是圓圓包子鋪的老闆娘，田桂芳那事，你給我名片的……對，對，沒錯，我要報警，就是剛才，有人又開始在這周圍誘拐那些流浪漢了，你快來吧……」不顧整個店鋪裡的食客們紛紛投來訝異的目光，老闆娘結束通話電話後，便急匆匆地來到店鋪外，踮著腳朝剛才那個位置張望，頓時心中一涼，視野中，那位手裡拿著白饅頭的拾荒者連同那個女人都不見了。

老闆娘一溜小跑來到路邊，衝著臨近的修車鋪店主嚷嚷道：「剛才那

人呢，老余，你看到了沒有？他們去哪裡了？」

「走了！」修車鋪店主頭也不抬地答道。

「走了？朝哪裡走的？你怎麼不攔住他們！」老闆娘急了。

「我哪有這閒工夫，再說了，這撿破爛的老孫頭還巴不得有人好吃好喝給伺候著呢，」他朝水盆裡丟了個卸下來的螺帽，這才站起身，一邊擦著滿是機油的手，一邊歪著頭對老闆娘說道，「哎，我說妳這麼上心做什麼？妳不做生意賣饅頭啦？」

正說著，一陣摩托車聲由遠至近，郭敏急匆匆地停下車，問道：「剛才電話是你打的嗎？」

修車鋪店主伸手一指老闆娘：「是她打的，與我無關。」

「但是你看到了他們是怎麼走的，我光顧著打電話呢。」老闆娘心有不甘地嘀咕道。

「到底怎麼回事？」郭敏有些不耐煩地追問道。

老闆娘這才把剛才發生的一幕如實告訴了郭敏，最後神情激動地補充道：「郭警官，我說啊，肯定是她，是她誘拐了上次的田桂芳和這個撿垃圾的老孫頭！」

「他們朝哪個方向去了？」郭敏急切地問。

修車鋪店主伸手朝南邊一指：「那個方向，不過，警察先生，你不一定追得上了。」

郭敏皺眉：「為什麼？」

店主伸手撓了撓雞窩一般亂糟糟的頭髮，為難地說道：「這路直通省道，那一帶都很偏僻，再說了，他們是開車走的，一輛很奇怪的車。」

第六章　午夜殺人魔

「『他們』？」郭敏心中莫名地一緊，「什麼樣的車？」

「沒錯，他們，是兩個人，一個開車，我不知道是男的還是女的，至於說那輛車，因為蓋著篷布，我看不太清楚，只能肯定是廂式車，比一般的廂式貨運要大一點，還有……」修車鋪店主張了張嘴，略微遲疑後接著說道，「那車上，好像裝了空調，改裝過是確定無疑的了。」

聽了這話，郭敏不由得緊鎖雙眉。

「等等，郭警官，我鋪子裡有監控，就是上次被人偷了手機後，我兒子硬要裝的。」面對一臉驚愕的修車鋪店主，包子鋪老闆娘激動得漲紅了臉，胖乎乎的雙手上下翻飛，「電視裡都這麼演的，不是嗎？沒想到還真派上用場了呢。」

很快，在圓圓包子鋪昏暗的後廚樓上，老闆娘的兒子鼓搗了一陣那臺布滿了灰塵的二手電腦後，時間便被調到了下午四點剛過的時候，電腦螢幕上，雖然監控所拍攝下來的畫素非常差，郭敏卻還是一眼就認出了鏡頭中的那個女人，她正是自己的姐姐郭亞茹。

自己所擔心的終於變成了現實。郭敏徹底絕望了。

回所裡的路上，雨越下越大，郭敏停下摩托車，掏出手機，再一次撥通了姐姐的電話，不出所料，電話顯示關機。

「姐姐啊，姐姐啊……」大雨中，郭敏喃喃自語，仰頭看著灰濛濛的天空，淚水混合著雨水順著臉頰無聲地滾落。

* * *

我不相信緣分，就如跟我從未真正相信過你一樣。

因為人與人之間，褪去華麗的言語外殼，所留下的，也無非就只是相

互利用而已。但我卻一點都不怪你，因為從你在我生命中出現的那一刻開始，我就知道我們之間的結局已經注定。

此刻，看著你靠在我身邊發呆，我真希望這樣的平靜能夠一直持續下去，永遠都不要點破真相，那該多好。

因為至少，我還能假裝一下，假裝你或許真的很在乎我。

難道不是嗎？

你告訴我說快了，很快這一切就都要結束了，我可以重新開始新的生活。我多麼想相信你所說的話啊，真的。哪怕一次也好。

我又一次輕輕閉上雙眼，假裝沒有看見你悄悄地打開車門離我而去。

這，或許就是愛吧，因為我知道，你必定會回來，儘管我從不相信你的話，但是我知道你會回來。所以，我從不阻攔。

因為你也需要我。

我真的很想開始新的生活，儘管我已經徹底搞砸了⋯⋯

◆ 3

章桐忙起來的時候，腦子裡是沒有任何時間概念的。所以經常是餓得前胸貼後背的時候，才會猛地想起自己還沒有吃晚餐。

「小顧，我的餐盒呢，妳有看到嗎？搪瓷白底帶藍色花邊的那個！」章桐一邊忍著飢餓翻箱倒櫃，一邊嘴裡嘀嘀咕咕。

沒有聽到顧瑜的回答，自己的搪瓷餐盒卻突然出現在了視野裡。

她趕緊伸手一把抓過餐盒，站起身剛要道謝，卻見站在自己面前的是

第六章　午夜殺人魔

　　李曉偉，不是顧瑜。他穿著一件藏青色的印有醫科大學標誌的棒球服，脖子上掛著「訪客」的牌子，雙手插在口袋裡，正笑咪咪地看著自己，便不禁感到有些驚訝：「你怎麼來了？」

　　「童隊找我有事。」李曉偉聳聳肩，笑得有些尷尬，「不過顯然我是來早了，他正關著門跟人開會呢。我就蹓躂到妳這裡來了，不會趕我走吧？」

　　「別擔心，我這裡可從來都沒有往外攆人的規矩。」章桐笑了，覺得每次李曉偉出現在自己面前的時候，她都會感到莫名的高興，「你吃飯了嗎？不嫌棄的話跟我去食堂吧，我這還有點飯票，請你吃足夠了。」

　　兩人一起向外走的時候，李曉偉突然問道：「我記得妳曾經提到過妳很喜歡聽鋼琴曲，對嗎？」

　　章桐點頭，臉上流露出了感慨：「是的，不只是喜歡，我還學過，小時候家裡就有一臺鋼琴，是一臺很老的德國鮑德溫，後來搬家的時候給弄丟了，那曾經可是我父親的摯愛呢！」

　　「妳會彈？」李曉偉感到有些意外。

　　章桐反問：「那照你的邏輯來看，拿解剖刀的手難道就彈不了鋼琴了？」

　　「我，我可不是那個意思，妳誤會了，真的，我只是感到有些驚喜，妳，妳真厲害。」李曉偉趕緊道歉。因為緊張，臉漲紅了。

　　章桐聽了這話後，乾脆停下腳步，轉身盯著李曉偉：「李大神棍，我看你今天肯定有事，說吧，別繞彎了。我知道你根本就不懂得如何拍女人馬屁的。」

　　見被章桐一下就戳破了心事，李曉偉擺了擺手，表示妥協：「我……好吧好吧，我今天跟妳說這事情，那是因為我有兩張票，俄羅斯的鋼琴家

馬克西姆來我們市開巡演，就一場，後天晚上八點，市歌劇院，我好不容易託人弄到的，能賞光嗎？」說著，便把早就攥在手心裡的兩張鋼琴巡演的票塞給了章桐。

　　章桐吃驚地看看票，又抬頭看看他：「李大神棍，你到底想要做什麼？其實不用這麼轉彎抹角的，就直接說吧。我辦事喜歡爽快俐落，沒那麼風花雪月的。」

　　「沒，我真的沒什麼，就是覺得認識妳這麼久了，也該請妳出去聽場音樂會了。」既然已經把話挑明了，李曉偉也平靜了許多，「正好，我也喜歡聽鋼琴……」

　　章桐呆呆地看著李曉偉，半晌，她突然笑了，把手中的票重新又放到李曉偉手中。

　　後者一愣，有些失望地說道：「妳……妳不去嗎？」

　　「誰說我不去了？」章桐的腳步變得輕快了起來，「快走吧，我都快餓死了。」

　　李曉偉這才恍然大悟，看著手中那剩下的一張巡演票，嘿嘿笑了起來，小聲咕噥了句：「謝啦，老同學！」說著，他便長長地出了口氣，快步追上了章桐。

＊　＊　＊

　　昨天下午三點半的時候，李曉偉正在第一醫院的門診室裡無聊地打發時間，老同學顧大偉在門口探頭探腦。

　　「你想幹麼？」李曉偉皺眉問道，「要看病排隊拿號去，你又不是不懂規矩。」

第六章　午夜殺人魔

「老子才沒病呢。」顧大偉乾脆直接推門走了進來，一屁股坐在了李曉偉辦公桌前，不屑的眼光在房間裡掃了一圈，「唉，老同學，我看你這地方都快長蜘蛛網了。」

「沒那麼嚴重，你別酸我。」李曉偉嘀咕了句，「雖然這裡蕭條了點，但飯碗可是穩當著呢。對了大偉，這無事不登三寶殿的，你來找我做什麼？」

「聊聊不行嗎？」顧大偉笑嘻嘻湊上前說道。

「好呀，每小時80塊，我幫你打八折，你給我64塊就行，一個鐘起跳。」李曉偉一副公事公辦的架勢。

「我看你這傢伙真的有點窮瘋了。」顧大偉臉上的笑容變得僵硬了起來，話鋒一轉，「不過我今天特地來找你，可是為了正經事，還有，說到報酬，我當然會給你。」

李曉偉不由笑出聲來：「少來了，鐵公雞。」

「非也，」顧大偉伸手從公文包裡摸出一個信封，神祕兮兮地放在辦公桌上，「瞅瞅，你就知道我是不是糊弄你了。」

李曉偉半信半疑地伸手打開信封，一眼就看到了兩張票，不禁詫異道：「這是什麼票？」

「俄羅斯鋼琴家在本市巡演的票，很難弄到手的，才一天，就一場，鳳毛麟角的東西，為了搶票都快擠破頭了。」顧大偉誇張地伸了個懶腰。

「為什麼給我這個？」

顧大偉斜睨著他：「你真是貴人多忘事，上次你不是無意中說起你的女朋友喜歡聽鋼琴曲嗎？」

「女朋友？」李曉偉頓時臉紅了，「哎呀，你說章醫生啊，這……這，這也太……她會不會去？」

顧大偉重重地嘆了口氣：「老同學，說你笨呢，你還真不聰明。相信我，她肯定會去的。至於說原因嘛，你就自己好好想吧。」

「真的？這，這樣不太好吧……」說歸說，李曉偉卻雙手緊緊地抓著信封不放，一點都沒有歸還的意思。

「嘿嘿，放心，誰叫兄弟我是你老同學呢？我不幫你誰幫你？我看你再不出手好好追的話，將來等她出嫁那天你可真得哭了。」顧大偉懶懶地說道，「怎麼樣，這份大禮值吧？做人就得投其所好。」

「好吧好吧，恭敬不如從命。」李曉偉聳聳肩，順手拉開抽屜，把裝著票的信封朝裡一丟，關上抽屜後，這才清了清嗓門，接著說道，「談正事吧，老同學，你來這裡的目的。」

誰想聽了這話後，顧大偉反而有些遲疑，他略加思索後，這才壓低嗓門說道：「最近，我們公司接到一個委託。」

「委託？」

顧大偉點點頭：「其實也不是正常意義上的委託，比較……比較不正規就是。但是報酬不錯，這個可真是心裡話。只是遇到點麻煩，思前想後，也只有老同學你才能幫我了。」

李曉偉上下打量了一番顧大偉，不解地嘀咕：「你的穿著打扮都是正常的，包括你這飛機頭的髮型，你的精神上應該是沒出什麼問題啊。怎麼就有妄想症的傾向呢？」

顧大偉狠狠瞪了他一眼：「胡扯，我跟你說過多少次了，老同學，我很正常，沒病！就是這案子，都折騰我一個多禮拜了，真要說病的話，那

第六章　午夜殺人魔

只能說是焦慮症了。」說著，他無奈地仰天長嘆一聲，「如果早知道這案子這麼愁人，我還真不應該接了呢。」

「好吧好吧，誰叫我拿人手短呢。」李曉偉嘿嘿笑道，「跟你開玩笑呢，別往心裡去，大偉，儘管說就是，我一定盡力而為。」

「唉，我哪有什麼閒工夫開玩笑啊，事情是這樣的……」顧大偉臉上的笑容漸漸消失了，「一週前，我辦公室來了個年輕人，年歲嘛，比你我小了那麼一兩歲，二十七八的樣子，不過別看他年輕，人家可是一個上市公司的老闆了。」

李曉偉點頭：「年紀輕輕就這麼成功，猜想是心理壓力太大了吧。」

「不是他，他是為別人委託，」顧大偉擺了擺手，「確切點說，他是為他媽。他媽現在五十多歲了，卻已經快二十年沒跟他說過話了。」

「你什麼時候開始當起調解員了？」李曉偉有點吃驚。

「我才不當什麼調解員呢。」顧大偉神情嚴肅地說道，「你知道嗎，他媽是創傷後壓力症候群症患者，得上這個病已經有快二十年了，雖然在一段時間的看病吃藥後，病情穩定了些，卻轉成了自閉症，這麼多年來，就沒有跟唯一的兒子再說過一句話。我去九院看過病人，她完全抗拒和外界做任何形式上的交流，無論我怎麼努力，都收效甚微。」

「連你都感到頭痛的事，為什麼會想到來找我呢？」李曉偉苦笑道。

顧大偉認真地看著他：「老同學，你也知道，自閉症一般都是在孩童時期就會有發病徵兆，後天絕對不會自我個體形成。也就是說成人身上如果出現自閉症症狀的話，那要麼是誤診，要麼就是情況更嚴重了。而我委託人的母親曾經得過創傷後壓力症候群，這兩種原因加在一起的話，後果就不是那麼簡單了。」說著，顧大偉長嘆一聲，臉上的神情流露出了深

深的無奈,「我委託人說了,只要能讓自己母親在有生之年叫一下他的名字,他就心滿意足了。」

李曉偉若有所思地看著顧大偉,半晌,黯然說道:「拖了這麼久才來找你,我擔心已經過了治療的最佳時間。要知道,心理治療跟普通的看病問診不同,不確定因素太多了。對了,你為什麼要接下這個委託呢?明知其不可為而為之?」

顧大偉微微一怔,低聲說道:「拋開酬金不說,我確實是覺得他母親太可憐了。所以,才厚著臉皮來求你幫忙。」

李曉偉突然想到了什麼,趕緊問道:「等等,大偉,你委託人有沒有跟你說起過他母親當年到底是為何會得上PTSD的?我記得患上PTSD的女性人數比例遠遠超過男性的比例,這個結論可不是隨便做出來的,不只是因為女性的性別問題,更離不開女性的個性特徵,以及她所經歷過的那起事件的重要性。要知道這種病是無法徹底治癒的,有些人一輩子都會被困在裡面。而她後面所表現出來的自閉傾向,在我看來只有可能是PTSD的人為延續。所以,老同學,我的意見是要想解決這個病症的話,那就需要徹底打開她的心鎖。」

「鎖?」

李曉偉點點頭:「找到當初的病灶原因,打開心鎖,我想,或許就能讓她的生活真正地恢復正常。」

一聽這話,顧大偉的雙眼頓時亮了起來,他順手拍了下辦公桌,神情誇張地說道:「我就知道什麼都難不倒你!」沒等李曉偉回過神來,他便又一次打開那個上等公文包,如數家珍一般地取出了一沓資料,都是用A4紙逐一列印裝訂好的,「你知道嗎,那起案子實在是太有名了,當年都轟

第六章　午夜殺人魔

動了整個市呢，這一個禮拜我幾乎都是在檔案館裡待著呢，雖然說都是一些外圍報導，但是七零八落地湊起來，我想也足夠了。你說是不是？」

「你都找了這麼多了？那你為什麼還要轉彎抹角地挖坑給我跳？」李曉偉感到有點奇怪。

顧大偉雙手一攤，作無奈狀：「我剛才不是說了嗎，都是外圍報導，你至少還在警局那邊掛了個名，深入調查是沒有問題的，你說是不是這個道理？」

「話是這麼說，那到底是什麼案子？」李曉偉一邊說著，一邊順手翻開了面前這堆列印資料。

「還記得你跟我提起的那個六年前的案子嗎？」顧大偉突然幽幽說道。

李曉偉點點頭：「我當然記得。」

「我這個案子所發生的時間比這個還早，手法也相似。」

「案件詳細內容都是不對外的，你到底是怎麼弄到的？」李曉偉有些吃驚。

顧大偉抱怨道：「說真的，為了找這些資料，真是想辦法想得我腦殼都痛，簡直是費力口舌，費盡心機。不過你放心，老同學，這案子的材料來源都真實可靠，並且是合理合法的第一手資料。」

「雖然說我手上這個案子有關受害者方面並沒有用太多筆墨去描繪，畢竟這是要用來面對大眾的報導，但是從字裡行間還是可以推斷出來的，」顧大偉伸手指了指，「相關情節我都用螢光筆逐一標記清楚了。老同學，現在就只是缺警察那一塊了。」

李曉偉抬頭看著顧大偉，嚴肅地說道：「這個案子，我是聽說過的，不是說已經破了嗎？」

「破是破了，但是據說在進行抓捕的時候，凶手最終選擇了跳樓自殺。也就是說，是個零口供案件，而且有一些情節還是沒有被正式確定。從法律意義上來看，這案子還沒有破，只能說是犯罪嫌疑人自殺，所以導致案件被終止。」說到這裡，顧大偉嚥了口唾沫，神情黯然，「我委託人的母親，是這起案子中犯罪嫌疑人兒子的小學老師。我想，她肯定是知道什麼，所以當嫌疑人跳樓死亡後，她沒多久就因為精神問題被家人送進了醫院。」

李曉偉一怔：「難道說她當時在現場？」

「具體我不清楚，應該是吧。」顧大偉輕輕嘆了口氣，「只是聽我委託人說，他母親年輕時非常敬業，經常會在業餘時間去學生家中進行家訪。他就記得自己母親在一次家訪回來後，整個人就變了。他用一個詞來形容他母親當時所表現出來的變化……」

「什麼？」

顧大偉目光直直地看著他，一字一頓地說道：「恐懼。」

「後來，醫生經過數次診斷後，最終確診我委託人的母親所患上的就是創傷後壓力症候群。」

「那他又是怎麼確定和這起案子有關的？」李曉偉不解地問道。

顧大偉又一次指了指李曉偉面前的列印資料：「你翻開最後一頁，那是一張我委託人所保存的畫，是他母親在住院的時候做心理諮商，按照治療要求畫的，老同學，你看了就知道了。」

李曉偉趕緊把資料翻到最後一頁，出現在他眼前的是一張黑色水筆畫，畫得很逼真，顯然繪畫者擁有一定的功底，畫面非常詭異。

畫面中是一個躺在地上的女人，渾身赤裸，左胸一個大洞。

第六章　午夜殺人魔

「我剛看到這幅畫的時候,也不由得一個哆嗦,真他媽的。」顧大偉忍不住朝地上啐了一口,嘴角露出了苦笑。

許久,李曉偉沉聲道:「那後來,她見過這個犯罪嫌疑人的兒子嗎?」

「我委託人提到案發後,就再也沒見過。」顧大偉嘆了口氣,「據說警察按照規定把他帶走了,畢竟那孩子還未成年,至於說最終帶去哪裡,沒人知道。我想,他們這麼做,也是為這個孩子的日後生活考慮吧,換個新的身分重新開始,對他總是有好處的。畢竟沒有人會願意和一個殺人犯的後代和睦相處的,至少在現在的社會裡,還做不到這一點,難道不是嗎?」

「大偉,你放心吧,即使你不送我這兩張票,這個忙,我也幫定了。」李曉偉輕輕合上資料,神情若有所思,「等我徹底弄清楚這個案子後,我會好好和你委託人的母親談談。」

◆ 4

剛過下班時間,郭敏便走出了惠風派出所,匆匆回到家後,破天荒頭一次主動找父親談話,而在這之前,父子倆形同陌路。

父親郭長海早就已經退休了,是個固執的老頭,脾氣古怪還是其次,三天兩頭和鄰居起衝突是最讓郭敏感到頭痛的。老頭每天最愛做的事似乎就只是用一杯酒和一碟花生米來獨自打發時間。母親剛去世的時候,郭敏還埋怨過父親對自己和姐姐不管不問,後來姐姐郭亞茹出事,父親越發變本加厲。

進門後,郭敏沒有來得及脫去警服,直接就在父親面前的椅子上坐了

下來，焦急地問道：「爸，姐打電話給你了嗎？我聯絡不上她。」

老頭沒有吭聲，只是眼皮子微微抬了抬，繼續一杯酒下肚。

「爸，姐不見了！」郭敏急了，「她可能涉案了，我必須馬上找到她！」

誰想到聽了這話，老頭突然冷冷地說道：「與你無關的事，你別插手。」

「我是警察，她又是我姐，爸，我不能不管的，我做不到。」

「那你到底想怎麼樣？」老頭皺眉看著郭敏，「都這麼多年了，你即使找到她，又能怎麼樣？勸她投案？或者說你知法犯法？」

「我……她可是我姐啊。」郭敏緊咬著嘴唇，「爸，我姐她已經夠可憐的了。」

「我最後奉勸你一句，老老實實不要插手這事，」老頭一邊說著，一邊給自己又滿上了酒，神情漠然地最後看了兒子一眼，「你現在的飯碗來之不易，好好珍惜吧，傻小子。」

郭敏突然明白了父親目光中的寒意，他感到頭痛欲裂，想著應該是自己下午從柏莊路口回所裡時淋雨著涼了，便站起身，回到自己房間，從抽屜裡找出止痛藥，就著床頭櫃杯子裡冰涼的水仰頭喝了下去，然後躺在床上，看著天花板緩緩閉上了雙眼。

父親肯定知道什麼，但是他卻不會告訴自己，為什麼？……腦子裡一片混亂，在意識最後消失的那一刻，郭敏分明聽到隔壁父親似乎是在和誰打電話，緊接著便是一聲沉重的嘆息。

＊　＊　＊

警局底層法醫辦公室裡，充斥著很濃的咖啡香味。時間已經過了晚上八點，終於等到了童小川沉重的腳步聲在走廊上響起。

第六章　午夜殺人魔

　　很快，他推門而進，接著便把懷裡抱著的一大堆檔案一股腦放在了章桐的辦公桌上，嘀咕道：「章主任，看來還是妳這裡清淨，我那一畝三分地裡都快被吵死了。」

　　「活人是不會願意上我這裡來的，你就放心吧。」章桐一邊捂著嘴拍打桌上的灰塵，一邊伸手打開桌上的檯燈，「這是什麼年頭的卷宗，怎麼這麼多灰塵？」

　　童小川伸手一指卷宗封面，無奈地說道：「十八年前的『午夜殺人魔』案，因為這案子所牽涉的物證多，涉案對象已經死亡，再加上時間又過去那麼久了，所以檔案部門並沒有把它列為第一時間歸電子檔的參考對象。妳也不想想，在那破架子上放了十多年的東西，沒灰塵才是一件稀奇事呢。李醫生，你說是不是？」

　　李曉偉聳聳肩：「我可是局外人，別把我拖下水。」

　　「好吧好吧，」童小川擺了擺手，「先說第一件事。我現在有理由懷疑這件案子和我們目前所發生的遊樂場拋屍案有關，至於說是什麼理由，很抱歉我還不能告訴你們，因為就連我自己都還沒有完全證實，只是懷疑。而今天之所以把兩位請來，是想請你們從各自的專業角度幫我分析一下當初的這個案子，怎麼樣？」說著，他伸手拍了拍厚厚的幾沓卷宗，「裡面什麼都有，包括發現屍體的現場照片、案情介紹之類……」

　　「等等，」章桐皺眉問道，「你這樣的調查，陳局知道嗎？」

　　童小川搖頭：「他不知道。」

　　「那你為什麼突然想到這個案子？」章桐緊追不捨，「如果你不把實情告訴我們的話，我們也幫不了你。」

　　房間裡的氣氛瞬間變得尷尬了起來，片刻過後，童小川長嘆一聲：

「唉，好吧，是我前未婚妻吳嵐，她告訴我的。她專門跑法制新聞這條線，市日報社的，最近好像突然消息變得靈通了許多，有些地方甚至還超過了我們警方所掌握的範圍。為了能證實她的話，我覺得有必要再看看這個案子。」

李曉偉聽了，不禁皺眉道：「是聽說過跑新聞的，尤其是一線新聞，都有自己專門的消息來源，但是這麼大的事，童隊……你不覺得一旦被證實的話，風險太大了點嗎？」

「我當然明白你所說的，李醫生，但是也沒辦法，目前看來只能走一步是一步了，以案子為主吧。」童小川啞聲說道，他斜靠在身後的椅背上，「我挑重要的慢慢說，你們看卷宗，這樣比較直觀一些。」

章桐點頭，把手裡的卷宗分了一半給身邊坐著的李曉偉。

「我必須說明一下，這裡的案子都是死亡案件。」童小川把李曉偉面前的那杯咖啡拿起來，仰頭一飲而盡。

「為什麼？」章桐不解地看著他。

「不說那個年代了，就是到現在，你去基層派出所問問，有多少強姦案的受害女性會願意主動報案的，而人命案就是個例外了。」童小川乾巴巴地說道，「十八年前，本市還沒有現在這麼繁華，當然遍布街頭的天網監控也還只是個夢想。而第一個人命案子，就發生在千禧年之前那個國慶日的晚上，本市紗廠的擋車女工，二十三歲的安麗麗下中班回家，在自家住的巷子口失蹤，現場發現了她隨身所攜帶的挎包和鋁製飯盒，除了受害者以外，還有就是兩個陌生男人的足印和一道摩托車的痕跡，足印是44碼的鞋子，當時足跡專家看了，推斷出是一個中年男人，身材健碩，而摩托車是當地出產的一款老牌子，普遍是當地人在用，運送貨物或者載客都

第六章　午夜殺人魔

有，所以在當時那個環境下要想精準定位，真的是很難。屍體是一天後發現的，相片就是你們手頭的那張編號為001的，這是在發現屍體的現場拍的，002至005是屍檢相片，雖說屍體上遍布了各式各樣的傷口，但是真正的死因卻是脖子上的那道唯一的銳器傷。主檢法醫在屍檢報告中也指明了這道銳器傷是最後形成的，戳進去後，左右拖動，最終剪斷了死者的氣管。」

聽了這話，李曉偉驚愕地看著章桐：「剪斷？」

章桐點點頭，指著面前這張放大的屍檢相片：「看這屍體的頸部，傷口確實與剪下創相吻合，並且刀刃的邊緣非常鋒利，犯罪嫌疑人應該是用它壓住受害者頸部的皮膚，在原有刺創的前提下，沿著刀刃口長軸方向左右拖動，切割傷口邊緣皮膚以及皮下組織而形成。我想，之所以會最終形成這樣獨特的創口，不排除行凶者最初只是想戳穿受害者的頸部，造成大量出血性休克死亡，但是因為凶器是一把剪刀，可能傷害還不夠大，故想用這種拖拉的方式來人為擴大傷口範圍，從而給死者造成最終致命的傷害。」

「看來他是非要置對方於死地了。」

「確實如此，」章桐伸手從辦公桌檔案欄裡翻出了一份屍檢報告，打開後，指著上面說道，「這是最近在隧道裡發現的那具屍體的屍檢報告，雖然說在死者的頸部並沒有出現類似的狀況，但有一點可以確定的，那就是所用的凶器都是剪刀，並且是一把特殊的剪刀。我比對過，有點像這個，」她探身從右手邊的小抽屜裡拿出一把未拆封的尖頭手術剪，輕輕放在桌上，「不過只能說是類似，從它的尺寸和張開的角度來講，因為屍體上的創口非常複雜，再加上死後屍體的變化，所以不能準確到百分百。」

「為什麼要用剪刀？」童小川不解地問道。

章桐苦笑：「這個，我真的不能回答你，因為法醫只能就證物做推論，具體的話，屬於個體的主觀選擇，那就已經超出我的專業範圍了。我再看看另外兩個案子的屍檢相片。」

李曉偉突然問：「那這個死者是在哪裡被發現的？發現屍體的是第一現場嗎？還有後面幾個死者呢？情況是不是一樣的？」

童小川搖搖頭：「發現屍體的並不是第一現場，而是拋屍現場，這個案子總共三個死者，被發現的地方都是在城郊接合部類似於垃圾填埋場之類的場所，周圍環境非常糟糕，有利用價值的證物真是少得可憐。」

李曉偉逐一把要點在自己隨身帶著的筆記本上記錄了下來，接著問道：「那三位死者的年齡都差不多嗎？」

「是的，不僅如此，被綁架殺害的時間也差不多，都是在午夜，所以這個案子才會被媒體叫做 —— 午夜殺人魔案。」說到這裡，童小川不禁仰天一聲長嘆，「想想那時候經手這個案子的前輩們費盡心機終於鎖定了目標，進行抓捕的時候，他卻偏偏給跳樓自殺了，唉，真是功虧一簣。」

「這個凶手，他平時到底是什麼樣的一個人？後來是怎麼鎖定他的？」

童小川略微思索了一下後，說：「鎖定他是有人打了檢舉電話，據說是他兒子的小學老師。這傢伙平時看不出什麼，性格內向，社交關係也很簡單。」

「他是做什麼職業的？」李曉偉問。

「會修摩托車和汽車，平時主要就靠這個賺錢，家裡還蓋了一棟樓。」

「生活條件看來還不錯嘛，那他老婆呢？」李曉偉心中的不安感越發強烈了起來。

第六章　午夜殺人魔

　　「走訪居民的時候得知幾年前就失蹤了，一直找不到人。所以平時都是這傢伙自己一個人帶著兒子過日子。周圍鄰居反映說，除了孩子學校的班導會經常去家訪外，還真沒有什麼人會主動登門做客。」見李曉偉依舊看著自己，似乎並沒有接受這個看似很平常的答案，童小川不由得心中一震，「你為什麼這麼看著我？」

　　「童隊，你是聰明人！」李曉偉咕噥了句。

　　「你……」突然，童小川呆住了，回過神來後，不由得手指著李曉偉，咬牙小聲咒罵道，「你這傢伙，這事情要是最終被證實是真的話，我就真的把你當神棍供起來！」

　　「這不是神棍發威，這可是符合犯罪心理學模式的，」李曉偉哭笑不得地擺擺手，「童隊，從你剛才的描述來看，凶手性格孤僻且不合群，社會關係簡單，殺人手段殘忍，並且帶有明顯的對受害者的虐待傾向，最後面對抓捕，採用的是跳樓自殺來逃避法律的懲罰。他的種種所作所為，常人是做不出來的，都與反社會型人格障礙相吻合，簡單點說就是『報復社會』。這表現在他的獵捕對象方面，三名死者雖然看上去是有一定的年齡、性別和時間的選擇特徵，但是這些受害者之間，應該是沒有任何關聯的，也就是說，其實是不特定對象。我覺得，如果他不是跳樓的話，那他還會繼續做下去，直到自己真正被阻止。童隊，你知道嗎？沒有人生來就是以殺人取樂的，這需要一個心理的轉變過程，並且非常複雜。反社會型人格障礙的形成基礎除了自身的個性外，很大一部分是由後天原因所導致，比如說受到了某種情感的刺激，這在當事人本就不健全的人格基礎上給了致命的一擊，導致了他開始不特定並且不計後果地報復某一類人，而最終的結果是以自殺了斷這場悲劇。」李曉偉伸出右手，用指尖輕輕敲了敲面前的列印資料，「至於說這個案子，剛才提到凶手的妻子幾年前失

蹤,那你告訴我,如果你是一個女人,是個孩子的母親,你會捨得對自己的親生兒子不聞不問嗎?」

一旁的章桐幽幽說道:「這個世界上,沒有誰能徹底消失得無影無蹤的,除非她死了。」

聽了這話,童小川瞬間臉色一變:「那這麼看來,真的是出事了。該死,還得挖這個案子。現在屍骨都不知道去哪裡找。」

正說著,章桐逐一把屍檢相片平鋪在桌面上:「你們看,死者傷口的走向和深度除了一兩處傷口外,大部分都是一致的,這至少可以證實一點,凶手所用到的凶器是一把剪刀,並且這三起案子是同一個人所為。再結合我們現在手中的隧道女屍案,以及前面的兩起傷害案,傷口都如出一轍。我雖然無法解釋為何凶手要刻意剪去死者乳房組織的一部分,這不排除變態心理的成分在內,但是從手頭既有的證據來看,他們之間有著關聯。隔了這麼多年,雖然不是同一個人做的,但可以確定,這後面的凶手是知道當年這起案子的,可以說是刻意模仿。」

童小川猛地一拍桌子,目光中閃爍著激動的神情:「對了,李醫生,你上次要我找的那個女孩,我答應你要告訴你她的名字,我不會食言。」說著,他從口袋裡另外摸出一張疊好的列印紙,交給李曉偉,「真沒想到,她竟然是那個小警察的姐姐!」

李曉偉不禁呆了呆,他緩緩打開這張帶有明顯菸草味道的列印紙,映入眼簾的果真就是郭亞茹的戶籍資料:「天哪,怎麼會是她?」

童小川沮喪地點點頭:「案發那年,她弟弟上高二,她想報考醫科大學,卻因為幾分之差最終落榜了,頂著家裡重重的經濟壓力,這倔強的孩子選擇了參加復讀,結果,悲劇就在一次下晚自習的路上發生了。她雖然

第六章　午夜殺人魔

倖存了下來，但是那場可怕的噩夢卻被深深地刻進了她的腦海裡，這可憐的女孩瘋了，治了好幾年。我想，那個小警察之所以在畢業後當警察，而不是去當醫生，很有可能也是因為發生在他姐姐身上的這起悲劇吧。」

「侵害她的凶手抓住了嗎？」章桐黯然問道。

「沒有，」童小川看了一眼李曉偉，「說到她身上的『簽名』，我找到了當時的報案相片，是在醫院裡照的，真的很不容易，就在卷宗夾縫的最後一張，標記是 020。你們看一下，我特地分開放了。」

章桐順手從抽屜裡拿出一個放大鏡，就著燈光仔細查看這張幾年前的相片，半晌，抬頭，一臉迷惑地看著李曉偉：「不對，這個創口，明顯是刀形成的，橫切面不一樣，也沒有明顯的凸起，這不應該啊，是不是出了什麼問題？我印象中像這樣的固定模式的連環殺人案，是不會輕易改變的。」

李曉偉也意識到了這點：「你說的沒錯，這個案子中，所使用的凶器──剪刀，在某種意義上對行凶者來說是一種地位非常高的東西，具有一定的象徵意義，他應該是不會輕易改變的。」

章桐焦急地說道：「那，我能見見她嗎？讓我近距離看一眼傷口的疤痕，就能找到答案。」

童小川一瞪眼，果斷地回絕道：「章主任，這不可能，郭亞茹要是個正常人的話，想辦法說服她就可以了，多少還能替她討還公道，但這是個有自殘傾向的精神病人，妳開什麼國際玩笑。再說了，郭亞茹失蹤了⋯⋯她弟弟今天剛報案，我現在上哪裡找人去。」

聽了這話，章桐和李曉偉不由得面面相覷。

　　　　　　　　＊　　＊　　＊

夜，無聲無息，我靜靜地趴在方向盤上，透過前擋風玻璃，心情愉悅地欣賞著窗外無邊無際的夜空。或許是身處郊外的緣故吧，我感覺天上的星星從未像此刻這般幾乎觸手可及。微涼的夜風從打開的車窗輕輕吹拂著我的臉，我絲毫都感覺不到冬天即將來臨，相反，我感到了生命，感到了希望。

　　人，不能沒有希望而活著，就如同不能沒有呼吸。

　　夜風不斷地吹拂著郊外的空曠與寂靜，遠處，那寂寞而又斑駁的旋轉木馬在風中開始微微顫動，就像此刻的我，不再感到恐懼。

　　如果我有一雙翅膀，那該多好！

　　我輕輕地閉上雙眼，在仔細品味黑暗的同時，耳畔傳來了你的聲音，輕柔地彷彿來自另外一個世界 —— 準備好了嗎？

　　這一刻，終於來到了。

第七章　記憶

　　章桐冷冷地說道：「不管是誰死了，都有權利知道自己的真正死因。別忘了，命案在法律中可是沒有追溯期的。」

◆ 1

　　夜深了，剛下過一場雨，社區通道上一個人都沒有，孤零零的路燈閃爍著昏黃的光芒，三分鐘熱風吹過，樹葉發出沙沙的聲響，偶爾能聽到不遠處傳來幾聲野貓的叫聲。

　　計程車在社區門口停了下來，章桐付了車費後，正要下車，中年計程車司機好意勸道：「這段日子不太平，新聞上說有好幾個女孩子都出事了，要不我開車送妳進去吧，以防萬一。反正路也不長，不用跳錶的，就當我倒個車。」

　　雖然心中一暖，章桐卻婉拒了，笑笑說道：「謝謝大叔，不用，我是警察，我不怕的。」

　　中年司機點點頭，還是目送著章桐的背影消失在社區盡頭，這才放心地開車走了。

　　夜晚的社區靜悄悄的，轉過木質走道，面前就是自己住的樓棟，一陣寒意襲來。章桐加快了腳步走進大樓，直接向電梯走去，伸手按下了上行

鍵，電梯門隨之無聲無息地打開。就在這同時，身後的玻璃樓門也被快速推開，緊接著一個人影快步走了過來，跨進電梯站在了她與電梯門之間。

對方身穿一整套外送平臺制服，戴著摩托安全帽，手中拎著一個塑膠袋，看不清楚裡面裝著什麼，也看不清楚來人的具體樣貌。他一進電梯便伸手按了最高的18層，接著就靜靜地站在原地不說話，等著電梯向上緩慢執行。

出於本能，儘管電梯內的空間還較為充足，但是章桐卻仍然選擇朝相反方向靠了靠，目光注視著不斷跳動的電梯指示牌。

時間過得有點慢，就在這時，一股淡淡的甜味在電梯中越發變得濃烈，章桐微微皺眉，這種甜味與香水有著迥然不同的區別。她用眼角的餘光看了一眼站在自己斜對角的外送員，確定那股甜味就是由他身上散發出來的，不禁心中感到了一絲同情。

很快，4層到了，電梯門打開，外送員便朝一邊靠了靠，讓出了電梯出口，章桐走過他身邊，電梯門在自己身後緩緩關上，就在這時，電梯中的外送員看似很平常地說了句：「慢走，章小姐，下次見。」

話音未落，章桐渾身一震，頓時感到腦子裡一片空白，恐懼感隨之湧上心頭。

自己從未訂過外送，對方又是怎麼知道自己名字的？並且還這麼準確無誤地認出了自己。

還有就是，自己所住的這棟大樓18層是沒有住戶的。章桐在週末的時候曾經上去晒過幾次被褥，所以她知道那裡是個大露天平臺，除了排列整齊的高層水箱外，便是樓下住戶統一安裝的太陽能熱水器。雖然在電梯中有到達18層的指示燈，但那只是個擺設，出電梯門還有一道大鐵門，

第七章　記憶

　　為了安全起見，誰上樓頂 18 層都必須問物業要鑰匙，才能打開那道鐵門。

　　而這個樓層除了社區物業每半年清洗樓頂水箱時必須上去人之外，平時就沒有什麼人會上去，尤其是在這三更半夜，怎麼還會有人叫外送？

　　章桐突然意識到剛才自己走進樓棟直到打開電梯，耳邊一直都沒有聽到任何車輛的響動，而這個外送員的突然出現就像從天而降一般……章桐下意識地抬頭看了一眼離自己不到五公尺遠的家門，靜悄悄的，沒有任何異常。她又回頭看了看那不斷改變的電梯執行指示燈，此刻，正停靠在 18 這個數字。

　　章桐略微思索後，加快腳步匆匆走向右手邊的樓層配電房，心跳得厲害，她很清楚這個時候自己要是選擇像往常那樣回家的話，不確定因素太多了。相比起家裡，這個樓層配電房的位置和設施對她來說也非常熟悉。因為自己家裡的電線已經嚴重老化，經常跳閘，所以她每次都不得不親自動手來解決。

　　走進配電房，她用力推上大門，然後身體緊靠在門上，掏出手機，剛想撥給李曉偉，卻很快打消了這個念頭，繼而撥通了童小川的電話。

　　電話剛接通，沒等對方開口，章桐便迅速壓低嗓門道：「童隊，我是章桐，你現在不要說話，聽我說就好。我在泰德花苑一期三棟四層樓道的配電房裡，我想有人在跟蹤我，你能來一趟嗎？」

　　「我馬上就到，妳注意安全！」電話很快就結束通話了。

　　與此同時，寂靜的樓道裡傳來了一聲電梯到達的提示音。章桐心中一沉，不由得伸手捂住了自己的嘴，身子向下靠去。

　　配電房的門是鐵質的，但是沒有鎖，空間只有不到 1.5 平方公尺，也就是說只要對方推開這道門，那自己就毫無藏身之處可言。

章桐聽到了自己沉重的呼吸聲，幾乎蓋住了走廊裡響起的輕輕腳步聲。她不敢抬頭，只是死死地抵住門，還好配電房的窗戶離地有一段距離，所以，如果不打開門，只是在外面走廊上朝房間裡看的話，除了那一排排配電箱，根本就看不見一公尺以下的空間。

　　不知怎的，腳步聲在走廊裡忽遠忽近。章桐混亂的思緒塞滿了腦海。突然，她額頭冒出了冷汗，迅速掏出手機，關機，拔出電池，重新又把它塞回包裡，懸著的心才總算放下。

　　因為神經過於緊張，再加上已經整整一天沒有休息，章桐昏昏欲睡，卻又時不時驚醒，死死地抵住背後的鐵門。也不知過了多久，她猛然驚醒，聽到走廊裡有人在輕聲叫自己的名字：「章主任，妳在哪？章主任……」

　　這是童小川的聲音，可是章桐此刻已經渾身肌肉僵硬，她抓著門把手使勁把自己的身體拖開，然後衝著燈光昏暗的走廊喊了一句：「童隊，我在這裡。」

　　幾道應急燈光頓時循聲而至，童小川匆匆上前，見章桐癱倒在地，便單膝跪下，焦急地問道：「妳沒事吧？」

　　章桐苦笑道：「我沒事，剛才太緊張了，這是肌肉痙攣的症狀，沒關係的，休息一下就好了。」

　　話音未落，童小川不容分說便抱起章桐，快步朝消防梯跑去。

　　「你要做什麼？我跟你說了我沒事。快放我下來！」章桐急了。

　　「我送妳去醫院，今天晚上妳不能一個人在家了，不安全。」來到樓下，童小川打開車門，把章桐往後座上一放，緊接著便用力關上車門，自己鑽進駕駛座，轉動車鑰匙，滿打方向盤開上社區林蔭道，看著並不慢的車速，章桐不由得吃驚不已。

第七章　記憶

「章主任，我打妳手機，妳關機……」童小川一邊看著後照鏡，一邊語速飛快地問道。

章桐這才想起了自己手中還緊抓著的挎包，趕緊伸手從包裡摸出了手機和電池板，裝上後，再次打開手機，這才輕輕鬆了口氣：「我把手機電池拔了。」

「為什麼？」

這時，警車的車速已經接近了80，童小川卻依舊沒有減慢的意思。車輛駛上了環城高架，夜風吹進車廂，章桐感覺自己的身體已經完全恢復正常了：「上次局裡不是做網路安全教育嗎，我聽阿龍說過，這麼做的話，可以避免自己的手機被追蹤。」

童小川匆匆朝車內後照鏡看了一眼：「妳是不是感覺到了什麼？」

章桐縮在車後座上，竭力忍受著車內刺鼻的菸草味，從頭到尾把自己最初走進電梯時所經歷的那一幕和自己後來的擔憂都說了，接著沉聲補充道：「他在走廊裡不停地走來走去，我就擔心他是用電子追蹤器在定位我的位置，所以，寧可信其有不可信其無，我就把手機電池給拆下來了。」

「你的個人資訊是怎麼被洩漏的？」童小川不解地問。

章桐搖搖頭，看著車輛駛進了第一醫院急診大院，便無奈地嘆了口氣：「我也不知道，要知道這年頭，捂住個人的錢袋子可比在網路上保住個人資訊要來得容易得多。」

聽了這話，童小川不禁憂心忡忡：「那妳可要小心。別忘了，那傢伙可還沒被抓住呢。」

章桐一愣，隨即輕聲說道：「你說的是弄曲子的那渾蛋？」

童小川把車停好後，回頭看著章桐，咧嘴輕輕嘆了口氣：「唉，我的

章大主任,他可沒妳想像得那麼簡單,那首曲子對他來說,只不過是一道宴席上的開胃菜而已。不過,只要他一天不落網,我和兄弟們一天都不會掉以輕心。」

章桐沒有回答,其實她心裡很清楚,雖然那個影子一般的人始終都未曾真正露過面,卻總會在自己的周圍若隱若現,她無法確定電梯中的那個外送員就是他,但是自己今天在配電房裡第一時間就拔了手機電池,恰恰就是因為想到了可能是他。

只是,他這麼做的目的到底是什麼?章桐絕對不會相信只是單純地針對警察而來。

下車後,沒走幾步,章桐突然停了下來,轉身面對童小川,夜風吹起了她的頭髮,讓她感到了一絲涼意:「對了,童隊,有件事我怕忘了,今天那個電梯中的傢伙,是糖尿病Ⅰ期患者,應該是很嚴重了,這種程度的,我想,可能離不開胰島素了。」

童小川吃驚地看著她,張了張嘴,卻說不出話來。

章桐聳聳肩,撇了下嘴:「不奇怪,丙酮酸中毒不輕,因為他的汗水中散發出一種甜味,我經過他身邊走出電梯時,他的呼吸中隱約散發出一種類似於爛蘋果的酮臭味。我想,這應該有助於幫你們確定真正的嫌疑人吧。」

「該死,我還真以為妳神了呢,原來如此。」童小川尷尬地嚥了下口水,「我記下了,謝謝。」

章桐不禁有點意外,她笑了,抬頭打量了一眼急診室的紅十字霓虹燈,又嘆了口氣。「那今晚我就在這裡乖乖待著再說,」她把一串鑰匙遞給了童小川,「這是我家的鑰匙,你們拿去查吧,我也好放心一點。丹尼

第七章　記憶

　　在窩窩寵物店寄養著，沒事，牠是那裡的常客，我跟老闆打個電話，過段時間再去接。我明天直接去局裡，下班後再回去。」

　　童小川點點頭，接過鑰匙，認真地看著章桐：「照顧好自己。」便轉身匆匆離開了醫院急診室。

　　遠處，救護車的聲音由遠至近，忙碌的值班醫生和護理師進進出出，章桐若有所思地緩步走進了急診室的走廊裡，然後找了個靠門的位置坐了下來。她知道自己身體沒事，也很清楚童小川之所以這麼做，更多的是想找個藉口能讓她有個安全的去處。又想起那一團亂麻一般的兩起案子，章桐不禁感到了一陣莫名的沮喪，難道說自己只能像現在這樣處於被動的位置嗎？

　　正胡思亂想著，不遠處急診室的門被用力撞開，當班醫生和護理師緊張地推著一架輪床奔跑了進來，接診醫生語速飛快地講述著病人的狀況，一群人經過章桐身邊，輪床直接被推進了手術室。而身後，則是一臉焦急的患者家屬。

　　雖然同樣身為醫生，章桐卻還是第一次這麼近距離地感受生與死之間激烈的爭奪，她的心中不免五味雜陳。生者面對死亡的時候，是如此分秒必爭，但是一旦生命終止，周遭就會瞬間變得異常安靜，就像在解剖室裡，那樣特殊的安靜，是自己早就熟悉了的。

　　想到這裡，她突然有些羨慕這裡的嘈雜，畢竟這意味著人的生命還在繼續。

　　急診室的門又一次被推開，一位年輕的急診醫生走了出來，他好不容易才擠出了患者家屬的包圍圈，剛要走回救護車，經過章桐身邊的時候，卻是一愣，隨即就笑著坐了下來，長長地伸了個懶腰，點頭打招呼道：「妳

好，章醫生，怎麼在這裡見到妳？」

章桐一愣，仔細打量了對方後，才認出是自己認識的急診科醫生秦剛，便點點頭：「秦醫生，你好，今天你當班？」

秦剛顯得很無奈：「我們和你們法醫不一樣，輪班都是一個月才休息一次，沒辦法，人手不夠。尤其是這晚班，女醫生都不敢上，就怕碰上喝醉酒鬧事的，那就麻煩大了。」說著，他朝急診室方向示意了下，「剛才那個，我們三個人才把他控制住，其間派出所的人還被他咬了一口呢。結果自己五分鐘不到就犯了高血壓，一路飆到280，妳說這何必呢，是不是？」

章桐笑了笑，想說什麼，卻一時之間也找不到什麼合適的詞。

「對了，章醫生，妳現在怎麼會在這裡？公事嗎？上次那個女孩子，她到底怎麼樣了？我後來一直都沒見過她。」秦剛壓低嗓門，神情關切地說道。

「放心吧，她正在恢復。」章桐禮貌地點點頭，目光無意中落在秦剛的手上，見他的右手手掌在微微顫抖，不由地脫口而出道，「秦醫生，你的手……」

「沒事，沒事……」秦剛趕緊縮了回去，尷尬地笑笑，說道，「猜想是我這幾天太累了，沒休息好。對了，章醫生，最近出了好幾次暴力性侵案，妳回去路上可要小心安全。要不，我等下順路開車送妳回去？」

「沒事，謝謝你的關心，恐怕我要等到天亮後就直接去局裡了，那時候應該有同事來接我。」章桐禮貌地點點頭，她看到對方的目光中閃過一絲明顯的失落。

就在這時，秦剛的手機響了起來，是司機通知他出車，秦剛便站起身

第七章　記憶

和章桐告辭，神色匆匆地走出了急診室走廊。

突然間，急診手術室門口方向傳來了女人的一陣撕心裂肺的痛哭聲，章桐沮喪地低下了頭，她知道，又一個生命走了。

◆ 2

曙光乍現，黑夜退去，天邊逐漸閃亮。

位於警局一樓的刑科所技術室的大門突然被撞開，身材矮小、身穿白色工作服的歐陽工程師興沖沖地跑了出來，儘管一夜未睡，老頭也已經到了五十出頭的年紀，此刻卻仍然興奮得像個孩子。他一溜小跑穿過走廊，兩級臺階一跨，直接就來到二樓走廊，接著便跑進了二組辦公室，高舉手中的報告單，在瀰漫著泡麵味和菸草味的房間裡大聲嚷嚷道：「終於弄明白屍體如何被弄進遊樂場了，終於弄明白了！哈哈……」

滿眼血絲的海子從自己座位上探出頭來招呼道：「我說歐陽大叔，一晚上沒睡還這麼興奮，你小心高血壓，別太激動了！」

歐陽工程師狠狠瞪了他一眼：「還不是急著要幫你們出結果嗎，哪有那麼講究。快，去把你們童隊找來。」

海子頓時有了精神，從椅子上站起來，興沖沖地就向童小川的隔間跑去，伸手拍門道：「童隊，歐陽工程師那邊出結果了，你快出來。」

門一開，一股濃濃的菸草味便撲面而來，童小川緊走幾步上前來到白色展板面前。這時候歐陽工程師已經把自己的幾張報告用磁鐵石吸在了展板上，見大家聚齊了，這才清了清嗓子，大聲說道：「我們目前總共是兩

個案子，同樣的拋屍地點和同樣的殺害對象，這是兩張案發現場周圍一定範圍之內所發現的足印和車輪印分布圖，為了便於講述，我都用不同顏色的筆跡做了標記。」

「首先，現場總共發現兩對足印，43碼和37碼，根據足印分析，足尖朝向木馬方向的，相比起離開方向的，踩在泥地上的足印要相對較深，也就是說，進去時，這兩個人必定是背負重物，才會導致這兩組足印落腳比較深。」

「我注意到這兩組足印只保持在旋轉木馬區域通道處外80公尺左右的距離，80公尺以外，就看不到它們存在的跡象了，所以我據此推斷，他們必定有專門的交通工具運送屍體。在收集了現場周圍所有的車輪印後，逐一排除，我發現了一種特殊的輪胎印，這種輪胎印出現在一個荒草比較多的固定位置，並且停留了相當長的時間，大約有兩個小時至兩個半小時。」

「等等，歐陽主任，你是怎麼知道它停留這麼長時間的？周圍可沒有監控啊。」海子不解地問道。

「這個很簡單，我在草地上發現了空調氟氯碳化合物的滲透液痕跡，因為這種製冷劑不溶於水，而晚上的室外溫度又相對較低，我查過，案發那兩個晚上，溫度都在8攝氏度左右，而氟氯碳化合物的沸點在23攝氏度，所以會留下相對明顯的液體痕跡。也就是說這是一臺裝著大功率空調的車子，並且這臺空調出了故障，只要在一個固定位置開足空調的話，就會有氟氯碳化合物液體滲到地面上，我就是根據液體的總量和當時的溫度計算出了大致的停留時間。」歐陽工程師的臉上露出了得意的笑容，可是，這笑容並沒有持續多久，他轉身指著白板上的車輪印模子相片，又輕

第七章　記憶

聲嘆了口氣，「我一直想不通的是，這明明是小型皮卡車的輪胎印，真不明白上面為何要裝這麼大功率的空調？而且，和小型皮卡車所留下的輪胎印相比，這種輪胎印又深了許多，明顯載重量不低，難道說這車子是改裝過的？」

童小川雙手抱著肩膀，沉思片刻後，緊鎖雙眉，點點頭：「我在禁毒大隊的時候，曾經手過一個案子，記得當時雖然掌握了線報，也證實線報無誤，但是卻怎麼也找不到真正的製毒窩點。後來蹲了半個月，才最終確定對方是改裝了一輛廂式貨車，上面什麼設備都有，就這麼在我們的眼皮子底下玩起了游擊戰把戲。在我們這個案子中，圖偵組和當地派出所走訪了多日，卻始終都找不到兩位失蹤者後來的去向，照理說，這種被綁架後傷害致死的案件，都會有一個固定的作案場所。但是這麼看來，我們所要尋找的案發現場，很有可能就是一輛車，一輛經過改裝的廂式貨車，平常能夠堂而皇之地在我們面前來回行駛，能讓受害者，乃至潛在的目擊民眾都不會起任何疑心的車。」說著，童小川走上前，來到展板邊上，雙眼死死地盯著展板上的相片，半晌，突然頭也不回地果斷吩咐道：「張一凡、李海，你們兩個立刻去城東二手車交易中心，找一家天旺車配店，店主叫裴天旺，把這個車輪印相片給他看，他會告訴你們到底是一輛什麼樣的車的。」

張一凡不由得一怔：「童隊，他……」

「儘管去就是，他曾經是我的線人，到時候你提我的名字就行，他欠我個人情。如今我不做禁毒了，他也算是改邪歸正金盆洗手了吧。」童小川咕噥道，他並沒有說出裴天旺的身分不光是自己的線人，還曾經是地下偷車賊中神話級別的人物。

對於警察來講，線人是一種灰色的存在，他們所做的事情遊走在正義和違法的邊緣，身分類似於戰爭年代的雙面間諜。不過，裴天旺知道當年如果沒有遇到童小川的話，自己或許早就已經斃命街頭了。

　　所以，當渾身汽油味的天旺汽配店老闆聽到童小川的名字後，立刻就用腳蹬地，從車子底盤下滑了出來，站起身後，還沒來得及擦乾淨手上的油汙，便伸手去拿那張相片，同時咕噥道：「說說現場的情況。」

　　張一凡和海子不由得面面相覷，後者默默地從公文包裡摸出了另外幾張相片，遞給了裴天旺，卻並沒有詳細講述案情，只是強調說想找這輛車。

　　「那是你們的事，與我無關，我只幫童哥一個人。」裴天旺小聲嘀咕道，「這車，確實是改裝車，後車箱人為擴大，而且這臺空調還是我幫他做的，本來我是想弄臺新的空調裝上去，但是人家死活不樂意，說手頭的錢不夠。」說到這裡，裴天旺一臉的不屑，「沒錢還玩什麼改裝，真是的。這種車，我看遲早得出事。」

　　海子聽了，更是吃驚不已：「你說什麼，你真的見過這輛車的主人？」

　　裴天旺嘿嘿一笑，下意識地伸手摸了摸自己的鼻子：「在改裝車上弄這麼大的空調，排線之類可是大難題，整個電路都要重做，不是我吹，整個市還就只有我能玩這個呢。」

　　「那對方的具體長相，你還記得嗎？」說著，張一凡本能地抬頭去看掛在店內的監控探頭。

　　「別指望那破玩意兒，那只是擺著糊弄人的，都壞了好多天了。」裴天旺咧嘴笑了，「再說了，這事情都已經過去一個多月了，即使你們現在真的查得到，也是沒有當時的影片紀錄的，因為我們這邊影片的覆蓋時限是

第七章　記憶

十天一次，沒辦法，記憶體容量小。」

「那你盡量回憶一下對方的長相，尤其是他有什麼體貌特徵，或者習慣之類，任何你能回憶起來的有用線索都可以。」海子看著裴天旺的目光中充滿了期待。

裴天旺皺了皺眉，嘀咕道：「一個瘦瘦小小的年輕男人，皮膚很白，十指修長像女孩子，身上有股很特別的味道。」

「什麼樣的味道？」海子急忙追問。

「醫院裡的那種。」裴天旺雙手一攤，「別的，我就不清楚了。還有啊，那輛車其實非常好認。」

「為什麼？」

裴天旺聳聳肩：「車子是小型皮卡，但是車尾因為撤掉車斗而換上了個小號貨車車廂，所以看上去有點頭重腳輕，可很多人一般都不會注意這一點。而新安裝的後車箱頂部，有一個很大的車載蓄電池，遠遠看上去，就跟個大煙囪差不多，在它右邊有個空調外連線，不過為了看上去顯得不那麼怪異，外面特地裝了個廣告牌來遮擋，至於說上面到底寫了什麼，我就不清楚了。」

「那為什麼要弄改裝車？直接買一個冷凍車不簡單多了嗎？就是那種運送冷鏈的專用貨車。」張一凡咕噥了句。

裴天旺聽了，聳聳肩，雙手一攤：「或許是錢的問題吧，也或許是因為不想露馬腳的緣故。」

「露馬腳？」

裴天旺上下打量了一番年輕的海子，點點頭：「年輕人，冷鏈車是屬於特種車輛，要統一管理的。」

海子認真記下後，剛要和張一凡離開，卻被裴天旺拍了拍肩膀：「等等，警察先生，幫我帶個話可以嗎？」

「給誰？」海子問。

「童哥，就說我有事找他，請他什麼時候有空了，就來我這裡一趟，我想和他敘敘舊。」

海子感到有些奇怪：「裴老闆，那你怎麼不直接打電話給他？」

裴天旺咧嘴微微一笑：「我沒這個習慣。」說著，便又躺在小滑輪板上，用力一蹬，重新鑽進待修的車子底部去了。

「真是個怪人！」走出汽配店，海子嘀咕道。

張一凡卻若有所思地看了眼懸掛著的店鋪招牌：「他可不是什麼普通人。」

「張哥，你是說我們童隊嗎？」

張一凡搖搖頭：「不止。」

兩人鑽進警車向局裡開去，路上海子忍不住問道：「張哥，你說禁毒隊到底是個什麼樣的單位？單獨一棟樓，神神祕祕的，就連吃飯和我們都不是在同一個食堂。」

張一凡一邊開車，順便掃了眼後照鏡，一邊道：「小兄弟，跟你說個事吧。你也知道我們童隊是從不輕易提起他的過去的，為人也非常謹慎，不在外人面前隨便流露自己的想法，我想啊，這些都是禁毒大隊一線的人的本能吧。但有一次除外，我記得上週末的晚上，十一點多快十二點的樣子，童隊突然打電話給我，說自己在一家路邊攤裡喝多了，回不了家，叫我去接下他，我就去了，反正也睡不著。」

「那然後呢？發生了什麼？」

第七章　記憶

　　張一凡笑了笑：「童隊可不是喝多了那麼簡單，他是徹底喝高了，一個人幾乎灌下了整整四瓶二鍋頭，結帳的時候把我嚇了一跳。」

　　海子吃驚地看著張一凡：「他遇上什麼開心事了嗎？」

　　「不，」張一凡的嗓音變得異常沙啞，「是童隊曾經的戰友去世了，因公殉職。據說非常慘烈，屍體是在邊境公路旁的草堆裡被路過的邊民發現的，通知了我們邊防派出所。從屍檢報告上來看，販毒集團用的是專門對付臥底的懲罰方式，把他給活生生地虐殺了。」說到這裡，張一凡嘆了口氣，「童隊哭得很傷心，他告訴我，主檢法醫在報告上說得很清楚，從第一刀開始到最後的死亡，整整四十五個小時的折磨，屍體內檢驗出含有大量的安非他命，知道安非他命是做什麼的嗎？」

　　海子點點頭：「我知道，含有鹽痠麻黃素，服用後能讓人精神振作，是毒品的一種。」

　　「那幫渾蛋就是要讓他清醒著經受折磨，感受每一分痛苦，並且牢牢地記住。兄弟，太可怕了，童隊給我看了那份屍檢報告，我到現在都忘不了那上面寫的東西──五根肋骨被鈍器敲碎，兩條腿膝蓋以下被剝皮削肉，鼻子被挖掉，眼球被搗碎，下巴則更是不見了，八根手指被砍掉。而最終的致命傷是頭骨右側的一處鈍器凹陷……」張一凡面無表情地訴說著，聲音中聽不出半點情緒，但是握著方向盤的雙手手指卻因為用力過猛而變得異常慘白，他在竭力控制著自己的情緒。

　　「後來，童隊對我說他心裡很難受，也很後悔，後悔不該拋下曾經一個戰壕的戰友而去了別的部門，最起碼應該並肩作戰。他覺得自己此刻的處境就像個懦夫，我都不知道怎麼勸他，就任由他哭。穩定一些後，我擔心他那天晚上回家情緒出現波動，再出什麼意外，乾脆就直接把他給拉

到了局裡辦公室，守了一晚上。」說到這裡，張一凡不禁一聲嘆息，「童隊是個性情中人，也很有正義感，更是把自己周圍的人當兄弟一樣。其實，不管他到底是因為什麼而離開了禁毒大隊，我始終都相信他這麼做，必定是有自己的理由的。他艱難地做出了抉擇，我們就該好好地支持他。做個警察不容易，不管是哪個部門。」

海子聽了，用力點點頭。車窗外，陽光明媚，秋風吹過街頭，車輪駛過，捲起片片黃色的梧桐葉，在風中打轉，落下。

✦ 3

上完了今天最後一節課，李曉偉匆匆回到辦公室，稍微收拾一下後，便直接開車，離開了警官學院宿舍。

在車上，他接通了顧大偉的手機。

「大偉，我想去見見你委託人的母親，越快越好，我現在就去你公司接你。」

電話那頭，顧大偉顯得有些意外，但是很快就應允。

十多分鐘後，在公司樓下，李曉偉車剛停下，顧大偉便拉開右邊車門鑽了進來：「我把地址傳給你了，聽說你要去，我委託人很高興。」

李曉偉打開GPS，匯入地址後，接著便一腳油門，直接就把車開上了公司門前的那座高架橋，邊開邊苦笑道：「我昨晚熬了個通宵，終於看完了所有的資料。現在有證據顯示當初的這起案子與現在還沒破的三起案子有關，老同學，我也不瞞你，我這次去和她談話，不只是為了你的委託

第七章　記憶

人，還有件事，很重要。」

顧大偉看了他一眼，嘀咕了句：「我就知道，不過，你能先跟我說一下嗎，以防萬一到時候出什麼意外。」

李曉偉點點頭：「鎖定的嫌疑人叫朱一文，當年案發時三十六歲，無業，本地人，平時以打短工和修摩托車和汽車為生，性格孤僻內向，獨自居住在城中老城區的一棟小房子裡，沒有親戚朋友願意和他來往，自然也就不會有人願意幫他照顧他年僅十二歲的兒子朱南了。」

「他老婆呢？」顧大偉皺眉問道。

「戶籍紀錄顯示，他老婆叫王靜，新南人，不是本地的，比他小四歲，在他案發前一年就失蹤了，一直沒有下落。要是我沒猜想錯的話，」李曉偉嘆了口氣，「他老婆是他所殺的第一個女人，只是到現在還沒有發現屍體而已。」

顧大偉吃驚地張大了嘴：「老同學，你的意思是，我委託人的母親很有可能知道些什麼，對不對？」

李曉偉顯得很無奈：「沒錯，我也是這麼想的，不然的話，精神上不會受到這麼大的刺激。但是，在和她正式談話之前，我不能做任何決斷。」

「這個我明白。」顧大偉認真地點點頭，卻又有些不安地說道，「可是，老同學，別怪我囉唆，你一定要斟酌言辭，我這委託人的母親，已經不能再受刺激了。」

「放心吧，我心裡有數。」說歸說，李曉偉卻還是下意識地長長出了口氣。他明白對於一個普通人來說，這樣的談話是沒有什麼大問題的，但是對於一個病了多年的創傷後壓力症候群症患者，自己的每一步都等同於是

在刀尖上跳舞。

　　車很快就開過高架，繞過環湖路、高浪路，最後直接進入太湖大道，很快就看到了社會福利中心養老院的牌子。穿過養老院的大門，還未到停車場，顧大偉就伸手指著前方：「那就是我的委託人，他已經在等我們了。」

　　「這裡景色不錯。」下車的時候，李曉偉感慨道。

　　顧大偉嘿嘿一笑：「服務更好，老同學，你我將來老了要是能來這裡養老的話，那可就是上輩子修的福氣咯。」

　　三人寒暄一番後，委託人趙先生便把他們領進了一間安靜的會客室。房間並不大，8平方公尺左右，陽光明媚，木質地板，卻並不是非常光滑的那種，左手邊的法式落地長窗開著，風一吹，白色紗簾迎風飛舞。坐在靠窗的籐椅上，李曉偉輕輕鬆了口氣，環顧四周的目光中充滿了羨慕。

　　很快，走廊裡傳來了輪椅推動的聲音，由遠而近，趙先生推著一位滿頭白髮的婦女出現在房間門口。老婦人看上去六旬出頭，滿臉皺紋，眉宇間似乎帶著一絲難言的落寞。

　　輪椅被緩緩推到了靠窗的位置，趙先生輕輕替母親在腿上蓋了一條薄薄的法蘭絨毯子，這才轉身面對李曉偉他們點點頭，輕聲說道：「這就是我的母親，也是我唯一的親人，宋穎，你們可以和她交流，只不過最終結果還是要看她願不願意和你們說話就是了。」

　　李曉偉聽了，壓低嗓門說道：「趙先生，你可以坐在你母親身邊，畢竟你是她最熟悉的人，這麼做可以讓她有安全感。考慮到你母親的身體，我們的問題也不會很多，放心吧。還有就是，我和你母親的談話，最終目的就是想打開你母親多年的心結，只要幫助她走出這個心理陰影，我相信

第七章　記憶

出於本性的母愛，回過頭來，她就能接受你了，你的心願也能得到實現。所以，我需要你的配合和充分的理解。」

「謝謝李醫生，你放心，在這之前，顧總大力推薦過你，說你是業內頂尖的心理醫生，所以我支持你。」趙先生感激地點點頭。接著，顧大偉便退出了房間，躲到花園裡抽菸打發時間去了。此刻，安靜的會客室裡就只剩下了李曉偉他們三人。

李曉偉伸手拉過一張小茶几，擺在三人中間，然後打開公文包，抽出了幾張放大的相片，然後逐一輕輕擺放在宋穎的面前，同時，認真地關注宋穎目光中的細微變化。

這是幾張老婦人當年在小學工作時的生活照，因為年代久遠，再加上照相技術有限，相片有些發暗，但是這並不影響相片中的人物表現，其中有一張是五年級畢業照，坐在第一排正中央的班導宋老師一臉的笑容，眉宇間滿是欣慰。

「宋老師，我是李曉偉，妳兒子趙先生的朋友，這次特地來看妳，順便帶了這件特殊的禮物給妳，希望妳能喜歡。」李曉偉笑咪咪地說道，「能找到這張畢業照，說實話還真的很不容易呢。」

老婦人沒有說話，目光落在相片上。李曉偉知道，無論誰，都不會拒絕自己這輩子最好的人生回憶。他便順勢單膝跪在老婦人的輪椅旁，伸手指著那張畢業照，柔聲說道：「宋老師，妳一直都教畢業班的，對吧？」

老婦人神情木然的嘴角竟然微微顫動，眼神也變得不那麼空洞了，看著這幾張老相片，長時間的沉默過後，她輕輕點了點頭。

「快二十年了，宋老師，妳還記得這些孩子嗎？」

她又一次點頭，目光中竟然流露出一絲哀傷。顯然，老婦人並沒有真

正忘記自己的過去。

「宋老師，這是妳當年所帶的最後一屆畢業班孩子，對吧？」李曉偉刻意把那張畢業照輕輕放到老婦人的面前。

「是，是的。」老婦人嗓音沙啞，緩緩伸出左手，捧著相片，手指逐一在孩子們的臉上滑過，似乎是在竭力辨認著什麼。

「跟我談談他們吧，好嗎？妳能記得幾個就幾個，我們不勉強，畢竟已經過去這麼多年了。」李曉偉看著眼前這位羸弱的老婦人，心中不禁百感交集。

一旁的趙先生剛想開口說話，卻被李曉偉用目光制止了，便又重新退回到沙發上坐了下來，神情關切地注視著自己的母親。

老婦人已經完全沉浸在自己的回憶中，應該是當過老師的緣故吧，老人的記憶是那麼清晰，雖然用了一定的時間，但最終還是回憶出了一大半，包括那個站在隊伍最末尾、身材也最瘦小的男孩。

李曉偉見老婦人手指指尖一直指著最後的那個男孩，嘴唇囁嚅著無聲地訴說著什麼，便輕聲問道：「宋老師，妳還記得他嗎？」

「記，記得，他叫朱南，住在，住在，」老婦人咬著嘴唇，努力在記憶中搜尋著，最終卻不得不放棄，沮喪地看著李曉偉，「對不起，我，我想不起來了……」

「沒關係，宋老師，」李曉偉微微一笑，「妳還記得他的名字，就已經很不錯了。謝謝妳，宋老師。對了，能和我談談這個孩子嗎？」

終於到了最關鍵的時刻，李曉偉雖然表面上顯得很輕鬆，但是內心卻惴惴不安了起來，因為他實在不忍心讓眼前這位飽經風霜的老婦人的內心再一次受到衝擊。

第七章　記憶

　　老婦人低頭陷入了沉思，一時之間，房間裡安靜得幾乎能聽到人的心跳聲。

　　終於，她抬頭看著李曉偉，臉上的表情顯得若有所思，李曉偉吃驚地看到老婦人的眼角竟然滾落了一行淚珠。

　　「年輕人，我，我想起來了，這個孩子，他很可憐，很可憐的。」老婦人的聲音雖然依舊很沙啞，但是卻充滿了果斷。

　　「能和我說說嗎？」李曉偉的心頓時懸到了嗓子眼，他突然有些恨自己這麼自私，「妳知道他媽媽到底去哪裡了嗎？」

　　老婦人突然回頭看了一眼自己的兒子，目光中似乎在尋找依靠，卻又彷彿正在做一個很大的決定，時間在緩慢流逝，她的呼吸逐漸加快，臉漲得通紅，身子微微顫抖。她伸出左手緊緊地抓住自己的胸口，大聲喘息著。

　　李曉偉對著焦急的趙先生果斷地擺了擺手，因為這個時候已經不能再隨意打斷老婦人洶湧而出的回憶了。可是，儘管昨晚已經對將要發生的事情預備了好幾個方案，此刻真正面對時，李曉偉的心中卻還是感到深深的不安。

　　終於，老婦人雙手緊握輪椅把手，咬牙切齒地一字一頓：「他的母親，早就死了，就在，屍體，屍體就在他家的雜物間裡，作孽啊！進門左轉的那一間。我，我，親眼看見他父親掩埋的。他父親是魔鬼！魔鬼！殺人犯！我天天做噩夢，天天做噩夢啊⋯⋯」老人的淚水奪眶而出，哭得像個孩子一般，長久淤積在內心的記憶終於被打開了。趙先生趕緊上前摟住母親，一邊安慰，一邊把充滿疑問的目光投向了呆立在當場的李曉偉。

　　李曉偉明白，與其說剛才那段話是老人聲嘶力竭的痛斥，細細聽來卻

如同老人痛苦的哀號。他不由得恍然大悟，當年宋老師所檢舉的，看來並不是後來所發現的那三位死者，而是在旁人眼中人間蒸發一年多的朱南母親。

一切或許都只是一個可怕的巧合而已。

這時候，醫護人員走了進來，遞給老人一個寫字板，老人用左手抓過筆，顫顫巍巍地在上面簽下了自己的名字，然後接過了幾粒藥丸，就著水吞了下去。

李曉偉知道，這是精神類藥物，為了以防萬一，必須由患者自己簽字確認。他突然感到了一陣莫名的悲哀。

在回市區的路上，李曉偉一聲不吭，直到把顧大偉送到公司樓下，這才撥通了章桐的電話：「妳現在有空嗎？」

章桐感到有點意外，不禁開玩笑道：「當然有空，不過你說的是鋼琴演奏會嗎？明天晚上呢，現在去還早。」

「我知道，我們去趟老城區，帶上妳的工具箱，我們要去挖點東西，我這就開車去接妳。」李曉偉語速飛快地說道，「章醫生，我想，我可能知道朱南的母親到底在哪裡了。」

「好的。」章桐立刻結束通話了電話。

李曉偉在警局大門外接到章桐後，便直接開車出城，向老城區的汀州村開去。

「我剛去安養院見了當年朱一文案件的檢舉者宋穎，也就是朱一文的兒子朱南的小學班導老師。」李曉偉一邊開車一邊說道，「我記得卷宗中提到當年宋穎老師打電話給專案組，檢舉說朱南的父親有殺人嫌疑，我不知道是什麼原因導致這個報案電話出了差錯，總之，宋老師當初真正想表達

第七章　記憶

的是，她看見了朱一文正在掩埋妻子王靜的屍體，而專案組卻專注於那三具已經發現的女屍的凶手……」

章桐打斷了他的話，冷靜地說道：「你不能就此便指責專案組失職，我們辦案是有程序的，對於所有檢舉電話，都是以最新案件為優先，同時進行外圍走訪調查，蒐集證據。我想，按照慣例思考模式，再加上當年的刑偵技術手段還並不發達，對人口的流動性掌握程度比較差，而朱南的母親不是本地人，這樣一來，走訪調查中所得到的有用消息自然也就和後面的那三起案件相結合了。況且，報警電話中，這位檢舉人或許並沒有說清楚死者的具體情況吧。」

李曉偉聽了，點點頭：「有可能，不管怎麼說，我們先去實地查看後再說，如果能挖到屍骸，證明死者的身分的話，那就更好了。」

與此同時，城市的另一頭，街區外的路邊上新開的一家星巴克內，為數不多的幾個顧客在邊喝咖啡邊聊天。

這段日子裡，吳嵐每次從健身房出來後，就必定會上這裡來坐坐，休息是一方面，另一方面，其實自己也是有點心不在焉，不知道什麼時候那個神祕的傢伙就又會傳來有用的消息，畢竟自己還是要靠這些東西吃飯的。

她一邊用毛巾擦著汗，一邊心不在焉地環顧四周。正在這時，身後傳來一個女人的聲音：「打擾了，是吳大主編吧？」

吳嵐一愣，循聲轉頭看去，見身後正站著一個身穿菸灰色休閒風衣的年輕女人，雖然面生，但是對方身上那股淡淡的香水味卻讓她頓生好感，嘴角不免露出一絲笑意，伸手指了指自己面前空著的座位：「坐吧。請問妳是……」

對方並沒有讓吳嵐感覺尷尬，優雅地笑了笑，開口說道：「吳大主編貴人多忘事咯，我是市大劇院公關部的方梅，上次廣電有活動的時候，我們見過面的。」

　　「哦……是那次啊，哎呀看我這記性。」吳嵐其實很清楚自己腦海裡根本就找不到這個所謂方公關的影子，但是礙於面子便也把對方當作了自己的朋友。當然了，更大原因是方梅身上的香水味，是她心儀很久的一個牌子，便直截了當地問道：「不好意思，方小姐，妳用的是××香水，對嗎？」

　　方梅輕輕一笑：「是的，最新款，吳小姐，妳喜歡嗎？喜歡的話我這瓶送給妳。我朋友送了我兩瓶，我一個人用不完的。」說著，便從挎包中摸出一瓶香水，遞給吳嵐。

　　「哎呀，這多不好意思。」吳嵐有些臉紅了，自己這輩子第一次問人開口要東西，剛要推辭，心中卻有些不捨，便默默地接過了香水。

　　方梅倒是顯得大大方方，她又伸手從包中取出一張自己的名片，然後雙手捧著探身遞給吳嵐：「吳大主編，妳可以加上面的連結，有時間我們就多聯絡吧，以後還請多關照關照我們大劇院。」

　　「那是當然啦。」吳嵐開心地笑了，她偷偷地瞥了一眼手中的香水，似乎這幾天的不快都瞬間消失得無影無蹤。

　　就這麼東一句西一句地聊了十多分鐘後，方梅告辭離開星巴克，匆匆走出門，鑽進路邊停車位上的一輛黑色SUV，駕車離去了。

　　看著手中心儀已久的香水，吳嵐打開瓶蓋聞了聞，一股幽香撲鼻而來，她陶醉地閉上了眼睛。看來這年頭拍馬屁的人可真是越來越多了。

　　手機提示音響了起來，吳嵐立刻睜開雙眼。

第七章　記憶

◆ 4

　　無論哪個城市，都會有那麼一塊幾乎被遺忘的區域，原因是各式各樣的，卻有一個統一的名字——城中村。

　　車子艱難地開過一條坑坑窪窪的土路，四周塵土飛揚，車窗兩邊滿是各式各樣的店鋪檔口，招攬顧客的高音喇叭聲夾雜著變了調的《小蘋果》充斥了整條街道，讓人幾乎神經崩潰。

　　停停開開，最終來到了城郊接合部的李巷巷子口，車是無論如何都不能再往裡面開了，李曉偉便在土堆旁把車停了下來，沮喪地嘆了口氣，把車熄火後，咕噥道：「對不起，看來我們得走上一段路了。」

　　章桐遲疑了片刻，小聲說道：「我不能就這麼出去，雖然我穿了便裝，但是這工具箱……」

　　看著車窗外來來往往的人，李曉偉嚥了口唾沫：「沒事，我來幫妳提。」

　　「你提著和我提著有什麼區別嗎？」

　　李曉偉伸手接過工具箱，笑咪咪地說道：「這是人的正常心理，一男一女走路，如果男的空著雙手，女的卻提了一個很重的箱子，自然會多看上一眼；反之，就會視若無睹了。」

　　「好吧，我就信你這一次。」章桐聳聳肩，跟著李曉偉一起下了車。李曉偉這才注意到章桐還背著個黑色的背包，一公尺多長，顯得有點重，剛想開口，章桐卻搖搖頭：「這個不用你背，怕你弄壞了。」

　　李曉偉聽了，只能乖乖鎖好車門，兩人一前一後走進了李巷。

　　李巷長度不超過 800 公尺，很快，穿過巷子，眼前就出現了一條混濁的小河，李曉偉指了指右前方河邊的那排房屋：「那邊是屬於李巷的一個

分支，最邊上的那棟老房子就是朱一文以前住的地方。」

「現在還空著嗎？」章桐邊走邊問道。

李曉偉搖搖頭：「村裡出租了，蓋了三層樓卻一直都沒人住，最近這區域又被開發，因此就多了很多外地來打工的人，求租率上升，村裡經過商量後，便出錢把老房子粉刷了一下，重新出租。」

章桐笑了，回頭看了他一眼：「你這個醫生消息挺靈通的嘛，都快趕上警察了！」

李曉偉嘿嘿一笑：「那都是童隊先期工作做得好，這傢伙，表面看上去挺粗糙的，做事非常仔細。」

兩人一前一後推門走進院落，來到老房子前，章桐不由得抬頭看了看這棟灰色的老建築，樓高三層，和一般農村的房屋沒什麼大的區別，也不張揚，規規矩矩的，底層周圍是個小院落，20平方公尺左右，院牆上布滿了碎玻璃片，院落裡有些凌亂，橫七豎八的晾衣繩上掛滿了衣服，顯然這裡一直都租客不斷。

在來這之前的路上，李曉偉已經和村長聯絡過了，所以，一見到兩個陌生人走進院落，身穿藏青色工作服的中年男人便從一張小板凳上站了起來，熱情地迎上前。在簡短的寒暄過後，便把兩人帶到了樓梯另一角的一間雜物間門口，用力推開了已經生鏽的鐵門，一股霉味撲面而來：「這就是你們要找的雜物間。」

看著屋裡被驚動的一隻老鼠快速竄過腳邊，李曉偉問：「那你們一直都沒有動過嗎？」

「當然沒有了，」中年男人苦笑道，「上面粉刷和檢查線路都只是做做表面功夫，這裡沒什麼用，現在又沒那麼多人做農活了，就乾脆一把鎖鎖

第七章　記憶

了了事。村裡的錢也是挺緊張的呢。」

　　打發走了中年男人後，章桐打開應急燈，這樣好使房間的光線充足一點，清理掉地面上堆著的雜物，看著房間裡最後露出來的黑色泥地，章桐便放下肩上的黑色背包，打開後，伸手進包裡打開控制開關，接著便從裡面取出了一臺平板，外加一個不到兩公尺的探測桿，最後拉起天線，重新又把包背在背上，戴上耳機後便在不到6平方公尺的房間裡開始順著牆一寸一寸地掃過地面，同時認真地注視著自己手裡的平板顯示器。聽著房間裡傳出的單調的滴滴聲，李曉偉頓時明白了，章桐手中所使用的正是一臺簡易的探地成像儀，這可比刨開整個房間地面要有效多了，也只有用這個辦法，才能最快地得到結果。

　　時間已經過去了快十分鐘了，此刻，院落裡的人越來越多，見平時從不打開的雜物間竟然有人站在門口，有些人感到好奇，便遠遠地站著圍觀。

　　終於，單調而有節奏的滴滴聲突然變成了一連串急促的警報，雖然聲音並不是很大，但是章桐卻雙眉緊鎖，來回撥試平板畫素，最終抬頭看向李曉偉：「我想，宋老師說得沒錯，這下面確實有人，而且是個女人。」

　　李曉偉心中一沉，他快步來到章桐身邊，低頭查看平板顯示器：「那是剪刀嗎？」

　　「看上去是的。」章桐點點頭，「整個屍體頭東腳西，呈現出仰臥的狀態，屍骸已經嚴重白骨化了，從骨盆和顱骨的形狀來看，應該是一位女性，這個和你剛才所提到的線索就對上了。」章桐沉聲說道，「我必須馬上通知童隊，這是一起很明顯的命案。」

　　「凶手已經死了。」李曉偉悄然說道。

「屍體不全挖出來的話，我沒辦法回答你這個問題。」章桐裝好成像儀，拉上黑包背在肩上，然後掏出了手機。

「等等，妳的意思是除了這具屍體還有別的可能存在……」李曉偉一時語塞，不知道自己該怎麼問下去。

章桐冷冷地說道：「不管是誰死了，都有權利知道自己的真正死因。別忘了，命案在法律中可是沒有追溯期的。」

走出氣味混濁的雜物間，章桐抬頭，血一般豔麗的夕陽早已無聲地灑滿了天空。

＊　＊　＊

我的腳邊是那具已經變得冰冷僵硬的屍體，我的心跳也似乎停止了，耳裡甚至聽得見隱隱約約的轟隆聲，還聽得到我無聲的哀鳴。

她在耳邊對我低語：「吸口氣……，一二三四……呼口氣，一二三四……」我就坐在這散發著血腥味的車廂中，手裡什麼東西都沒有。而四條牛皮帶把我牢牢地綁在了椅子上。

在我的身下，還有那具屍體所留下的餘溫。

「你不後悔嗎？」

我想搖頭，但是麻醉藥物終於發揮作用了，我的耳邊終於又一次聽到了父親由遠至近的沉重的腳步聲、喘息……

我好累，或許，這真的是最後一次了。

第八章　自首

第八章　自首

　　用力去撕開一個人內心深處的傷口是非常殘忍的，郭亞茹臉色煞白，張了張嘴。李曉偉本以為她會像剛才那樣痛罵自己，但出乎他意料的是，這個眼神複雜的女人卻轉身去了臥室。

◆ 1

　　傍晚時分，小小的城中村院落裡燈火通明，藍白相間的警戒帶把樓洞口封堵了個嚴嚴實實，大樓裡的住戶則被要求今晚不得外出，隨時等待警察問訊。警戒帶外站著好幾個圍觀的人，時不時議論紛紛。

　　海子皺眉問童小川：「童隊，這周圍還有二十年前的老住戶嗎？我的意思是認識死者的。」

　　童小川從口袋裡摸出一支香菸，在鼻子底下聞了聞，剛要放嘴裡抽，瞥了眼趴在雜物間地面上的章桐，狠狠心便又塞了回去，嘴裡咕噥道：「夠嗆。」

　　「那，會是朱一文的老婆嗎？」海子接著問道。

　　童小川聽了，轉頭狠狠瞪了他一眼：「我怎麼知道？這不還沒都挖出來麼。」

正說著，雜物間裡傳出了顧瑜的叫聲：「來個人，幫忙一下！」

童小川隨手拍了海子肩膀一巴掌：「快去。」海子便屁顛屁顛地跑進了雜物間，伸手接過應急燈，高舉著，讓應急燈光能覆蓋整個坑底。

眼前這一幕卻讓他感到有些愕然——一公尺不到的坑底，一具骸骨仰臥著，應急燈下，骨架顯得越發慘白。而骸骨的右胸處，插著一把大號的縫紉剪刀，因為行凶者用力過猛的緣故，剪刀的刀刃深深地卡在肋骨上面。

「天哪，她是被剪刀捅死的？」

章桐頭也不抬地斷然否決：「不，沒那麼簡單。」她小心翼翼地把死者的顱骨拿了起來，就著應急燈光仔細查看著。

海子下意識地環顧了整個房間，目光最後落在了坑底的白骨之上，不禁咧了咧嘴，只求早點結束這「人形燈」的工作。畢竟，對於離自己這麼近的骸骨，心中還是有那麼一絲小小的忌憚的。

很快，散落在坑底的骸骨，包括死者殘留的衣服碎片在內，都被章桐逐一整齊地擺放在坑邊鋪開的塑膠紙上。顧瑜爬上了地面，一屁股癱坐在地上，咕噥道：「在這暗無天日的鬼地方被埋了這麼久，真是作孽！」

守在門邊的童小川探頭問道：「章大主任……」

「初步鑑定：屍體白骨化，死亡時間四年以上，不排除比這更久。髖骨呈現出類方形，與男性髖骨相比較矮。恥骨支移行部背側面，靠近恥骨聯合面背側緣處，呈現出與之大體相平行的骨質凹痕，約黃豆粒大小，表面粗糙，這是女性所特有的分娩疤痕。而根據顱外人字縫和矢狀縫的癒合程度初步判斷，死者的年齡在二十五至三十歲之間。」接著，她舉起了手中那把黑漆漆的剪刀，「至於說這個，可以證實她是被害的，也就是說這

第八章　自首

是一起命案。」

「上面黑漆漆的是什麼？是不是生鏽了？」

章桐輕輕嘆了口氣：「長期插在人體內就是這個樣子。肌肉能腐爛，但是它卻不會，看樣子，這應該是一把老式的縫紉剪刀。」

「那具體的死亡時間能判斷出來嗎？」童小川有些不甘心。

「當然可以，這些衣服碎片再加上土壤樣本的分析對比，我相信痕檢歐陽工程師的那幫弟子們是完全可以搞定的。」章桐伸手指了指身邊的兩大袋證物，「就等他們來取了。」

童小川皺眉想了想，抬頭問道：「還有最後一個問題，死者能證實是失蹤的王靜嗎？」

「我需要一張她的戶籍相片，人像辨識是很容易做到的。」章桐無奈地看了看童小川，「還有別的問題嗎，童隊？」

「李醫生去哪裡了？」

「他去警局了……等等，你不知道那事？」章桐不解地看著他。

「什麼事？」

「我下午剛打電話給你沒多久，李醫生就接到了張警官打來的電話，說郭敏想見他，他就直接趕去局裡了，希望能攔住郭敏做傻事。」章桐一邊摘下手套，一邊嘆了口氣，「那孩子太衝動了。」

「那小子到底想做什麼？」童小川急了，追問道。

「自首。」

「我、我不明白，他幹麼自首？」童小川糊塗了。

章桐愣住了，看著童小川的目光就像眼前站著的是個孩子。

＊　＊　＊

（兩個小時前）

　　郊外的廢棄遊樂場裡，生鏽的廣告牌在臨近傍晚的夜風中不斷地搖晃著，藍白相間的警戒帶還沒有被完全拆除，畢竟案子還沒有破，但是這裡已經渺無人煙，哪怕是大白天都很少有人經過。

　　一輛車廂上繪製著「安平冷鏈」字樣的奶黃色廂式貨車正停靠在遊樂場的後門山坡下。車子很新，形狀有些怪異，尤其是它的尾部，竟然裝著個空調外連線。

　　此刻，這輛車顯得格外安靜，發動機已經涼透，前面的車門兩邊都敞開著，只是後車箱卻關得密不透風，但是門把手上並沒有上鎖，誰都能打開這輛車的後車箱門。

　　郭敏一眼就看見了這輛車，其實也不奇怪，這兩天，每天下午他都會找時間來這個遊樂場周圍轉上一圈，有時候還會守候大半夜的時間，就這麼坐在坡上，一根接一根地抽菸，晚上很冷，但是郭敏知道，只有這個愚蠢至極的方法，才能在刑警隊抓住姐姐郭亞茹之前，讓姐姐盡快離開。

　　郭敏當然清楚自己這麼做的代價是什麼，所以，每次要來這裡的時候，他都會脫下身上的警服，不管怎麼說，這套衣服他不想玷汙。當然了，還有那封信，是給老所長的，想來老所長知道這件事後，一定會對自己很失望，但是這一切都已經顧不上了。

　　人的一生中有無數次選擇的機會，而這個決定，郭敏從沒有後悔過，只是他不知道，這一天竟然會來得這麼快。

　　昨晚，他沒有來，因為父親突然病了，平時控制得很好的血壓突然竄到了接近300，看著老父親痛苦扭曲的臉和滿地的嘔吐物，郭敏內心深處

第八章　自首

最軟的地方被深深地觸動了。他把父親送到了臨近的社區醫院，晚上又臨時值班，所以直到今天下午換班後，才匆匆趕到遊樂場邊上。姐姐的電話依舊打不通，但是此刻，他卻看到了那輛已經停在那裡很久的冷鏈車，車子必定是昨天晚上停在那裡的。

郭敏真的開始有些相信命運了。他摸著手裡的空菸盒，這包菸還是上次去老季家走訪的時候，順路買的。郭敏仍然記得那個小雜貨店店主對自己的忠告，也明知道自己不抽菸，但是這個世界上就有那麼多事，是偏偏沒有任何能解釋得清楚的緣由的。

繞著車子轉了幾圈，他摸過發動機，也摸過方向盤，甚至包括插鑰匙的鑰匙孔，能想到的地方，他都摸過了，是在仔細擦拭乾淨原來的指紋過後摸的，並且沒有戴手套。最終，郭敏在後車箱門前停下了腳步，他掐滅了最後一個菸頭，然後刻意扔在顯眼的位置。

好了，一切都已經準備好了，身後夕陽已經在天空出現，這將是最後一個屬於自己的自由的夜晚了。

郭敏活動了一下有些僵硬的四肢、脖頸，最後深吸一口氣，神情凝重地伸手拉開了後車箱的車門。

一股腥臭味撲面而來，車廂裡的空調早就已經停了，此刻的後車箱就彷彿一個大悶罐子一般。郭敏呆住了，雖然早就有了心理準備，但是當面對兩具屍體的時候，他還是無法接受眼前這慘烈的一幕。他癱軟在地，幾欲作嘔，除了一些黃水外，別的什麼都吐不出來了。因為從昨晚到現在，除了抽菸，他沒有吃過任何東西。

風在耳畔呼呼作響，郭敏猛地回過神來，他迅速爬上後車箱，打開手中的強光手電筒，開始仔細查看車廂中的屍體。

很快，他面如死灰般跳下車，重新又關好車門，然後騎上自己的摩托車，直接從後門離開了冷冰冰的遊樂場。

　　姐姐並不在車裡，不過這樣也好，想到這裡，郭敏的嘴角露出了一絲苦笑。摩托車迎著風穿過最後兩個路口，進入城區後，很快便看到了警局灰色的外牆。郭敏毫不猶豫地把車開進了大院，也不鎖車了，習慣性地把安全帽放在了踏腳板上。站在樓下，他抬頭仔細打量了一番警局的正門，又回頭看了看身後逐漸亮起路燈的大街，他便快步走進了警局大樓，順著樓梯來到二樓刑偵隊二隊辦公室門口，站在值班臺前，把自己身上所有的東西都掏出來，放在值班臺上，然後冷靜地對張一凡說道：「張警官，我叫郭敏，惠風路派出所警員，警號******，現向你正式投案。」

　　「你說什麼？」張一凡沒聽明白，他吃驚地看著郭敏。

　　「我自首，因為我殺了人，現在屍體就在遊樂場裡的一輛車上，前面的事情，也是我做的。」郭敏平靜地說道。

　　「你瘋了吧？」張一凡雙眼死死地瞪著他，「前面絕對不是你做的，你不要胡說八道，我們這邊是有證據的，至於說後面，我必須派人去看一下，你先坐吧。」說著，他便抓過話機，接通了當地派出所值班室。而郭敏只是安安靜靜地坐在長椅上，始終都保持著一個姿勢。

　　在等待電話回覆的時候，張一凡還是無法相信眼前這一幕，片刻過後，他終於忍不住了，開口數落道：「哎，你這傢伙，想出名想瘋了？這要是給我們童隊知道，你這飯碗可就不好說了。我勸你還是趕快走吧。對了，關於你姐姐的事，我們這邊一直都沒有找到她，你確定她是被人綁架了，還是自己出走了……」

　　話音未落，急促的電話鈴聲便響了起來，張一凡迅速接起電話，沒聽

第八章　自首

幾句，臉上的表情頓時僵硬了：「你們保護好現場，我們這邊馬上派人過去。」

結束通話電話後，張一凡抬頭看著郭敏，不可思議地搖搖頭：「你……給我老老實實待著。」他伸手從腰上解下手銬，上前便把郭敏的右手銬在了牆邊的鐵環上，咬了咬牙，說道，「委屈你一下，我要出現場，回來後再對你進行質詢。」

「放心吧，我不會跑的，只是，在你走之前，請幫我聯絡一下李曉偉李醫生，可以嗎？他的電話就在我的手機通訊錄上。」郭敏伸手指了指值班臺，「手機，我沒有加密碼，你直接可以打電話。」

張一凡皺眉看了看值班臺，咕噥了句：「就你事多。」便抓過手機，果真在通訊簿找到了李曉偉的電話號碼，便打了過去。

電話很快就接通了：「李醫生啊，我是張一凡，那個小警察，郭敏，他現在來我們局裡自首了，詳細情況你過來說吧，我要馬上出現場。」

電話那頭的李曉偉一口答應。張一凡結束通話電話，轉身對身旁留守的文書叮囑幾句後，便匆匆帶人跑下了樓。

剛才還熱鬧的二隊辦公室瞬間變得空空蕩蕩，郭敏動了動上身，靠在椅背上，仰天看著天花板，長長地出了口氣。

在來局裡自首的路上，他已經刪除了自己手機中所有和姐姐郭亞茹有關的聯絡方式，包括社交軟體的痕跡，雖然知道這麼做是多餘的，但是至少心裡能夠好受一些。這也是自己最後能為姐姐做的事了。

✦ 2

　　章桐吩咐顧瑜直接把發現的屍骨立刻開車送往警局法醫室，做好準備工作等自己回去。看著車開走了，童小川順手撓了撓頭，嘀咕道：「章主任，妳把你的下屬打發走了，那第二個現場怎麼辦？」

　　章桐瞥了他一眼，一聲不吭地彎腰拎起整理好的工具箱，然後直接就向童小川的車走去。

　　「哎，我說，這屍體，屍體怎麼辦？」童小川急了，哀求道，「總不見得也放我車裡吧？」

　　童小川的警車是帶有專門關押犯人的後車箱的，雖然和前面連駕駛座在內的兩排座椅位於同一個車廂空間內，但是卻有不鏽鋼護欄擋住，供被拘押人員上下車的門在車尾部。不過後面的車廂很大，可以同時容納兩個人坐在裡面，外觀看上去，這輛特製的警車長度就相當於是四排座的SUV了。

　　章桐示意海子打開後車箱的門，然後把工具箱放了進去，接著自己也鑽了進去，把門帶上，在裡面吼了句：「很寬敞的，快開車！」

　　知道章桐其實早就已經打上自己車的主意了，童小川便愁眉苦臉地嘀咕了句：「早知道這樣，我就不該開這輛新車出來裝門面了。」

　　留下海子在這邊做掃尾工作後，童小川便開車帶著章桐直接往遊樂園的方向去。

　　車開了一半，因為正值下班高峰期，穿城而過的高架橋被堵得嚴嚴實實。童小川忍不住開口說道：「肚子餓嗎？我這車上還有點早上的飯糰沒吃。今晚看來得通宵了，不吃點東西還真撐不下去。」

　　「都餿了吧？」章桐問。

第八章　自首

　　童小川順手遞給她：「妳聞聞，要是餿了就扔了。沒餿的話就趕緊吃吧，別餓壞了，我的章大主任。」

　　「味道還行，你不吃嗎？」

　　童小川大大方方地一拍肚子：「我是男人，沒事。」

　　「胡說八道，因為胃容量的差別，再加上胃腸蠕動的效率，你這身材應該比我更容易餓。」章桐不容分說地便把飯糰分成兩份，塞給了他一半。

　　童小川想推辭，但是肚子卻嘰哩咕嚕地響了起來，看看周圍滿是車位的紅燈，車流根本就不見向前移動，便無奈地接過飯糰，邊吃邊說：「章主任，妳坐前面來行不行？」

　　「為什麼？」

　　「我感覺彆扭。」童小川乖乖地說道。

　　「那這裡能坐嗎？」章桐吞下了最後一口飯糰，因為是糯米做的，裡面加了黑芝麻糖粉，所以還不算太難吃。

　　「當然能坐了。」無意中瞥了一眼後照鏡中的章桐，童小川不由得吃了一驚，「妳怎麼吃這麼快？」

　　章桐聽了，只是輕鬆地聳聳肩，道：「這是我們法醫的習慣，吃東西只不過是補充能量而已，吃下去就行了，不用浪費時間。」

　　童小川呆呆地看著手中剩下的大半個飯糰，狠狠心都塞進了嘴裡，用力嚥了下去。

　　就在這個時候，長長的車流終於動了起來，童小川趕緊踩下油門，順手便把警燈安在了車頂，刺耳的警笛聲瞬間在高架橋的上空響起。

✦ 3

　　張一凡在電話中已經事先講明了案發現場的具體位置，當童小川的警車開進遊樂場後門的時候，天已經全黑了。不遠處車燈和應急燈的匯聚點上，是一輛經過改裝的廂式貨車，上面寫著「安平冷鏈」的字樣。

　　這就是自己一直苦苦尋找的車輛，只是以這麼一種形式出現在面前的時候，未免顯得有些殘酷了。

　　痕跡鑑定的歐陽帶著幾個小徒弟已經在周邊開始工作，一看到章桐過來，歐陽直起腰，沮喪地嘆了口氣：「我說章主任哪，這真是哪壺不開提哪壺的工作，倒楣透了。」

　　「歐陽工程師，我看你也別太消極了，什麼工作不累呢。」張一凡在一旁笑嘻嘻地打趣道，「這叫各司其職。你們是負責現場搞技術的，我們呢，是專門給你們跑腿逮人做掃尾的，誰都不輕鬆呢。」

　　章桐當然明白歐陽為什麼會這麼抱怨，因為眼前又是一個開放性的作案現場，她無奈地聳聳肩，「還算好，車裡是封閉的，屍體在哪裡？」

　　張一凡伸手指了指車廂：「就在裡面，現場太慘了。」

　　章桐從工具箱裡摸出一套一次性手術服穿上，一邊隨口問道：「幾個？」

　　「兩個。」

　　聽了這話，她不禁一怔：「兩具屍體？」

　　張一凡無奈地點點頭：「我沒有進去細看，就打開車門看了下。要不是那小子來自首的話，還真不知道什麼時候才會發現這個地方。」

　　章桐最後套上了鞋套，然後對童小川說道：「我沒幫手，你來吧，幫

第八章　自首

我做紀錄。」

「我？」

「很簡單的，只要按照我說的，朝紙上寫就是了，本子和筆就在我的工具箱裡，最近局裡人手欠缺，大家將就著點吧。」章桐俐落地交代完後，便用手抓住門把手，借力爬了上去，接著便從童小川的手中接過應急燈，這才轉身把燈頭對準了車廂內部。

一股強烈的腐臭味撲面而來，夾雜著濃重的血腥味和人體排洩物的味道，儘管已經考慮到車廂裡的一幕會非常慘烈，但現實的場景卻還是讓章桐感到心情沉重。

「童隊，把相機給我。」

童小川乖乖地伸手把一臺專業單眼遞給了她：「小心點。」

章桐沒有回答，她接過相機，仔細地拍下了車廂內部包括屍體在內的每一寸空間，尤其是血跡的分布和車廂內每一個物件的原始擺放位置，包括地上的血腳印。她是屏住呼吸做這些事的，屍臭味混雜著血腥味只是因素之一，更重要的是車廂內正中央那架特製的被牢牢固定在地板上的鐵椅子和椅子上的人。

拍完所有相片後，章桐呆呆地看著椅子上已經冰冷的軀體，這一次，她可是親眼看到了經眶腦白質切斷術的手術現場，或者說是失敗的現場。鐵質椅子上的屍體身穿著一件白色的長袖外套，沾滿了血跡和說不出的汙漬，下身是一條黑色褲子，雙腳沒有穿襪子，裸露著踩在地板上，手腳被四根堅韌無比的牛皮繩捆著，頭向後仰著，裸露在外的皮膚因為低溫凍傷後逐漸升溫而變得發黑腫脹，臉部嚴重扭曲變形，嘴微開，右眼眼眶處血肉模糊，眼球缺失。初步看去，傷口已經深及顱腦。

顯然，手術時必定出了什麼意外，所以才會導致這麼可怕的結果。

而另一具屍體則是橫臥在車廂一旁的地板上，被黑色塑膠布包裹得嚴嚴實實，章桐伸手撥開死者面部的頭髮，同樣在右眼，血漬已經結塊發黑，屍斑布滿了全身，初步判斷，死者一去世後，便被放了下來，呈仰臥狀，所以才會造成屍斑集中淤積在屍體的後背部位。

「兩個死者不是同時去世的，地上的這一個至少已經死了兩天了。」章桐大聲說道。

「是不是他殺？」童小川扒著車門處，皺眉問道。

「是，雖然低溫影響了具體死亡時間的判斷，但是，」章桐又一次查看了地上那具屍體唯一健全的另一隻眼球，果斷地補充道，「角膜完全混濁，瞳孔已經看不見了，所以死亡時間至少在兩天以及兩天以上。」

「那另一具呢？」童小川伸手指了指。

章桐又一次打開強光手電筒，集中在死者的左眼上：「角膜改變，混濁加重，瞳孔可見，晶狀體表面有小皺褶，再加上屍斑固定，指壓顏色可減退，死亡時間初步判定為十二至十八個小時。」

「這裡面怎麼這麼臭？這不是冷鏈車嗎？」

章桐搖搖頭，苦笑道：「冷鏈車只是個幌子，內部溫度確實是低一點，但是還不到完全冷凍屍體呈冰雪狀的程度，所以一旦空調被關閉，空間密閉，屍體就加速了腐敗。還有，」說到這裡，她咧了咧嘴，「坐著的這位死者，死前應該是被注射了一定的肌肉鬆弛劑，所以在瀕死狀態時失禁了。這種情況在前面兩具屍體上也有同樣的表現。」

「對了，童隊，我們需要馬上把這兩具屍體運回警局，時間不早了，雖然現在氣溫不是很高，再耽誤的話，還是會加重屍體的腐敗程度的。」

第八章　自首

　　章桐看著童小川。

　　童小川心中一沉，趕緊對張一凡吼了句：「趕緊開車去，把這車給我直接開回局裡。路上一定要小心，別……」

　　話還沒說完，張一凡卻雙手一攤，無奈地搖搖頭：「唉，我這真的沒有辦法辦到，來的時候我就已經檢查過車輛了，電路壞了，加班修也得弄到明天早上。我就知道空調不會無緣無故停的。」

　　童小川偷偷瞥了一眼章桐，後者正在彎腰打開地上的工具箱。

　　「拖……」童小川心有不甘地說道，「用車拖總行吧？」

　　章桐手裡拿了兩個黃橙色的袋子走了過來，「別勉強你的手下了，童隊，這現場所有的車，都是拖不動這輛車的，馬力不夠，明白不？只能等明天早上交警隊那邊加班派車過來拉回警局去。」

　　「妳、妳手裡的是什麼？」

　　章桐咧嘴一笑：「裹屍袋，最新的一款，加厚的，外面加了保溫層，怎麼樣？我們法醫處也該輪到新鮮玩意兒了吧？」

　　見此情景，張一凡彎腰對正蹲在地上的歐陽工程師小聲嘀咕道：「歐陽工程師，請教下，裹屍袋加上保溫層是個什麼原理？」

　　歐陽微微一怔，隨即笑了起來：「不錯嘛，法醫處也用上了。」

　　見張一凡依舊是一臉的迷茫，便壓低嗓門說道：「舉個例子吧，大夏天的時候，你們年輕人總愛吃個冰棒吧，這一大箱買回家就得需要保溫袋，所以呢，就是那個原理，你明白嗎？在一定時間內保持屍體的溫度，並且與外面空氣隔絕，人為減緩屍體腐敗的速度。外層裡面可是加了好東西的，我上個月在本部參加刑偵技術新產品推廣會，才看到的新鮮玩意兒，章主任就弄到手了，真是神通廣大，不錯不錯，哈哈！」

童小川沒辦法，只能幫著章桐在固定完所有證物後，小心翼翼地把兩具屍體分別裝進了裹屍袋，拉上拉鍊，抬著放進了警車的後車箱。在回去的路上，刺耳的警笛聲響徹夜空，童小川幾乎把車速拉到了極限，一路狂奔進了市區。

　　車廂裡靜悄悄的，坐在副駕駛座上的章桐突然說道：「他們也曾經是人。」

　　「我知道。」童小川小聲嘀咕，聲音有些委屈。

　　「所以你不用忌憚那麼多的，童隊，今天是特殊情況。」章桐輕輕嘆了口氣。

　　「我知道。」童小川看了章桐一眼，臉上露出果斷而又堅決的神情，「我回去後一定向上面強烈要求給法醫處多配備車輛和人手，本來一個這麼重要的部門怎麼可以只有兩個女人，太不公平了。」

　　章桐吃驚地看著他，感動得半天才回過神來：「我們部門本就人丁不旺，謝謝童隊的理解和支持。」

　　警車在童小川的抱怨聲中迅速開進了警局的大院，轉向獨立的地下通道口。在路上的時候，章桐就已經通知了顧瑜，所以車子剛到，自動捲簾門便緩緩上升，顧瑜推著輪床出現在通道口。當她看清楚是用這輛新的警車運回了屍體，並且開車的人是童小川的時候，不禁有些驚愕。

　　很快，大家幫著把屍體抬上了輪床，直接就推進了不到10公尺遠的解剖室。

　　一切都已經準備好了。

　　下車的時候，章桐想了想，轉身對童小川說道：「童隊，等下來我們法醫辦公室喝杯咖啡吧，今晚是要忙個通宵了。」

第八章　自首

　　童小川點點頭，嘿嘿一笑：「多謝章主任，我先去開會。」一腳油門便把警車開走了。

　　「主任啊，我說以後這輛車可就在局裡徹底出名了。」顧瑜斜靠著門柱子，笑嘻嘻地說道。

　　「怎麼出名？」章桐不解。

　　顧瑜呆了呆，隨即尷尬地輕輕一笑：「主任，這車才買了不到一個禮拜的時間，但是從此後只要有人用這個車，他就會知道這車曾經拉過兩具屍體。」

　　「這就沒辦法了，在現場的時候這車最寬敞，車速也最快，我只能用它。」章桐一邊說著一邊推門走進了更衣室，「總之，一切以案子為重，不用計較是什麼車。」

　　站在門口的顧瑜見章桐依舊沒有弄明白自己話中的含義，不由得苦笑著嘆了口氣。

◆ 4

　　李曉偉並沒有直接去警局見郭敏，車開到一半，在路上他就打消了這個念頭，在向張一凡要來了郭敏家住址和他父親的電話後，便直接開車過去了。到郭敏家樓下的時候，他接到了童小川的電話。

　　「我現在還不能見郭敏，給我兩個小時的時間，我要和他父親好好談談。」李曉偉拉開車門走了下來，鎖好車，接著說道，「童隊，郭敏的心理承受能力非常強，在這之前我已經和他談過一次了，所以這一次，我必須

得深入和他父親溝通後，才能再和他見面，請幫我轉達這個意思。」

童小川一口允諾：「我這就把遊樂場那起案子的梗概傳給你，方便你掌握案情進展。」

「多謝。」

結束通話電話，幾分鐘後，訊息便傳了過來。李曉偉不斷地翻看電子檔案頁面，心情越發沉重了起來，略加思索後，他把手機塞進口袋裡，抬頭看了看眼前這棟五層的住宅樓，低矮灰暗，此刻正值吃晚餐的時候，大樓裡的家家戶戶幾乎都亮著燈，三層最左面那戶的窗戶上也亮著燈。他不由得暗暗鬆了口氣，這才加快腳步走進了黑漆漆的樓棟口。

樓道裡瀰漫著紅燒肉的香味，李曉偉貪婪地猛吸了兩口，瞬間便後悔不已，因為這樣一來飢腸轆轆的感覺就變得更為強烈了。

來到三層，藉著大樓外的燈光，他看清楚了左手邊正是自己要找的302室，便上前敲門。

門很快就開了，眼前站著個身穿碎花襯衣的年輕女人，眉宇間和郭敏有著幾分神似。李曉偉知道對方很有可能就是郭敏的姐姐郭亞茹，便微笑著打招呼道：「請問，郭長海郭老先生在家嗎？」

年輕女人臉色微變，還未開口，身後的客廳裡便傳來了郭敏父親蒼老的聲音：「是打過電話給我的李老師吧？快請進。」

李曉偉禮貌地點點頭，便從女人身邊擦肩走了過去。一剎那，他明明從年輕女人的目光中看出了一絲敵意。

客廳很小，因為四周堆滿了雜物，所以有點鴿子籠的感覺，四角的牆壁上布滿了水漬，空氣中則瀰漫著濃濃的酒味。郭敏父親身上裹著一件軍大衣，蜷縮在沙發裡，面容憔悴，面前斑駁的小飯桌上擺著一堆的藥盒，

第八章　自首

　　而緊跟在自己身後進入客廳的年輕女人靠著牆，依舊一臉敵意地緊緊盯著李曉偉。

　　「這是我女兒，小敏的姐姐亞茹。」老人沙啞著嗓音介紹道。

　　李曉偉心中一緊，剎那間他便讀懂了剛才那投向自己的深深敵意。

　　「你是警方的人吧？你來這做什麼？小敏人呢？」郭亞茹皺眉冷冷地說道，「他為什麼不接我電話？」

　　李曉偉平靜地說道：「他現在在警局刑警隊。」

　　郭亞茹剛要開口，卻被沙發上的老人用目光給制止了，郭長海這才轉頭看著李曉偉，臉上擠出了一絲笑容，緩緩說道：「不知李老師想問我什麼，儘管問吧。」

　　李曉偉點點頭：「郭老先生，郭敏是醫科大學畢業的，對吧？」

　　「是的，這孩子很聰明，很小的時候就想當個醫生。」

　　「那他為什麼卻最終選擇當警察，這點你能跟我說說嗎？」李曉偉認真地看著郭老先生布滿皺紋的臉。

　　郭長海微微一怔，目光中閃過一絲灰暗，沉聲說道：「我想，應該是小敏突然改變了他的志向吧，當警察不也是很好的嗎？還挺威風的呢。」

　　「郭老先生，那最後一個問題，請問你們知道郭敏為什麼要殺人嗎？他的殺人動機到底是什麼？」李曉偉平靜地問道。他知道自己這個問題的分量，但是也只有這麼問，才能真正刺激到一邊站著的郭亞茹，因為創傷後壓力症候群患者唯一的軟肋就是她最關心的人，雖然這麼做會顯得有些違背職業道德，可也只有這樣，才能徹底找出真相。

　　果不其然，郭亞茹憤怒地看著李曉偉：「我弟弟沒殺人，你別胡說八

道!」

「亞茹!」郭長海出言制止,但是已經來不及了。

李曉偉依舊平靜地看著郭亞茹:「郭敏此刻正在警局裡自首,說遊樂場裡的兩具屍體都是他殺的。」

「你又怎麼知道這事的?」郭亞茹警覺地注視著他。

李曉偉故作輕鬆地聳聳肩:「我是警局的心理顧問,同時,妳弟弟郭敏指明要和我談話,我想,他是有什麼事情要拜託我吧。」李曉偉的目光落在了郭亞茹的身上,「他經常提到妳,說妳對他很照顧。他常說如果不是因為妳,他都不可能順利從醫科大學畢業,所以說,姐姐是他實現夢想的最大動力。」

用力去撕開一個人內心深處的傷口是非常殘忍的,郭亞茹臉色煞白,張了張嘴。李曉偉本以為她會像剛才那樣痛罵自己,但出乎他意料的是,這個眼神複雜的女人卻轉身去了臥室。

就在這個時候,門鈴響了起來,在郭老先生的首肯之下,李曉偉便來到門邊,伸手打開了門,眼前出現的人卻讓他大吃一驚,倒退一步,脫口而出道:「沈教授,你怎麼來了?」

突然到訪的人正是自己醫科大學的恩師沈逸飛,他右手拎著個黑色帆布袋,看著李曉偉,卻不進去,只是輕輕說了句:「走吧,我陪你聊聊,不要再打擾他們了。」

李曉偉猶豫不決地回頭看了看屋內,沈教授叫了聲:「老郭啊,我和我的徒弟先走了,打擾你們了,不好意思啊。」

客廳裡傳出了含糊不清的聲音,沈教授便關上了門,對李曉偉說道:「走吧,順便送我去警局。」

第八章　自首

「為什麼？」李曉偉吃驚地看著他，因為走廊裡光線太暗，他根本就看不清楚沈教授此刻臉上的表情。

老人輕輕嘆了口氣：「因為車裡那人是我殺的。」

「這不可能！」震驚之餘，李曉偉簡直不敢相信自己的耳朵，剛想繼續追問，沈教授卻已經走下了樓梯，便快步跟了上去。

*　*　*

警局案情分析室裡燈火通明，看著手裡剛拿到的列印件，童小川的心中不禁一沉。根據章桐所提供的城中村女屍顱骨定點特徵判斷，人像搜尋系統得出的最後結論印證了一個可怕的猜測——死者與多年前的失蹤人員王靜，也就是朱一文的妻子顱面相似度在70%左右。雖然DNA報告還沒有出來，但是光憑手中的這紙結論，童小川知道自己已經離真相不遠了。

身邊坐著的是個快要退休的老警察，注意到了童小川臉上的異樣神情，便低聲問道：「童隊？」

童小川點點頭：「應該是朱一文的老婆，具體結論還要等法醫那邊的DNA報告。」

「有比對參照樣本嗎？」老警察微微皺眉，畢竟過去了這麼多年。

「當初王靜的家人前來本市報失蹤的時候，曾經留下過王靜父母的DNA樣本血樣，現在正在庫裡做比對。」童小川輕輕嘆了口氣，「十多年了，等來的卻是這樣的消息，真不知道老人會是一個怎樣的感受。」

老警察順手拍了拍童小川的肩膀：「既然都已經過去這麼多年了，我想，能得到消息總比沒有消息要好得多。老人最終會理解的。」

正在這時，歐陽工程師探身對童小川說道：「童隊，章主任家和電梯裡的證物收集工作剛結束，沒有有效的指紋，就連腳印，也是模糊不清的。總體來講，沒有什麼利用價值。」

「監控呢？難道也是一無所獲？」童小川有些著急。

「阿龍都已經兩天兩夜沒出辦公室了，」歐陽工程師聳聳肩，「那小子，不知道關起門來在鼓搗些什麼玩意兒。」說著，他從公文包裡拿出兩張放大後的監控影片截圖相片，放在桌上，緩緩推到童小川面前，「這是臨來開會時，他打發人來交給我的，說是那晚最清晰的兩張截圖。據推斷，身高178公分，體態中等偏瘦，右腳微微有些拐到，此外就沒有別的線索了。」

「電梯裡也看過了？」童小川不解地問道，「為什麼這兩張相片是在大樓外的監控截圖？樓裡的一張都沒有嗎？」

歐陽聽了，雙手一攤，苦笑道：「我們也覺得奇怪，不過想想也可以理解，對方應該是用了訊號封鎖裝置，他一開始是躲在樓棟旁，直到看見章主任走進樓棟後，才跟了上去，同時打開了隨身帶著的封鎖裝置，這樣的話，樓道裡的監控鏡頭就沒辦法正常工作了。如果他一開始就打開的話，很有可能會觸發周圍的電器，這樣就有暴露的危險。總之，他是個聰明人，有備而來。」

副局長陳豪聽了，想起沈秋月的案子，不禁皺眉：「為什麼偏偏針對章主任？看來那傢伙一天不抓住的話，還真一天不消停。」

童小川神情凝重地說道：「會抓住的，狐狸總會露出尾巴的。」

陳豪點點頭：「加油吧，年輕人。對了，說說朱家的案子，到底怎麼回事。」

「十九年前，朱一文妻子王靜突然失蹤，因為王靜不是本地人，老家

第八章　自首

　　在一千多公里外的新南，位置偏僻，交通也不是很便利，所以王靜失蹤後，朱一文說王靜拋棄他們父子跟人跑了，周圍鄰居就從來沒有懷疑過。再加上朱一文在眾人的印象中是個老實人，雖然脾氣有些暴躁，也沒有什麼深交的朋友，但卻從不得罪人，他一個人帶著孩子過日子，大家都能理解單身父親的艱辛，也就接受了他脾氣的乖張。」

　　「其中也不排除朱一文家是獨門獨院的因素，這為他後續的作案創造了很大的空間便利。我想，如果不是因為朱一文兒子的小學班導宋穎老師出於關心孩子，經常上他家家訪，無意中發現了朱一文作案的話，這後面的系列殺人案還真不知道什麼時候才會被勘破。」童小川苦笑道。

　　老警察皺眉想了想：「等等，朱一文的案子我知道，那時候我還沒有被調來這裡，在隔壁市，據說這個案子讓警察都被老百姓罵得抬不起頭來。要不是最終破案了的話，或許會有很多人因此而辭職。」

　　陳豪點頭道：「是啊，那時候的條件不能和現在比，所有的證據都固定好了，整個專案組的人也好幾個月都沒回家，四處排查走訪，可是眼看著一天天過去了，案子在不斷發生，卻怎麼也確定不了嫌疑人。如果不是最後宋穎老師的檢舉的話，咱警局的歷史還真的要被改寫也說不定呢。可是，誰又會想到她所要檢舉的竟然會是王靜的被殺案呢？」說到這裡，他不由得重重嘆了口氣。

　　童小川問道：「陳局，當初朱一文的案子，作案動機是什麼？」

　　「據說是因為妻子的背叛而導致的報復殺人，當時負責走訪的警員回來說，朱一文的妻子王靜長得很漂亮，朱一文卻其貌不揚，臉上還有個疤痕，是修車的時候被電火花燙的，所以朱一文還有個外號叫『朱大疤』。至於說王靜為什麼會選擇嫁給他，那就眾說紛紜了。」陳豪略微思索後，

接著說道,「當地老百姓說朱一文和王靜過了幾年安生日子,也沒怎麼聽說朱一文打老婆,王靜是突然消失的,關於她的失蹤,當地人傾向於是喜新厭舊,畢竟朱一文的條件是擺在那裡的。而第一起殺人案,就是在王靜失蹤後一個月發生的。不過,因為當時的辦案人員沒有拿到朱一文的口供,也就無從知曉他真正的作案原因。但是從現場的物證判斷,他做下這些案子的這個結論是鐵定無疑的。」

　　正說著,童小川口袋裡的手機響了起來,他瞥了一眼,是章桐的,心知必定是出了結果,便告了個假,匆匆離開了案情分析室。

第九章　恨意

　　聽到這裡，郭敏的眼淚無聲無息地滾落，他突然明白了姐姐這麼做的用意，因為當一個人對於自我生存的渴望被無限放大的時候，周圍的一切對他而言就都會變得微不足道了。

◆ 1

　　法醫解剖室裡，單調的滴水聲不斷撞擊著蒼白的牆壁。

　　章桐疲憊不堪地坐在靠牆的椅子上，內衣溼漉漉地貼著後背，汗水流進眼眶，刺痛的感覺讓她不得不閉上了雙眼。長時間的站立使得左腿一陣陣抽痛，而腰椎更是讓她痛得幾乎無法站立。

　　摘掉手套和口罩，章桐伸手在工作服口袋裡來回摸了一遍，找到那一板散利痛，熟練地摳出兩粒，就著工作臺上已經涼透了的水杯，仰頭喝了下去。

　　顧瑜早就已經習慣了章桐這個極壞的癖好，看在眼裡，她只是默默地聳了聳肩，想著自己將來或許也會淪落到用這種方法來逃避身上的病痛，也就睜一隻眼閉一隻眼了。

　　藥片裹著涼水滑過喉嚨的感覺依舊是苦澀的，那種苦澀，章桐明白，會一直持續到自己身上的痛楚結束的時候。她恨透了這種感覺，卻又不得

不去接受。

　　因為人體的神經系統最敏感，也最無法忍受的就是痛楚，而苦澀，相比之下就不足為道了。

　　目光落到了自己面前的解剖臺上，今晚總共三具屍體，最靠外面的這一具是完全出乎章桐的意料的，因為她不只是認識，而且就在過去的二十四小時之內還和他說過話。法醫或許分不清生與死之間明確的界限，卻能無限放大生者與死者之間的特殊差異。

　　匆匆的腳步聲由遠至近，隨著活動門被童小川用力撞開，不等對方開口，章桐頭也不抬地伸手指了指最外面的那具屍體：「我認識他。」

　　「他？」童小川手裡拿著一次性手術服，呆呆地站著，「他是誰？」

　　章桐伸手從桌上的檔案欄裡拿出兩份DNA檢驗報告，遞給童小川。「他叫秦剛，市急救中心出診主治醫師，他還有個名字，叫朱南，他生物學上的父親，」說到這裡，她看了童小川一眼，「叫朱一文。」

　　見童小川一臉的驚愕，章桐重複了一遍：「完全符合遺傳學規律的父親，這點你毋庸置疑。機器比人腦可靠多了。」

　　「不，我不明白，他，他為什麼改名字了？為什麼又成了受害者？」童小川結結巴巴地問道。

　　章桐衝著顧瑜點點頭，後者便伸手拉開了蓋在秦剛臉上的白布，露出了秦剛空洞的右眼。

　　「難道說……」童小川皺眉看了半天，突然問道，「那他的死因呢？」

　　「銳器所導致的開放性顱腦重度損傷，合併蛛網膜下腔出血。」章桐道，「整個死亡所持續的時間應該不會很長，而且，他感受不到痛苦。」

　　「為什麼？」

第九章　恨意

　　章桐伸手把死者的顱骨轉向另一端，讓右邊耳背部位朝著童小川：「你仔細看，這裡有一個針孔，我懷疑他被注射了肌肉鬆弛劑，一種類似於麻醉劑的藥劑，他從那一刻開始就昏睡過去了，自然也就感受不到後面的死亡了。」

　　「那他身上有沒有反抗的痕跡？」童小川問。

　　章桐搖搖頭：「我想，他是心甘情願這麼做的。」

　　「被人綁上四根牛皮繩？」童小川難以置信地搖搖頭，「我知道前面的兩位被拋屍在遊樂場的死者都是有精神障礙的人，但是這個人，他可是醫生啊，為什麼會這麼做？還心甘情願？那他是誰？」他伸手指了指一旁蓋著白布的男屍。

　　「他體長167公分，身材偏瘦，有嚴重的營養不良，並且感染了腸胃炎，我想，這位死者在臨死前應該是鬧了好幾天肚子了，」章桐伸手拉開白布，指著死者粗糙的皮膚，「他至少有半個月以上時間沒有洗澡了，頭髮裡全是蝨子，衣服也有很久沒換了。所以，他應該就是你們正在尋找的第三位失蹤者。」

　　「也是那種手術的受害者？」童小川問。

　　章桐點頭：「是的，完全吻合。死因是過敏性休克，是由藥物引起的，從注射到起反應應該間隔了一小段時間，或許是受害者當時是處於昏迷狀態吧，所以沒有及時表現出來。」她伸手指著死者的喉嚨，「雖然死亡時間在兩天前，屍體已經有了明顯的變化，但是仍能檢查出喉頭水腫很明顯，顏面有窒息所導致的青紫色，全身有皮疹現象，左眼有明顯的斑點，肺部水腫也很明顯。最後排除別的外傷和死者本身的疾病所導致的死因，可以確定是肌鬆類藥物過敏所引起的過敏性休克反應。」

「只是……」章桐突然停下了話頭，似乎在猶豫著什麼。

「只是什麼？」童小川急了。

「我不明白的是，這位死者加上前兩位，雖說都是死於經眶腦白質切斷術所導致的意外，但是有一點可以肯定的是，凶手並不想殺他們。」章桐伸手指了指秦剛的屍體，「但是他除外，因為他完全是死於『故意』，通俗點說，他的死因，是被人用一把錐子給活活捅穿了右眼並深入大腦。」說著，她從手術檯上的工作器械盤裡挑出一把丁字錐，遞給了童小川，「類似這樣的一把凶器。」

「而且，」章桐又把另一份DNA報告交給了童小川，「DNA結果顯示，他就是那三起嚴重侵害女性案件的始作俑者。」

「你確定只是三起？」童小川的腦海裡閃過郭敏的臉，「七年前的那起，有查過嗎？」

「你說的是郭敏姐姐的那起吧？我特地比對過，不是他。」章桐淡淡地說道，「而且七年前殘留的生物檢材樣本中，至少有三個男性的樣本，與秦剛的作案模式完全不符。」

童小川心中一沉。

「還有一件事，」章桐來到那具女性屍骨的解剖臺旁，伸手打開頂上的照明燈，「在這具屍骨上，我找到了一些不同的東西，可以證實凶手或許，嗯，並不是朱一文……」

說著，章桐拿起死者的右胸肋骨第三節，展示給童小川：「你仔細看它的角度，死者身高165公分左右，朱一紋身高181公分，所以，不管死者是站著或者是躺下被扎了這一剪子，所造成的傷口角度都將大於或者等於45度角。你所看到的角度，經過測量，卻只有21度，也就是說，行凶

第九章　恨意

者身高不會超過 165 公分，這是其一。至於說其二，行凶者是個左撇子，這是我們從屍骨形成的創面得出的結論，著力點是由左至右，而我們慣於使用右手的人，著力點恰好相反，是由右邊滑向左邊。」

房間裡死一般的寂靜。

「該死的，一個身高不足 165 公分的左撇子……」童小川的嗓音中充滿了絕望，「那她的身分確定了嗎？」

章桐點點頭：「王靜，也就是秦剛的母親，粒線體比對表明兩人存在母系血緣關係。」

「他們的死亡，會有共同的原因嗎？」

「不可能，不只是死亡時間差了十多年，並且凶手是不同的兩個人。」章桐想了想，接著說道，「而現場車內的指紋顯示，有兩枚女性指紋，但是目前還沒有比對得上的。」

走出法醫解剖室的時候，童小川站在走廊上猶豫了一會兒，便撥通了李海的電話：「海子，帶個人，去把郭亞茹傳喚到局裡，協助調查。」

「童隊，要是她拒絕來怎麼辦？」海子有些猶豫。

「不可能，她弟弟在這裡，她肯定會來的。」結束通話電話後，童小川的目光中閃過一絲冰冷。

◆ 2

李曉偉把車停在了警局大院外的街邊銀杏樹下。回想起手機中童小川傳來的現場畫面以及案情介紹，心中越發覺得有些難以理解。

「老師，我想，你該告訴我真相了。」

沈教授聽了，卻只是輕輕嘆了口氣，看著車窗外街道兩邊閃爍的霓虹燈，目光中的羨慕轉瞬即逝：「你帶我進去投案就可以了，那個男的，真的是我殺的。不關那丫頭的事。」

「原來你早就已經知道郭亞茹涉案？」李曉偉突然意識到了這點，他吃驚地看著自己的恩師，下意識地提高了嗓音，「那你為什麼不制止她？即使不說那最後一個人，也有整整三條人命啊！老師，都因她而死！我們學醫的，怎麼可以這麼做？」

聽了這熟悉的話語，老教授不僅渾身一震，他緩緩轉過頭，看著李曉偉，輕聲說道：「都怪我，真的！」

「怪你什麼？難道怪你當初研究那個手術？老師啊，你別這麼傻好不好？」李曉偉急了，「學術誰都可以研究，但是錯不在你。」

「是我打開了潘朵拉魔盒，也只有我才能把它關上。」說到這裡，他打開了隨身帶著的那個黑色帆布袋，從裡面取出了一把外形古怪的錐子，「這就是警察要找的殺人凶器──丁字錐。」

李曉偉呆住了，半晌，喃喃道：「老師，你為什麼要殺他？你與他素不相識！」

重新裝好丁字錐後，老教授輕輕笑了笑，隨即伸手打開車門走下了車，拎著黑色帆布袋，獨自一個人向警局大院走去。

看著沈教授的背影，回想起他在醫科大學教授樓辦公室裡對自己所說的話，李曉偉突然明白了一切。他掏出手機，撥通了章桐的電話，啞然說道：「沈逸飛教授正在走進警局大樓，他是來投案自首的。」

「你說什麼？」電話那頭，章桐的聲音充滿了詫異。

第九章　恨意

「對不起，他說的都是真的，他就是殺害最後那名死者的凶手。」李曉偉心情沉重地說道，「我只是不明白他為什麼要這麼做。作為一個懸壺濟世的醫生，他有什麼資格去隨意終止他人的生命！」

結束通話電話後，李曉偉便鎖好車，走向警局大樓，不管怎麼樣，他都要知道一個答案。究竟是什麼樣的原因，才會使得自己的恩師甘願背叛了當年立下的希波克拉底誓言。

羈押室裡的日子是完全沒有時間概念的，所以對於郭敏來說，可以用度日如年來形容。也因為寂寞和空虛，自己的聽覺就變得格外靈敏。昏昏欲睡之際，他竟然聽到了走廊上傳來的腳步聲，不止一個人，正緩步向羈押室走來。

門上的鐵鎖被打開了，拉開門的那一刻，他看到了老所長憂心忡忡的目光，不禁愕然，呆呆地站著不知所措。

「出來吧，我是來接你回所裡的。」老所長啞聲說道。

「可是……」郭敏剛要辯解。

「胡鬧！」老所長狠狠地瞪了他一眼，「現在什麼都不要說了，立刻跟我回所裡等待處分意見！」

郭敏在老所長果斷的目光中看到了一絲淚花，頓時明白了對方的苦心。走出羈押室，正準備簽字領回自己的東西時，郭敏無意中抬頭，看到了正推門走進辦案區的沈教授，身後跟著一臉嚴肅的二隊偵察員，不禁脫口而出道：「沈教授，你怎麼來了？」

老人卻只是搖搖頭，緩步走進了審訊室。看著房門在他身後關上，郭敏焦急地對老所長說道：「所長，這事，不關老教授的事，真的不關他的事……」

老所長默默地看了他一眼，神情落寞地說道：「他已經承認了自己就是殺害秦剛的凶手，你幫不了他了。」

郭敏突然意識到了什麼，焦急地說道：「那我姐姐呢？她現在在哪裡？」

正在辦理解除羈押手續的二隊偵查員抬頭瞥了他一眼，冷冷地說道：「這事輪不到你過問。你還是回去等處分吧，別讓你們所長再寒心了！」

一聽這話，郭敏怔住了，身旁的老所長見狀，輕輕嘆了口氣，順手拍了拍他的肩膀：「跟我走吧。」郭敏的臉色頓時一片灰暗，淚水無聲地滾落了下來。

在回所裡的路上，郭敏實在忍不住了，便追問道：「所長，我知道我對不起你，我太衝動了，可是，這事情是有原因的，並不是你所想像的那樣，你聽我說……」

老所長一邊開車，一邊冷冷地說道：「你還是先聽我說吧，看看我說的到底對不對，你再下評論也不遲。今天下午的時候，有一個人特地來所裡拜訪過我了。」

「誰？」

「醫科大學的教授，沈逸飛。他和我講起了你，很多關於你的故事，說你是個很有前途的孩子，不只是你，還有你的姐姐郭亞茹。在你上高二的時候，她雖然沒有能夠像後來的你一樣順利考上醫科大學，但是一次巧合，沈教授在學校招生現場見過她，被她的堅強所感動，便答應輔導她復讀期間的功課。沈教授說，你姐姐其實比你更好學、更刻苦，而她唯一缺少的，就只是運氣而已。作為長女，她必須負擔起你的學費和生活費，所以說，你有今天的成績，是建立在你姐姐的付出上的。」

「這點我知道。」郭敏黯然說道。

第九章　恨意

「每次你姐姐上完復讀學校的課程後，便會去同一條街上的醫科大學，沈教授在教授樓辦公室專門輔導她，希望她能考上醫科大學的全額獎學金，這樣的話，就不用再添一筆費用了，她也能實現自己的夢想。你姐姐是個好強的人，她一面準備復讀，一面還要打工賺錢供你讀書，悲劇就是在那個時候發生的。三個歹徒在你姐姐上完課回家的路上侵犯了她，得知消息趕到醫院後，看著自己最關心的學生幾乎變成了一個神經質一般的廢人，老教授傷心欲絕。他跟我說他得了不治之症，已經活不了幾年了，在離開這個世界之前，他想找個機會，能讓你姐姐徹底忘記那段可怕的記憶，然後重新開始，擁有屬於自己的生活。」

郭敏顫聲說道：「沈教授就是在那個時候開始的經眶腦白質切斷術的研究？我只是沒想到他這麼做，竟然是為了我姐姐。」

老所長默默地看了他一眼，車窗外的路燈光在他的臉上投射出一種怪異的光芒：「沈教授說，他知道這麼做是要付出代價的，雖然手術經過改良，已經可以大幅度地減少後遺症，但是卻並沒有經過實際檢驗，所以，後來就被擱置了。他卻怎麼也沒有想到你姐姐在最後一次見他的時候，竟然偷偷拿走了所有的資料。他用一個詞來形容自己的過失，那就是潘朵拉魔盒。隨著第一具屍體的出現，沈教授就知道是你姐姐所為，他對自己產生了深深的自責。接著第二具，他一直都在關注著媒體上案情的進展，也去過你家幾次，所以，你父親是知道這個事的，也曾經找你姐姐溝通過，但是，後果也是可想而知的。你還記得最後一次你姐姐突然發病的情況嗎？」老所長緩緩問道。

郭敏點頭：「我當然記得，那天我在值班，接到父親電話，說姐姐試圖割腕自殺，後來雖然醒過來了，但是情緒激動，語無倫次，我就把她送去了第九醫院。」

「那你有查看過她的手部傷口嗎？」陰影中，老所長喃喃問道。

「沒，沒有。」郭敏的聲音有些發顫。

「不會有傷口的，那是你父親給你姐姐下了藥，她每次住院，都是因為你父親用了沈教授給的藥。他都承認了。」老所長的聲音中充滿了無奈。

「他為什麼那麼做？」郭敏吃驚地看著老所長。

「因為他知道自己無法阻止你姐姐，又不忍心讓她自殺，而讓她長時間在精神病院裡待著就是最後的辦法，畢竟人命關天。」老所長嘆了口氣，苦笑道，「但是她後來跑了，其實這也就可以看出，傻小子，你姐姐的智商比你高！」

聽到這裡，郭敏的眼淚無聲無息地滾落，他突然明白了姐姐這麼做的用意，因為當一個人對於自我生存的渴望被無限放大的時候，周圍的一切對他而言就都會變得微不足道了。姐姐也想成為一個正常人，所以，才會不惜一切代價。

「老所長，那，能讓我先回家看看父親嗎？我有點擔心他。」郭敏輕輕說道。

老所長沒有遲疑，右打方向盤，把警車開上了通往郭敏家社區的路。

✦ 3

警局法醫辦公室裡，李曉偉吃驚地看著章桐：「妳說什麼？王靜不是朱一文殺的？」

章桐果斷地點頭：「沒錯，目前的證據看來確實如此，凶手是一個身

第九章　恨意

高約 165 公分，體態嬌小的女人，並且是習慣於使用左手。我剛才還在死者的牙齒縫隙中發現了幾根頭髮，屬於一個年輕女人，但是因為年代久遠，髮根的細胞膜已經無法提取到有價值的生物樣本以供比對。」

「等等，屍骨是在地表的什麼位置發現的？」李曉偉皺眉問道。

「不到一公尺，地表土層發現明顯的分解屍蠟。埋屍坑的深度符合女性的特徵，尤其是屍體呈現出仰臥狀，雙手平放在胸前，應該是被刻意擺放過了，使她看起來不像是一場凶殺案的犧牲者。」章桐說著，便又摳出兩粒止痛藥塞進嘴裡，一口喝完了自己面前杯子中的涼咖啡。

李曉偉見狀，終於忍不住了，心疼地埋怨道：「妳也是醫生，這麼吃止痛藥，遲早會出事的，妳難道不明白嗎？」

這話一出，章桐愣住了，她吃驚地看著李曉偉，半天沒回過神來。章桐記憶中自從母親去了養老院後，已經很久沒有人這麼狠狠教訓過自己的壞習慣了。

李曉偉尷尬地漲紅了臉，連忙擺手，道：「別誤會，我不是在指責妳，我只是……我不是……」

章桐撲哧一聲笑了：「算了算了，我其實也知道這麼做不好，但是有時候就是忍不住，做了這麼多年，就落下一身的職業病了。」

「對了，你知道那第四個死者是誰嗎？」章桐問道。

「我看了童隊傳給我的資料，雖然不知道他的名字，但是或許我可以猜得出來。」

「誰？」

「做下那一死兩傷三起案件的犯罪嫌疑人，對嗎？」李曉偉靠在身後的辦公桌上。

本以為章桐會嘲笑自己的胡亂猜測，但是眼看著她臉上的笑容在一點點地變得僵硬，李曉偉有些莫名的後悔了。

　　「他是朱一文的兒子，叫朱南，不過，他還有一個名字，」說到這裡，章桐抬頭認真地看著李曉偉，「秦剛，他的職業是急診科醫生。」

　　李曉偉恍然大悟：「難怪了，所有的受害者都沒有反抗的跡象，而且他對人體傷勢的把控做到了近乎完美，能讓受害者留著一條命來報警。」

　　章桐點頭，感慨地說道：「他所做的一切，其實都是在忠實地複製他父親的所作所為。只有一點，我至今都想不明白，他肯定也知道自己父親做下了可怕的事情，或許還是潛在的目擊證人，但是為什麼如今的他卻要做出父親曾經做出的令人髮指的事情？」

　　「要是我沒記錯的話，朱一文出事的時候，那孩子應該已經小學畢業了吧，多少歲來著？」李曉偉皺眉想了想，「至少應該有十二歲了，處在那年齡層的孩子已經形成了完整的記憶鏈。我想，剛開始的時候，他父親的所作所為，或許會讓他感到恐懼，但是那時候這個孩子的身邊已經沒有別的親人了，他只有依靠他的父親。久而久之，他就對父親產生了一種異乎尋常的崇拜，長大了，因為出於這種愛，也出於對父親的思念，朱南就把自己活成了他父親的樣子。這種人，在我們心理學上有個特殊名詞——斯德哥爾摩症候群。」

　　章桐臉色微微一變：「那到底是誰殺了他的母親？他又為什麼會成為那第四個人？」

　　話音未落，電話鈴聲急促地響了起來，章桐順手接過電話，童小川在電話那頭焦急地說道：「李醫生是不是在妳那裡？我怎麼也打不通他的電話。」

第九章　恨意

　　章桐看了一眼身邊站著的李曉偉：「他在。」說著，便順手按下了擴音鍵，童小川刺耳的聲音瞬間充斥了整個法醫辦公室：「李醫生，快，趕緊來郭敏家，出事了，我們需要你來對付郭亞茹……章主任，也需要妳趕緊出警，我現在就在她家樓下，郭敏的父親死了，被他女兒殺了。」

◆ 4

　　（一小時前）

　　當郭敏走上樓梯，掏出鑰匙打開家門的時候，他沒有聽見父親的聲音，而姐姐郭亞茹正在走廊上等著他，雙腿交疊坐在地板上，臉上似笑非笑。

　　郭敏閉上雙眼，試圖在房間的空氣中辨別出父親的味道，但是他卻聞到了熟悉的鐵鏽味，甜得發膩，那是溫熱的人血所散發出來的特有的氣味，而姐姐的臉上，卻分明看不到一絲一毫的痛苦。郭敏心中不由得一沉，他知道，父親肯定出事了。

　　「妳到底做了什麼？」郭敏的語氣變得冰冷，腦海中所填滿的畫面既暴力又痛苦。

　　「他又想要我吃藥，我再也不會那麼傻了。」看著自己的弟弟，郭亞茹卻彷彿像看著陌生人一般，嘴裡喃喃地說道，「我說過，我沒病！」

　　透過玄關上的穿衣鏡，郭敏終於看到了客廳地板上父親再也無法動彈的身體。他俯臥著，蒼白的頭髮被鮮血所浸透。

　　淚水瞬間衝出了眼眶：「姐姐，不管怎麼樣，他可是我們的父親，妳

怎麼下得了手？」

「你怎麼到現在還不明白呢？」郭亞茹的嗓音中充滿了困惑，她頓了一下，距離郭敏大概六步之遠，一把鋒利的水果刀抵在她的褲管邊。

「他一直逼我吃藥，巴不得我死在精神病院裡別再出來了，我是個正常人，難道你就看不出來嗎？」

看著逐漸變得有些激動的郭亞茹，郭敏突然明白了什麼。

「在這個家，我永遠都是一個不存在的人，從沒有人真正尊重過我。我除了工作，就是拚命打工賺錢供你讀書，我難道就沒有自己選擇生活方式的權利？我為什麼要為了你而活著？」郭亞茹顫抖著聲音說道，緊握著水果刀的右手在不停地哆嗦。

「別胡說，姐姐，我在乎妳，我真的很在乎妳，媽媽很早就不在了，如果沒有妳的照顧，我根本就不可能考上大學！」郭敏急了，苦苦哀求道，「姐姐，妳是不是誤會我了？」

「誤會？」郭亞茹苦笑，「我被你毀了，知道嗎？當年，如果不是想多賺點錢給你交學費，我會天天打三份工？下班後還要趕去復讀學校？你現在是有出息了，但是我呢？我只不過想忘記那段可怕的經歷而已，我想重新開始自己的人生，難道我就沒有這個權利嗎？」

郭亞茹的質問猶如銳利的刀尖一般深深地扎在了郭敏的心頭，他這時才終於意識到姐姐的心裡有多麼痛恨自己。他來到郭亞茹的身邊，雙膝一軟，跪倒在地：「姐姐，妳不要再錯下去了，把妳的刀給我，投案自首。以後的日子裡，我會好好照顧妳，彌補妳所失去的……」

話音未落，冰涼的水果刀準確無誤地扎進了他的左胸口，郭敏不由得一驚，那是心臟的位置，他無法相信眼前的這一切，看著姐姐郭亞茹的目

第九章　恨意

光中流露出驚恐與絕望：「妳……妳為什麼這麼做……姐姐，我可是妳的弟弟啊……」

此刻，郭敏彷彿看見郭亞茹的眼中閃現熟悉的神色，難道說她在最後這一刻，把刀扎進弟弟心臟的這一刻，突然又記起了什麼？

「姐姐……我是阿敏，妳的弟弟啊……」郭敏不斷地呢喃著，聲音低得幾乎聽不見，他軟軟地倒在了地板上，最後所聽到的是耳畔傳來了猛烈的敲門聲，「姐姐……快走……快走……」

黑暗終於降臨，郭敏的意識瞬間喪失了。

房門被用力撞開，海子和張一凡衝了進來，他們一眼就看見了地板上倒著的郭敏，海子上前蹲下，一邊查看傷勢，一邊埋怨道：「都怪你，車早不壞晚不壞，偏偏這個時候爆胎，趕緊打救護車，都要出人命了。」他剛想上去扶起郭敏，一旁站著的張一凡卻冷冷地喝斥住了他：「海子，別動他，刀子在心臟的位置，動一動就完蛋。」

「那我怎麼辦？」

張一凡環顧了一下整個房間，目光落在了客廳地板上躺著的老人屍體上，隨即果斷地說道：「你守著他，等救護車來，同時通知童隊派後援。我去抓郭亞茹。」

臥室的門緊閉著，陽臺外的老式防火梯上傳來了急促的腳步聲，張一凡立刻拉開客廳的窗戶爬了出去。

「張哥，你多注意安全。」海子焦急地喊道。

「別婆婆媽媽的，老子死不了。」說話間，張一凡的人影便消失在黑漆漆的窗外。

救護車的聲音由遠至近，深秋夜晚已經能夠明顯感覺到一絲徹骨的寒

意，張一凡身上穿著單薄的警服，他一邊抓著已經生了鏽的鐵護欄，一邊用力爬了上去，等雙腳終於落在防火梯上的時候，這才長長地出了口氣。

市裡老住宅樓都有這種老式的防火逃生梯，用的人少了，維護自然也就有些不上心，扶手上布滿了鐵鏽，但關鍵時刻還是挺有用的。張一凡知道，郭亞茹絕對不可能朝樓下爬去，因為此刻的大樓底下已經被逐漸趕來的派出所警員圍了起來，所以，她只有一條路，那就是樓頂。

就在雙手要搭上最後一層樓頂的間隔板時，夜色中，一把鋥亮的水果刀突然刺了下來。張一凡頓時嚇出了一身冷汗，身體本能向後退，差點從防火梯上掉了下去。

「該死的。」張一凡低聲咕噥了一句，緊緊抓住鐵欄杆，不顧鐵鏽扎得手掌生痛，抬頭朝上怒吼道，「郭亞茹，別做蠢事，我是警察，我只想和妳談談。」

樓頂上沒有任何回應。

張一凡等了一會兒，上面依舊沒有任何動靜，他不由得開始擔憂了，便探頭向上嘗試著做最後的努力，想就此爬上樓頂。

突然，郭亞茹扭曲的臉出現在面前，她咆哮著高舉水果刀，狠狠地衝著張一凡扎了下來。

就在這時，從後面繞上樓頂的童小川和李曉偉趕緊撲了上去，試圖制止郭亞茹的瘋狂，郭亞茹用力一甩手中鋒利的水果刀，扎傷了童小川的右手手背，頓時血流如注。

郭亞茹順勢把水果刀對準了自己的咽喉，嘶吼道：「你們向後退，別過來！」

童小川強忍著疼痛剛要說話，卻被李曉偉攔住了，不容置疑地說道：

第九章　恨意

「我來吧，童隊，我和章醫生在這裡就可以了，相信我。」

童小川欲言又止，重重地嘆了口氣，只能無奈退回了樓洞口，等候在那裡的章桐打開工具箱，取出紗布幫他包上。

＊　＊　＊

此刻，樓下的救護車呼嘯著開出了社區，樓下圍觀的人卻越聚越多。人群中，身穿黑色風衣的吳嵐正目光急切地注視著樓頂所在的方向，很快，藍牙耳機中又傳來了提示音。她匆匆走出人群，來到十多公尺遠一處已經歇業的小雜貨舖門口，滑開手機螢幕，瞥了一眼簡訊後，便快速敲擊鍵盤回覆道：「你的消息確實不錯，那女的跑不掉了。」想了想，她又接著輸入了一行字，「什麼時候見個面吧，我們談談下一步合作。」

很快，對方回覆了，只是所回覆的內容卻讓吳嵐不由得一怔——「我就在你身後呀」。

吳嵐嚇了一跳，本能地四處張望了一番，可是周圍黑漆漆的，除了自己，什麼人都沒有，她不由得暗自咒罵了一聲，又快速回覆：「開什麼玩笑，我這周圍沒人。」

「哎呀哎呀，吳大小姐，你此刻正站在一家小雜貨舖的捲簾門旁，身穿一件黑色風衣，下身是青色褲子，腳上的小羊皮靴樣式不錯，新款的吧，專櫃價要兩千多呢，對不對？至於說頭髮嘛，盤在腦後，還挺好看的呢。」

看著對方帶有明顯戲弄口吻的字眼，吳嵐不由得渾身起了一層雞皮疙瘩，她緊張地又一次四處張望，結果還是什麼人都沒有，離自己最近的圍觀人群也至少在十多公尺外。此刻，吳嵐的心中油然而生一種怪異的感覺，就好像這個看不清面目的人正從網路的另一端偷窺著自己一般。她倒

吸了一口冷氣，決定不再回覆問話，果斷地關了手機，往口袋裡一塞，接著便頭也不回地快步走出了巷子。

只有吳嵐心中明白，此刻與其說是走，自己腳步踉蹌卻猶如逃命一般。她做夢都沒有想到的是，那個神祕人物並沒有騙她。她前腳剛離開巷子，右手邊垃圾箱後面的陰影中，便緩緩走出了一個人，他從口袋裡摸出一塊口香糖丟進嘴裡咀嚼了起來。看著吳嵐的背影，聳聳肩，他又抬頭瞭了一眼樓頂，周圍所有的人幾乎都把注意力集中到那裡，他嘿嘿一笑，轉身悄然離去。

他知道吳嵐還會來找自己的，所以他一點都不擔心。

第十章　真正的凶手

第十章　真正的凶手

人的記憶可以忘記一切，但是骨頭卻不會，這個世界上只要是被刻上骨頭的東西，就永遠都不會被磨滅。

✦ 1

樓頂，滿天星斗，夜風凜冽，風吹得頭髮揚起，迷住了人的雙眼。

在距離郭亞茹不到兩公尺遠的地方，李曉偉盤膝坐了下來。結合自己先前所看到的相關病歷檔案紀錄，在眼前的這個年輕女人的身上，李曉偉看到了驚恐與憤怒的情感宣洩交織。他心中突然一沉，很顯然，郭亞茹被誤診了，她並沒有患上創傷後壓力症候群，真正困擾她多年的病，應該是憂鬱症。

因為如果她得的是創傷後壓力症候群的話，她就不會與秦剛在一起這麼久。暴力性侵受害者會本能地排斥異性，李曉偉記得很清楚，第一次見到喬米月的時候，她是尖叫著鑽到了床底下，直至今天，喬米月還是不敢與男性單獨待在一個房間。

郭亞茹卻不同。

創傷後壓力症候群症患者還有一個顯著特點，那就是不會自殺，而眼前的這個年輕女人，從她裸露在外的手臂看，她已經有不止一次割腕的經

歷。憂鬱症患者最喜歡做的事就是回憶，發病前的各種感受和慘痛遭遇，絕對不會隨著用藥和病情改善而徹底消失，那種可怕的刻骨銘心的感受會清晰地存在於她的腦海之中，就像一根導火線一般。當郭亞茹無法用死亡來逃避一切的時候，她就選擇了那個可怕的手術，引燃病情，走上了一條不歸路。

　　李曉偉認真地看著靠在護欄一角的郭亞茹，目光中充滿了同情：「郭小姐，我們見過面，我是李醫生。」

　　「我沒病！」郭亞茹冷冷地說道。

　　李曉偉搖搖頭，輕輕一笑：「我不是來和妳談妳的病情的，我是來和妳談一個男人，一個妳愛上的，同時也是深愛著妳的男人。」

　　此話一出，在樓洞口站著的童小川不禁大吃一驚，小聲嘀咕道：「郭亞茹有男朋友？」

　　章桐的心裡頓時什麼都明白了，不禁嘆了口氣：「唉，我早就該想到這一點。」

　　「是誰？」童小川緊張地問道。

　　「那第四個死者。」

　　「你說什麼？她竟然愛上了朱一文的兒子？」童小川震驚地看著章桐。

　　「不，她愛上的，是急診醫生秦剛。」章桐喃喃說道，「我想，他們的第一次相遇，應該就是她第一次割腕自殺的時候，秦剛救了她，雖然是出於自己的職責，但是在郭亞茹看來，卻不亞於是給予她第二次生命。」

　　又三分鐘熱風吹過，遠處隱約傳來了救護車的聲音。李曉偉輕聲說道：「妳也愛他嗎？」

第十章　真正的凶手

郭亞茹微微一怔，半晌，默默地點頭，神情溫柔得像個小女孩：「愛。」

「告訴我妳是怎麼和他認識的。」

「他救了我。」

「那是他的職責，他是醫生。」李曉偉喃喃說道，「或者說，他和妳有著相同的經歷，對嗎？」

郭亞茹看了他一眼，目光怪異：「你怎麼知道？」

「他和妳一樣，有著一個被人忽視的童年。在別人的眼中，你們並不存在，你們沒有享受快樂的權利，相反，卻不得不去承受很多不公平的遭遇。」李曉偉認真地說道，「所以，他在妳的身上找到了依靠，對不對？」

郭亞茹沒有說話，只是緊緊握著水果刀的右手慢慢地下垂，目光中閃過一絲溫柔。

「我想，他應該把他的故事都告訴妳了，對嗎？包括他記憶中的母親。」李曉偉知道，分享記憶對於郭亞茹和秦剛的關係來說，是非常重要的一刻。

本不抱太大希望，誰想到郭亞茹突然抬頭，雙眼緊緊地盯著李曉偉，聲音嘶啞：「他哭著告訴我說，他就這麼眼睜睜地看著自己的母親被人殺了，這就是這個世界對他所做的最殘忍的事情。他說，他這輩子都忘不了那可怕的一幕。因為從那以後，他就再也不信任身邊的任何人了。」

接著，她苦笑道：「知道嗎，李醫生，『信任』這個東西是非常寶貴的，如果輕易給了別人的話，自己是會遭雷劈的。」

李曉偉聽了，心中一緊：「妳是說，秦剛親眼看見自己的母親被人殺了？」

郭亞茹點點頭，神情落寞：「從那以後，他唯一的親人就只有他父親了。你們永遠都不會明白，當一個孩子親眼面對自己父親跳樓自殺的時候，心情是多麼孤單，因為這個世界上以後就只剩下他一個人了。」

「那他有沒有告訴妳，那個殺害他母親的人是誰？」

「不，他只說了，那是他最信任的人，以後，他就再也不會輕易相信別人了。」

無聲的沉默，在無邊的夜色中顯得格外沉重。

李曉偉恍然大悟，遲疑片刻後，他無奈地看著郭亞茹：「我想，最後坐上那張椅子的時候，他應該是心甘情願的，對嗎？」

再次抬起頭時，郭亞茹的眼角竟然流出了眼淚：「對不起，我只有用這個方法才能幫他。但我沒有想到結果會是這樣……」

「等等，那時候，到底發生了什麼，告訴我，那車廂裡後來到底發生了什麼？」腦海中回想起沈教授蒼老的背影，李曉偉急切地追問道，「到底是誰最後殺了秦剛？」

話音未落，突然郭亞茹在丟了手中水果刀的同時，右手多了一把又長又尖的東西，迅速向自己右眼眼眶捅了下去。

當意識到那是一把丁字錐的時候，李曉偉一聲驚呼，剛要衝上去阻攔，身後卻傳來了章桐的怒喊聲：「都不要碰她！」

空氣瞬間被凝固，一旁的張一凡幾乎都被驚呆了，所有人的目光都牢牢地盯著欄杆邊的郭亞茹。

章桐快步走到李曉偉面前，沉聲說道：「她在為自己做手術，是生是死，我想她已經準備好去面對了。」

第十章　真正的凶手

「可是……」李曉偉不忍心再看郭亞茹一眼，眼淚流了下來。

章桐伸手，輕輕把他攬在懷裡，安慰道：「這是她早就決定去做的事情，我們還是尊重她的選擇吧。」

遠處，天空中出現了一絲魚肚白，看著最終暈厥在地的郭亞茹，章桐上前仔細檢查了一下傷口，頭也不回地對李曉偉說道：「通知救護車，他們又得跑一趟了。」

「她還活著？」

「是的，幾乎沒有血流出來，我們只需要注意感染就行了，」章桐若有所思地看了一眼面色慘白的郭亞茹，突然緊鎖雙眉，從口袋裡摸出強光手電筒，打開後，用嘴咬著，然後伸出雙手輕輕解開了她胸前的扣子。

「你，你想做什麼？」李曉偉不解地問道。

章桐沒有回答，在看完自己一直感到困惑的一幕後，她又重新把衣服扣上，這才站起身：「她並不是我們所要找的暴力性侵案受害者之一，不管是當初的朱一文，還是現在的朱南。」

「為什麼？」

「我在她胸口的疤痕上看到了不規則的人的牙齒痕跡，所以，是被咬下來的，這不符合相對固定的作案模式。」章桐冷冷地說道，「也就是說，造成她今天一切悲劇的始作俑者，還依舊逍遙法外。」

寒冷，透澈心扉，李曉偉不由得哆嗦了一下。耳畔，呼呼的風聲中，救護車的聲音由遠至近。

等人群散去的時候，李曉偉啞聲對章桐說道：「我今晚要看些資料，或許要通宵了，明天找妳。」

章桐點點頭。

2

　　一早，剛進辦公室，顧大偉便接到了李曉偉打來的電話。十多分鐘後，在樓下街對面的永和豆漿店鋪裡，他很快就找到了剛坐下不久的李曉偉。

　　「怎麼不去我的辦公室？」顧大偉嘀咕道。

　　「我都快餓死了。」李曉偉一邊狼吞虎嚥地啃著油條，一邊含糊不清地說道，「我總得先填飽肚子吧。」

　　顧大偉突然怔怔地看了眼自己的老同學，目光從上到下，然後拍著巴掌笑道：「你昨晚沒回家，哈哈，終於想通了啊，老同學。不過你小子也太快了點，這麼猴急，就不怕把人家嚇跑了？」

　　李曉偉呆住了，嘴裡叼著半根油條，半天才回過神來：「你小子胡說八道什麼呢，我可是正人君子。」

　　顧大偉伸出保養極好的右手，指了指李曉偉的襯衣，無奈地說道：「死鴨子嘴硬，你襯衣都皺成那個樣子了，你可別告訴我說你住的地方停水停電，又恰好窮得沒乾淨襯衣替換了吧？」

　　李曉偉被嗆得噎住了，咳了老半天這才緩過神來，瞟了顧大偉一眼，壓低嗓門咕噥道：「我是沒回家，昨晚出案子了，我去了現場，這就是我今天一大早來找你的原因。」

　　「哦，是嗎？」顧大偉頓時來了興趣，「什麼案子？有兄弟幫得上忙的，儘管開口說話就是。」

　　李曉偉想了想，快速嚥下了嘴裡的油條，喝了一大口豆漿後，這才小聲說道：「我想知道有關你委託人母親的情況。你無論知道多少，都告訴我。」

第十章　真正的凶手

顧大偉面露難色：「這個……」

李曉偉忍不住瞪了他一眼：「少給我玩什麼客戶隱私之類，真要擺在檯面上說的話，我也是有行醫執照的心理醫生，我們最多就是探討病情而已，不會讓你丟了執照的。」

遲疑片刻後，顧大偉狠狠心，低聲說道：「其實也沒什麼祕密，再說了，大部分你都已經知道了，只是那天事後又發生了一些事情，讓我感覺有些不可思議而已。對了，你想要知道這個做什麼？」

李曉偉伸手又抓過一個肉鬆飯糰啃了起來，嘴裡含糊不清地說道：「只是了解情況。」

「了解情況？就這麼簡單？」顧大偉嘿嘿一笑，「你就別逗我了。跟你說正事吧，那天你走後，我就接到了我委託人的電話，他說謝謝你，雖然過程有些驚險，他也曾經感到一些困惑，但是最終他母親還是有了很大的改變。」

「你是說，他母親認出他了？」

顧大偉點點頭：「是的，不只是認出他，還和他談了很久。最後，在他母親的要求下，已經辦理了出院手續，就在今天上午，準備接老太太回家療養了。」

聽到這裡，李曉偉趕緊抓過桌上的餐巾紙，胡亂抹了一把嘴，一把拖起顧大偉就向門外走去。

「等等，你這麼急，想幹麼？」顧大偉皺眉問道。

李曉偉打開車門，鑽進駕駛室，回頭對愣在原地的顧大偉說道：「還不快上車。你不是想知道我為什麼要突然問起她的事嗎？路上詳細說給你聽！」

話還沒說完，顧大偉就動作俐落得像個猴子，一溜小跑到車門另一頭，鑽進了副駕駛座，用力關上了車門，不斷催促道：「趕緊開車！再慢的話，馬上早高峰來了，咱一公里都別想跑出去。快！快！快！……」

　　李曉偉嘴角露出了得意的笑容，他向右猛打方向盤，開出停車區後，迅速向環城高架開去。

　　顧大偉的軟肋就是他的「好奇心」，而李曉偉對此早就已經心知肚明。

＊　＊　＊

　　此刻，警局法醫辦公室裡靜悄悄的，章桐已經有幾天沒回家了。辦公桌上，成堆的報告等著自己做最後的校對入檔，其實這些都只是她不回家的藉口罷了。畢竟案子這方面，作為法醫，她都已經做完了自己的工作，剩下的這些文書檔案工作，回去美美睡一覺後，再精神抖擻地回到辦公桌前的話，也還是來得及的。

　　但她就是不願意回去，那天出事後，丹尼就沒有再接回來。說是不擔心，私底下，章桐還是感到有些後怕的，因為靜下來的時候，腦子裡就會響起那低沉的說話聲——慢走，章小姐，下次見。雖然自始至終她都沒有能夠看清楚對方的長相，但是光憑這聲音，就已經足以讓她無法再獨自去面對黑暗了。

　　窩窩寵物店的老闆夫婦很奇怪為什麼丹尼又被莫名地延長了寄養的期限，章桐只能藉口說是要出差，老闆斟酌著和她商量是否就此把丹尼送人，因為像她這樣忙於工作的主人，丹尼就真的成了一條徹頭徹尾的看門狗了。章桐想也沒想就一口回絕了，儘管她覺得自己這麼做很自私，有點虧待了丹尼，但她卻又不願意放棄牠。

　　真要自私，那就自私一回吧，畢竟自己也是個普通人呢。

第十章　真正的凶手

辦公室的門被敲響了。

「進來！」章桐頭也不抬地說道。

門打開，鄭文龍慌慌不安地出現在門口：「妳果然在辦公室啊，章主任。這麼早，我都不敢打電話給妳，怕打擾了妳休息，歐陽工程師卻說妳坐他們車回來後，根本就沒離開過警局，所以我就貿然前來打擾了。」

「是嗎？」章桐笑了，「阿龍，那快請進吧，有什麼事我能幫上你的嗎？」

鄭文龍門板一樣的身材勉強地在章桐面前的小號辦公椅上坐了下來，他猶豫了一會兒後，說道：「其實，是關於妳的事，我想請妳看幾張相片。」

說著，他便打開手中的 Surface Pro，手指滑開休眠頁面。這臺最新配置的微軟 pro 是鄭文龍自己花錢買的，因為他實在是無法忍受局裡配置的平板執行速度和內建 CPU 配置，所以乾脆就自掏腰包買了一臺。

鄭文龍點選了發送鍵，抬頭說道：「我已經傳給妳了，妳看一下信箱。」

章桐打開區域網內部信箱，依次點開相片，這是幾張老相片，色彩有些失真，相片中的背景差不多，都是在一個風景區裡。其中一張相片中，那塊刻著「吟苑春秋」四個字的假山石旁，坐著一個三四歲的小女孩，紮著羊角辮，臉圓嘟嘟的，穿著「飯衣」，女孩手裡拿著根棒棒糖，笑得很開心。在她身邊，站著一個略微年長的女孩，打扮差不多，只是頭髮梳了個齊耳的娃娃頭，顯得格外可愛。而另外幾張中，是一對年輕夫婦。最後，章桐的目光落在了那張全家福上，她抬頭看著鄭文龍，臉色蒼白，半天都說不出話來。

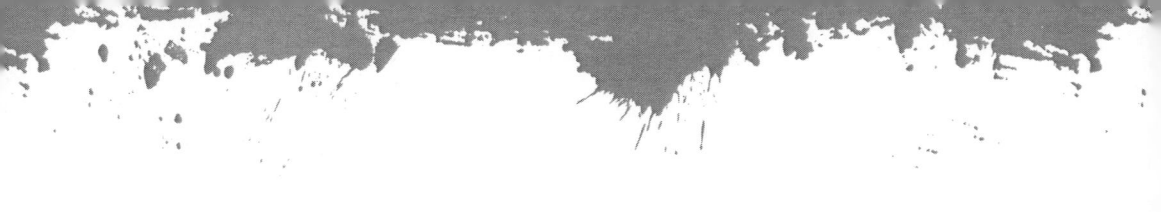

「章主任，先別問我是從哪裡弄到的，我想，妳應該記得這幾張相片吧？」鄭文龍臉上的神情有些沮喪。

　　「我當然記得，這是我的父母，最年幼的、梳著羊角辮的那個，是我，而我身邊站著的，就是我的姐姐章秋。現在我媽還活著，不過，已經快要記不得我了。」觸動到了記憶中的往事，章桐的聲音變得異常沙啞晦澀。

　　鄭文龍聽了，點點頭，沉聲說道：「章主任，不瞞妳說，在這之前，我還很懷疑那傢伙的真正動機所在，但是，直到我收到了這封郵件，看到這些相片……我就什麼都明白了。他真的是衝著妳來的。」

　　章桐輕輕嘆了口氣，無奈地笑道：「那可真抬舉我了，我又有什麼值得他所覬覦的？何況在這個世界上，我也幾乎一無所有了，只不過是個窮警察而已。」

　　「話不能這麼說，」鄭文龍的心中感到一陣莫名的悲哀，「章主任，我向妳保證，我會盡我所能把這個傢伙盡快繩之以法的。」

　　「謝謝，但是真的，我沒事。」

　　鄭文龍想了想，接著說道：「還有件事，章主任，如果可以的話，我想再耽誤妳一點時間問幾個問題。」

　　章桐點頭：「沒問題，我一定盡力而為。」

　　「這幾張相片應該是屬於妳的私人相片，對嗎？我奇怪為什麼會流到網路上去，是妳或者妳的家人傳上去的嗎？而拍這些相片的時候，應該還沒有什麼網路吧？」

　　章桐抬頭，認真地看著鄭文龍，緩緩說道：「當初，我父親章鵬因為一起案子的失誤，不得不引咎辭職，這件事情在當時媒體上引起了不小的

第十章　真正的凶手

轟動，各方的輿論直接對準了我們家。這些相片，我想就是那個時候被某些別有用心的記者給傳出去的吧。」

鄭文龍點頭：「是的，網路是有記憶的，任何東西只要一旦被上傳，那就永遠都不可能被徹底清除。」

章桐輕輕嘆了口氣：「可惜的是，那時候我還不諳世事，所以並不怎麼了解事情的原委。恐怕不能告訴你更多當時所發生的事情了。」

鄭文龍微微一怔，寬慰地笑了笑：「沒事，謝謝妳，章主任，平時上下班，妳多注意安全，需要的話我跟童隊說一下，讓他繼續派人保護妳？」

章桐趕緊搖頭，苦笑道：「不必了，我自己可以。」

鄭文龍走後，辦公室裡又一次安靜了下來，遲疑片刻後，章桐打開了信箱，剛想點選刪除，卻又鬼使神差一般點開相片，看著記憶中的人影，目光長時間停留在那一張張既熟悉卻又是那麼陌生的臉龐上，心中空落落的，湧起了一陣莫名的酸楚。

她知道，有些東西，這一輩子錯過了就再也回不去了。

◆ 3

上午九點剛過，童小川便開車帶著海子一起來到了南塘新村一棟老式居民樓下。下車後，他順勢打量了一番已經嚴重褪色的米黃色大樓外觀，嘴裡嘀咕道：「是不是這個地址？」

海子點頭：「沒錯，李醫生在電話裡說得很清楚，就是這棟，23號大門302。」

兩人一前一後走進樓棟。

「會在家嗎？」

海子笑道：「那是當然，肯定在。李醫生說的。」

「你別老『李醫生，李醫生的』，記住誰才是你的老大！」童小川心中有點說不出的嫉妒。

海子嘿嘿一笑。

說話間，兩人便來到了302房門口，敲過門後，門內傳來一陣窸窸窣窣的金屬摩擦聲。正狐疑之際，門打開了，一位白髮老太太出現在門口。

童小川突然明白了為什麼李曉偉那麼確定這老太太必定在家，因為她的行動完全依靠輪椅。

「你們找誰？」老太太問，臉上一點都沒有害怕的神情，儘管自己面前站了兩個陌生人。

童小川下意識地和海子對視了一眼，他知道，老太太之所以會對來人那麼沒有防備，必定是因為家中平時很少有人來，不禁輕輕一聲嘆息。

海子掏出了工作證件，彎下腰和顏悅色地對老太太說道：「是徐桂英老師吧？我們是市警局的，有些事情想向妳打聽一下。」

一時之間，老太太的臉上露出了驚愕的神情，很快她似乎明白了什麼，轉動輪椅向後退了退，輕輕點頭道：「進來吧，警察先生。」

兩人進屋後，在客廳坐了下來。

童小川正煩惱該如何快速有效地向眼前這位老人提出問題，卻又不被這種年齡層的退休老人所普遍擁有的好奇心而帶著滿天下亂跑時，坐在對面的徐桂英老師卻已經開門見山了：「警察先生，你們的來意我知道。」

第十章　真正的凶手

「是嗎？」童小川有些驚喜，他下意識地順手一巴掌拍在了海子肩膀上，「那就太好了，我們就直接問了。」

老太太點點頭：「請隨意提問題吧。」

「徐老師，能跟我們說說妳曾經的同事宋穎宋老師嗎？」海子一邊做著筆記一邊問道，「妳還記得她嗎？」

「我當然記得，她和我是同一批錄取的，她教語文，我教數學。我們在一個辦公室，關係還不錯。當然了，如果那個事情沒有發生的話……」老人的嗓音中透露出了歲月的滄桑。

「什麼事？」童小川問，「是不是學校凶案？」

老人抬頭看了他一眼，似乎很難理解他的問話，片刻後，搖搖頭：「不，那是之後發生的事，再說了，也與她無關，你們說是不是，又不是她殺的人。我想說的是，宋老師離婚了，非常突然，本來她的婚姻生活還是很美滿的，老公在部隊工作，很疼愛她，我們都參加過她的婚禮。真的很羨慕她呢！」

此刻，沉浸在回憶中的老人，嘴角洋溢著少女般的微笑。

「那後來呢？」童小川看了一下海子遞給自己的筆記本，輕聲問道，「她那時候有孩子了嗎？」

「有，男孩，虛歲七歲，正準備上我們小學一年級。」老人輕輕嘆了口氣，「我們是明星學校，所以，能在我們這邊上學是很不容易的。但是出了那個事後，尤其是當長官得知是她背叛了自己的婚姻，她的教職員子女待遇也就被終止了，為此還捱了處分。」

一旁的海子聽了，不由得脫口而出：「怎麼這麼嚴厲？太不近人情了吧？」

童小川緊鎖雙眉，沉聲說道：「傻瓜，那可是軍婚！開不得玩笑，受法律保護的。」

「是啊，不過這還不是最讓人無法理解的。」老人顯得很無奈，「我曾經勸過她不要衝動，哪怕不為自己，也該為孩子多考慮一下，但是她拒絕了。」

「為什麼？」童小川和海子異口同聲地問道。

老太太微微一怔，隨即尷尬地笑了笑：「警察先生，或許你們這個年齡還無法理解當時的人的想法吧，她告訴我說，她愛上了一個人。」

房間裡頓時一片寂靜，童小川突然抓過海子手中的筆記本，快速翻到寫滿了問題的那頁紙，找到關鍵的那個問題，來回看了兩遍後，抬頭小心翼翼地問道：「徐老師，她會不會愛上了一個叫朱一文的男人？」

老太太聽了，皺眉想了想，說道：「我不能確定，因為她沒有告訴過我對方的名字。宋老師是一個非常容易衝動的人，但是在這件事情上，她面對重重社會壓力，卻堅持沒有說出對方的名字。記得她那天只是告訴我說，為了這個男人離婚，是值得的。」

「那她後來又結婚了嗎？」海子問。

老太太搖搖頭，神情也變得落寞了起來：「後來沒多久，就出了你們剛才所說的凶殺案，聽說那傢伙還殺了好幾個人呢，對不對？反正我也不知道為什麼宋老師會牽涉進去，只是在醫院看病的時候，無意中遇到她的鄰居，說她被送進了九院，據說病得還挺重的，連自己兒子都認不出來了。唉，宋老師的一輩子，算是真的毀了。」

聽到這裡，童小川的心中頓時有了底：「徐老師，還有最後一個問題要麻煩你。」

第十章　真正的凶手

老太太慈祥地點點頭：「儘管問吧，年輕人。」

「你們小學老師對自己學生經常多久做一次家訪？」

「這個嘛，學校有規定，如果沒有特殊情況，每個學期寒假暑假各做一次，平時不用。」

「那宋老師呢？你還有印象嗎？」

老太太布滿皺紋的臉上露出了怪異的神情，她聳聳肩：「宋老師嘛，她有些不一樣，或許是非常重視自己的教職員作吧，我和她搭了兩屆畢業班，第一屆的時候，還是很普通的，但是第二屆……就有點，怎麼說呢，比較熱心吧。」

「熱心？」

老太太點點頭：「每週都會去個好幾次呢。」說到這裡，她笑了。

童小川從筆記本中抽出那張畢業照，遞給老太太：「徐老師，麻煩您再看看，這相片中，有那個她經常關心的孩子嗎？」

老太太伸手抓起胸口掛著的老花眼鏡戴上後，仔細端詳了手中的相片，幾分鐘後，她果斷地伸出右手手指，指了指相片中的朱南：「應該就是這個孩子，特別瘦小，也很內向，經常被班裡的幾個大孩子欺負，卻從不哭。至於說成績嘛，別的我不是很清楚，但是數學方面，卻是那一屆孩子中最聰明的。對了，他現在在哪裡，應該有很好的發展了吧？」

看著老太太充滿希望的目光，童小川突然感到於心不忍了起來，便找了個藉口，和海子一起匆匆告別了徐桂英老師家。

臨出門的時候，海子好奇地問：「徐老師，我記得剛才進門的時候，你說你知道我們的來意，難道你會未卜先知？」

聽了這話，老太太笑得很開心，她擺擺手，道：「沒有啦，年輕人，我在今天早上八點剛過的時候，接到了一個電話，是小學齊主任打來的，通知說今天上午會有警局的人上門詢問一些事情，叫我不要出門。還說這個事情是有關我以前的同事宋老師的。我當時還覺得奇怪呢，可是後來想想也就沒有什麼了。」

「為什麼會感到不奇怪？」海子追問道。

老太太若有所思地看了他一眼：「都是一些過去的事情，那麼多年了，自然也就不再是祕密了，難道不是嗎？」

在回警局的路上，童小川叫海子撥通李曉偉的電話，然後接到車內揚聲器裡，電話那頭傳來的背景聲音很嘈雜。

「李醫生，你在哪裡？」童小川一邊開車一邊大聲說道。

「童隊，你不用那麼大聲，我戴著耳機呢，都快被你的聲音震聾了。」李曉偉連連抱怨，「我現在正趕去宋穎的家裡，還有十多分鐘的車程吧。你那邊怎麼樣，徐桂英老師那裡得到答案了嗎？」

一聽這話，童小川不禁扭頭看了眼身邊坐著的海子，這時才明白那個電話果然就是李曉偉打的，不禁感到一絲沮喪：「剛從她家出來。」

「她應該告訴你說宋穎當初愛上的是朱一文，對不對？」

童小川說：「她沒說對方的名字，但是確定說宋穎突然離婚，並且表示說愛上了一個人。」

「這事情是不是發生在朱一文死亡之前？」李曉偉緊追不捨。

「是的，這點她很確信，並且表示說有點不可思議，因為宋老師當初的婚姻在別人眼中是很美滿的，丈夫是軍人，對她也非常疼愛，所以她的離婚有點讓人無法接受。」海子語速飛快地說道，「李醫生，你為什麼對她

第十章　真正的凶手

那麼感興趣？」

　　李曉偉並沒有回答他，接著追問道：「那她認出來朱南的相片了嗎？」

　　這點立刻得到了車內兩個人的共同確認。

　　結束通話電話後，李曉偉不由得一聲長嘆。

　　「老同學，你確定是她嗎？除了口供，可沒有證據啊，這是無法定罪的，她要是死活不承認怎麼辦？不就眼睜睜地看著她跑了？」顧大偉心有不甘地說道。

　　李曉偉想了想，在車子拐進別墅區的時候，他撥通了遠在警局內的章桐的電話：「我請你幫我個忙。」

　　「說吧。」

　　「幫我再次查看王靜的骸骨。」

　　章桐不解，便問道：「為什麼？屍檢已經結束了。你應該有別的理由吧？是不是找到了新的證據？」

　　顧大偉神情緊張地看著李曉偉，拚命打手勢叫他不要說實話。

　　李曉偉卻直截了當地說道：「不，我手頭什麼實際的證據都沒有，但是，我建議你再做一次屍檢。理由是，我相信當年，王靜遇害的時候，她絕對不可能不反抗。只要她反抗了，那麼，在她的骨頭上，就會留下證據來指證今天的嫌疑人。」

　　沉默片刻後，章桐問道：「你為什麼這麼確信？」

　　李曉偉把車停在了停車場上，接著說道：「昨天晚上我仔細看過所有的有關王靜的檔案和各種紀錄，得知她是一個性格倔強的女人。她老家離我們這裡有一千多公里，朱一文的家境並不好，而王靜卻是家裡的獨女，

備受寵愛，她卻堅持要不遠千里嫁給朱一文，而且什麼都不要地嫁過來。你說，這樣的女人會輕易放棄自己同甘共苦的男人嗎？」

「好吧，我這就去做準備工作，等有消息了，我傳結果給你。」

結束通話，顧大偉憂心忡忡地看著他：「老同學，你就這麼確信？萬一法醫那邊找不到證據怎麼辦？這跟賭博可是兩碼事啊！」

李曉偉想了想，果斷地說道：「我相信王靜！」

◆ 4

就像是在進行一場神聖的儀式。

對著更衣室中的穿衣鏡，章桐默默地換上了一次性手術服，用黑色橡皮筋把頭髮高高地紮起，然後小心翼翼地塞進手術帽，確保沒有髮絲遺留在外，然後依次戴上口罩和乳膠手套，收拾停當後，這才拉開門走了出去。

每一次屍檢之前，她都會這麼做，一絲不苟。章桐其實挺羨慕那些在急診室中工作的人，他們需要盡量節省每一秒時間，但是她卻不需要，因為對於解剖室冷櫃中所躺著的人，時間還不如一個真相來得要更為重要。

章桐推門走進了解剖室，直接穿過過道，來到後面的冷庫，摘下牆上的登記簿，簽下名字和時間後，再拉出相應號碼的冷櫃，最後，把它推出了過道，來到前面的解剖室。

這裡光線比較充足。

這時，身後的門被顧瑜用臀部給頂開了，這是她獨特的開門方式，尤

第十章　真正的凶手

其是手裡抱了一大堆東西的時候。

「主任，總算找全了。」顧瑜氣喘吁吁地把一大堆證物塑膠袋放在了寬大的辦公桌上，其中，就包括現場所找到的那把發黑的剪刀。

「所有的都要複查一遍，尤其是那把剪刀，每個縫隙都不能放過。」章桐冷靜地說道。

「妳擔心……」顧瑜有些不安。

「以防萬一吧，看看這把剪刀上是否能查出第二個人的DNA。我知道時間已經過去很久了，也受到了土層的汙染，所以難度比較大……」

「是的，歐陽工程師他們就是這麼說的。」顧瑜戴上護目鏡，開始準備檢驗工具。

「試試等電聚焦電泳，解析度比較高一點。」章桐回頭看了眼解剖臺上的白布蓋著的骸骨，「我做完這些後，會進來幫妳。」

「主任，王靜的死因，確定是胸口的那把剪刀嗎？」顧瑜問。

「目前看來是的。」章桐伸手拉開了蓋在骸骨上的白布，手術燈下，骸骨有些微微發黃，「我查看過她身上的每塊骨頭，有好幾處的傷口痕跡，明顯都是生前留下的，但是除了剪刀所在的位置，別的地方都不是要害部位，不排除是進行自我防衛時所留下的，而深可見骨，可見當時真的如李醫生所說，必定是發生了激烈的打鬥，只是死者沒有堅持到最後。」

「妳的意思是，死者反抗了？」

章桐點點頭：「應該是的。」話音未落，她突然想到了什麼，伸手拿起那把剪刀，仔細端詳過後，便果斷地吩咐顧瑜：「妳先別做手頭的事，幫我去調個醫療檔案。」

「誰的？」

「宋穎，我相信小學是她最後工作的單位。我需要所有和她有關的醫療檔案，哪怕掉了顆牙齒的檔案，都要替我找出來，這邊的事我來做就可以了。」

　「明白！」顧瑜摘下手套，興奮得一溜小跑衝出了解剖室。

　解剖室裡又一次恢復了平靜，章桐輕輕嘆了口氣，拉過高腳凳，然後坐在解剖臺邊，開始仔細查看手中的每一根微黃的人骨。

　章桐的工作絕大部分時間都是和死人一起度過的，她熟悉各式各樣的屍體，尤其是手中的人骨，無論哪一塊，她都能立刻說出是屬於人體的哪一部分，自然也就熟悉那些生前抑或是死後所造成的骨頭上的傷痕。

　人的記憶可以忘記一切，但是骨頭卻不會，這個世界上只要是被刻上骨頭的東西，就永遠都不會被磨滅。

　沒有錯，放下最後一塊指骨，章桐長長地出了一口氣，自己先期的判斷顯然是準確的。從骨頭上的痕跡來看，王靜確實是死於那把剪刀所造成的大出血，因為它最後所停留的位置，正好是屬於第四胸椎下緣處左邊接近主動脈弓的胸主動脈位置附近，當時的現場必定極其慘烈，而這一剪刀下去，王靜也就完全喪失了抵抗能力。

　那麼這到底是不是唯一的一處創口呢？

　在經過仔細比對後，章桐又在第三節脊椎骨上判斷出了同樣的創口，接著，是左面尺骨、肱骨各有一處。想來，王靜是真的做了反抗，只不過，她無法抵擋住對方瘋狂的攻擊，最後那致命的一下直接讓她失血過多而死。

　可惜的是，屍體只留下了骸骨。想到這裡，她站起身，回到工作臺邊，從證據袋中依次找出了現場所發現的死者的衣物，擺放在桌面上，然

第十章　真正的凶手

　　後拿過放大鏡，開始逐件翻看過去。終於，在那件棕色小西裝外套的右下口袋上，發現了一處血跡，血跡呈現噴濺狀，而這樣的角度，王靜身上的血跡是絕對無法形成如此的噴濺狀態的，即使有沾染，也是滴落或者滲透。

　　看到這裡，章桐心中不由得一動，她又查看了一下歐陽工程師的報告，上面確實標明了此處血跡可疑，需要法醫處進一步考核。雖然因為材質的問題和土層的汙染，導致直接提取DNA的方法不太適用，但是卻可以嘗試電泳技術。

　　章桐轉身拿起那袋裝有剪刀的塑膠證物袋，戴上護目鏡，然後向小隔間的實驗室走去。結果讓她感到意外，總共有23個定位點。

　　等章桐出來的時候，一眼就看見了笑咪咪地靠在工作臺邊看著自己的童小川，不禁愣住了：「童隊，你怎麼來了？」

　　童小川伸手指了指工作臺上的醫療檔案：「妳的下屬太嫩，暫時還對付不了那幫老古董，自然也就由我出馬了，這是妳要的東西。」

　　章桐咧嘴一笑：「謝啦。」便放下了手中的證物袋，摘下手套，急切地翻看起那本厚厚的醫療檔案。

　　「能跟我說說妳為什麼要看宋穎的醫療檔案嗎？」童小川好奇地問。

　　過了許久，章桐才合上醫療檔案，放在桌上後，略微思索，便抬頭看著童小川，神情凝重地說道：「我想，我終於找到了凶手刻意用剪刀傷害女性胸部的原因所在了。」

　　童小川一聽，緊張地追問道：「說說看。」

　　章桐猶豫了一會兒後，突然重重地嘆了口氣：「這真是一個複雜的案子，我想，如果不是親身經歷，我還真的不會相信。童隊，你知道嗎？真

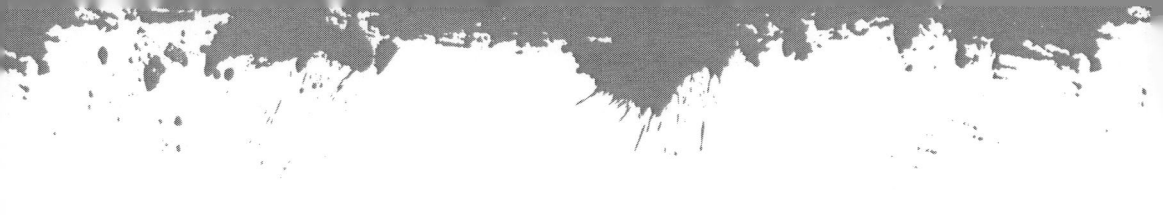

正的凶手，也就是這一切案件的始作俑者，就是一個女人！」

「你說的是誰？」

「宋穎宋老師。我雖然沒有能夠親眼看到王靜的屍體，只是看到了骸骨，但是我相信在她的屍體上，最慘不忍睹的，應該就是她的胸部。」說到這裡，章桐不禁微微顫抖，「宋老師患上了乳腺癌，因為孩子已經斷奶了，所以她就在生育後的第三年做了左面乳房切除手術。你也知道，乳房對於女人來說，是有多麼重要，我想，她的心裡留下了難以磨滅的陰影。」

「今天我確實聽徐老師說了，說當年宋穎有著美滿的婚姻，卻還是離婚了，據說是因為她愛上了別的男人。」童小川喃喃說道，「這麼看來，她或許真的愛上了當時還是有婦之夫的朱一文，因為朱一文的妻子王靜還在，所以，慘劇就發生了……」

「如果按照先期我所推論的身高體徵來看，宋穎確實符合我對嫌疑人的推斷，但是具體的原因和後來朱一文的改變，我想，這些都已經不是我的專業範圍了。」章桐苦笑道，「你等李醫生回來吧，我還要傳訊息給他呢。」說著，她拿起了手機。

這一幕，童小川看在眼裡，他若有所思地點點頭：「章主任，說真的，妳和李醫生還是很般配的。李醫生應該還沒有女朋友吧？」

章桐一愣，抬頭看著他，不解地問：「為什麼說我們很般配？」

「你看，你們一個是法證方面的專家，一個是心理方面的專家，我想，我幫你們跑腿，可真的是心服口服呢！」童小川嘿嘿笑著，尷尬地伸手摸了摸猶如雞窩一般亂糟糟的頭髮。

章桐卻不置可否地聳聳肩：「或許吧，誰知道呢。」

第十章　真正的凶手

看著章桐剛做出來的 DNA 檢驗報告，童小川驚喜地說道：「妳終於做出來剪刀柄上的 DNA 了？」

章桐點點頭：「這多虧了陳局他們剛弄來的新玩意兒毛細管電泳儀，整個所裡也就我們法醫處這邊有一臺，可以說陳局對我們還是挺偏心的。」

童小川笑了：「說什麼偏心呢，有結果出來就好。對了，妳是怎麼比對上 DNA 的？」

「她曾經在九院住了很長一段時間，而根據精神治療相關規定，所有進入九院的人，都會留下相關的 DNA 樣本，只是技術的原因，還沒有和我們警局的 DNA 庫相通罷了。」說著，她伸手拿過檔案中的那張 DNA 圖譜，和自己剛做出來的那張擺在一起，「你看看吧。」

童小川點頭：「我這就申請拘捕令，然後和那邊的人聯絡。」

✦ 5

別墅區停車場，李曉偉已經和顧大偉兩個人在車裡等了將近兩個小時，這麼做，其實也是因為李曉偉心中沒底，正如顧大偉所說，如果沒有足夠證據的話，自己即使讓宋穎說出了當年的真相，但是法律層面上，還是無法認可這樣的結果的。

終於，手機響了起來，看著章桐傳來的訊息，李曉偉頓時有了精神，他接連讀了兩遍，確保自己沒有看錯任何字眼，然後用力拍醒身邊椅子上已經呼呼大睡的顧大偉，興奮地嚷嚷道：「快走，快走，大偉，我們終於有證據了。」

顧大偉睡眼矇矓地坐了起來，嘀咕道：「我們又不是警察，不能上門抓人。」

這時候李曉偉已經打開車門鑽了出去：「婆婆媽媽做什麼，章醫生在簡訊中說了，童小川馬上帶人過來，已經通知警局了。」

聽了這話，顧大偉才聳聳肩，無奈地咕噥：「好吧好吧，反正你有理就是。那你不等著警察來了一起過去嗎？」

李曉偉搖搖頭：「不，我想和她好好談談。」

「為什麼？」顧大偉好奇地問道。

「為了那些死去的人，我想知道答案。」李曉偉輕聲說道。

第十一章　離開

郭敏的淚水瞬間奪眶而出。章桐走後，他便緩步來到窗邊，伸手推開窗子，抬頭面向陽光，閉上雙眼，任由溫暖的陽光裹滿自己的全身。

◆ 1

對於李曉偉的再次拜訪，宋老太太似乎一點都不感到意外，她坐在客廳的沙發上，腿上蓋了一條蘇格蘭薄羊毛毯，神情比起在療養院中要安逸許多。

環顧了一下房間四周，並沒有看到宋老太太的兒子趙先生。老太太點點頭：「我兒子去公司了，總不能老為我耽誤生意吧，你們說是不是？」

李曉偉掏出了手機，點開攝錄鍵，對準宋穎，笑咪咪地說道：「是這樣的，宋老太太，因為前期妳兒子趙先生委託了我們事務所對你進行心理上的疏導，現在看來已經是沒有問題了。按照程序，我們最後要對妳進行一次影像紀錄，請問可以嗎？」

「當然可以。」

「謝謝！」李曉偉接著問道，「為了方便稱呼，我能叫你宋老師嗎？」

聽到這個久違的稱呼，宋穎的嘴角微微顫動，聲音卻依舊很平和：「可以，那就叫我宋老師吧，畢竟這是我這輩子唯一做過的職業了。」

一旁的顧大偉忍不住看了眼李曉偉，他突然明白了李曉偉這麼做的目的。

「宋老師，我知道妳曾經是一個非常敬業的老師，不只是學習，孩子的生活起居也非常關心，對嗎？」

宋穎笑了：「是的，作為班導，這些都是我的本職工作。」

「那好，我來講一個孩子的命運，或許你聽了，會有所感觸。」李曉偉若有所思地說道，「我們心理學上對於人格形成期的界定，一般都是在六歲至十三歲之間，為什麼這麼說呢？因為這個年齡層的孩子，還沒有完整的是非判斷能力，需要自己的父母進行專門的引導，來幫助他形成完善的自我意識和自我控制能力，從而擁有正確的感覺、情感、意志等機能主體。也就是說，幫助孩子擁有獨特和穩定的思考模式以及行為風格。但是，就有這麼一個孩子，在他十一歲的時候，也許更早，生活中出現了另外一個女人，這個女人不是他的母親或者他的家人，但是卻對他非常照顧，毫不誇張地說，她還想取代他的母親，成為他父親的妻子。孩子是不會知道成人之間所發生的事情的，他還不懂，不懂成人之間的自私與占有慾，他只是單純地感恩，因為他的母親，或許非常粗心，也或許根本就不懂得怎麼去做母親，所以，忽略了自己的孩子。」

宋穎冷笑：「不會做母親的母親，這個結論還真是第一次聽說呢。」

李曉偉輕輕搖頭：「每個孩子的幼年時期，都會下意識地去複製自己身邊最親近的人所做過的事，這是出於本能的一種『行為複製模式』，我所說的這個孩子的母親，性格比較強勢，在家中應該是屬於非常任性的那種，她雖然已經二十多歲了，但是因為從小家庭的母愛缺失和教育缺失，所以直接就導致了這個母親在成家生子後也不懂得如何去愛自己的孩子，

第十一章　離開

　　這就是所謂的『不會做母親的母親』。這種現象其實還是很普遍的。我接著來說這個孩子吧。他被他母親忽視了，父親的愛又不善於表達，所以，當這個女人出現在他生活中的時候，就間接地改變了他的命運。而這個女人，我們暫且說她是『第三者』吧，因為生活中的受挫和自身病痛的緣故，加上自己丈夫常年在外，對她也缺少關心，生活又過於單調，所以，她對這個急需關懷的孩子和孩子的父親就產生了一種微妙的心理，久而久之，她愛上了他。但她做夢都沒有想到，這家的男人雖然內向和有點懦弱，卻深愛著自己任性的妻子，所以，他儘管對這個『第三者』禮貌相待，卻還是拒絕了她。」

　　說到這裡，宋穎突然輕輕嘆了口氣，卻並沒有說什麼。

　　李曉偉目不轉睛地看著宋老太太，輕輕一笑，繼續說道：「宋老師，這個故事有點長，我盡量挑重點說。這個女人是絕對不會允許自己生命中最後一根稻草就這麼眼睜睜地飄走的，因為她是一個典型的偏執型人格，她不會允許自己再次被人忽視。所以，她越發關心這個孩子，而她的行為顯然是觸怒了孩子的母親。在某一天，孩子父親不在家的時候，這個女人又登門了，也不排除是這個孩子領她去的，因為她已經完全取得了這個孩子的信任。告訴我，宋老師，你怎麼看這個女人的行為？」

　　宋穎微微一怔，臉上的神情瞬間又變得平靜：「無可非議。」

　　李曉偉聽了，點點頭：「誰都沒有想到接下來會發生什麼，按照這個女人的囑託，孩子把他母親從樓上叫了下來，於是，兩個女人在樓下的雜物間裡開始了針鋒相對的談話。宋老師，妳不好奇她們說了些什麼嗎？」

　　宋穎搖搖頭：「與我無關。」

　　李曉偉苦笑：「那我就接著說下去吧，我想，這個女人在去這個家之

前，應該是已經向自己丈夫提出了離婚，因為她實在是無法忍受這戴著面具的生活了，於是，她告訴自己，這是最後一次努力。可惜的是，孩子的母親雖然和孩子父親有著很深的矛盾，但這畢竟是自己的家，為了保護家庭，尤其是自己的孩子，她粗暴地拒絕了這個女人讓她退出的無理要求。再加上她目睹了自己的孩子竟然對對方比對自己還親密時，她憤怒了，於是，兩人在雜物間裡廝打了起來。」

「哦？女人打架？難道就不怕被她丈夫撞見嗎？」老太太慢悠悠地說道。

「當然不會，我想，在這之前，單純的孩子已經告訴了她，自己的父親因為要購買一批配件去了外地，兩三天裡都不會回來。這是孩子父親的慣例，所以，她特意挑選了這一天上門。」李曉偉目光深邃，臉上帶著一絲悲哀，「搏鬥中，女人最終還是贏了，因為她畢竟是有備而來，她用隨身帶來的剪子插進了孩子母親的胸膛。說到這裡，有個很奇怪的事情，我一開始的時候還是想不通的，就是為什麼在孩子母親的屍體上，左面乳房位置所受到的傷害最嚴重，幾乎帶著發洩的憤怒。但是後來我明白了，因為這個女人，也就是殘忍殺害了孩子母親的女人，她因為乳腺癌，而不得不切除了左面的乳房，這讓她成了一個不完整的女人，強烈的自卑感在別人的身上得到了宣洩。而最讓人感到無奈的是，這一切發生的時候，孩子就站在屋外，他目睹了這可怕的一幕。」

李曉偉的聲音雖然顯得很平淡，就像在話家常，但是卻字字一針見血，坐在他身旁的顧大偉不禁目瞪口呆，而他無意中看到宋老太太冰冷的目光時，不禁打了個寒顫，想說什麼，卻只是張了張嘴，最終還是默默地把嘴閉上了。

李曉偉繼續說著：「孩子母親死後，女人把她埋在了雜物間的地下，她不用擔心會被人看到，因為家中只有孩子一個人。過後，她儼然就成

第十一章　離開

這個孩子的母親，她加倍疼愛他，於是，等孩子父親回來後，孩子便用自己這輩子最信任的人教會自己的話告訴了父親。他說，自己的媽媽跟一個男人跑了，不要這個家了，當然也就不要他了。孩子的父親就真的相信了這些話，因為他雖然深愛自己的妻子，卻也非常了解這個完全守不住家的女人，他常說漂亮的女人就會多事，別人以為這只是他沒事在瞎嘮叨，其實卻是他在本能地釋放自己內心的恐懼。如今，恐懼變成了現實，在短暫的痛苦過後，他完全變了一個人，整日酗酒，脾氣暴躁，出於對妻子背叛的痛恨，他開始報復身邊別的女人，但是他卻始終都不會碰這個女人一根手指頭，尤其是當他看到女人殘缺的身體時。所以，他寧願做出傷天害理的事。而嫉妒和扭曲的心理讓這個女人在一次無意中撞見男人房裡所發生的一幕時，她徹底失去了理智，殺害了奄奄一息的受害者，同時在對方身上留下了殘缺的標記。男人知道自己虧欠這個女人，所以，他做的，就是替她處理屍體。」說到這裡，李曉偉的聲音變得異常憤怒了起來，「而他們做這一切的時候，那個孩子，都看在眼裡，這樣的後果是毀滅性的。」

房間裡死一般的寂靜，半晌，宋穎點點頭：「接著說，這個故事還挺有意思的。」

「女人求著男人結婚，但是被拒絕了，這個時候，男人的手下已經有了三條人命。一個偶然的機會，他從自己孩子無意中說漏的話裡知道了事情真相，也知道了自己的妻子其實根本就沒有走出過這棟小樓，於是他憤怒地要求女人徹底從他和孩子的生活中消失，不然的話，就去檢舉她。誰想到，失去理智的女人自己打了報警電話，電話中或許只是一句——我知道你們要找的人是誰，他叫朱一文，就住在東頭的小院裡，你們去看看就知道了。」

這個時候的宋穎臉上已是一片慘白，她雙手下意識地緊緊抓住了自己

腿上的羊毛毯，緊咬著嘴唇什麼話都不說。

「警方那個時候正好在查辦那三起女性被害案，在做過相應的背景調查後，很快就確認了這個電話並不是沒有根據的騷擾電話，便決定對孩子父親實行拘留。那個時候，孩子的父親並不明白到底發生了什麼，當他看到幾輛警車在自己店鋪樓下停下時，就本能地跑上了樓頂，我想，那個時候，他就是在人群中看見了那個女人，頓時他應該明白了一切，於是，他跳樓自殺了，就當著自己親生孩子的面，跳樓自殺了。」

眼淚無聲地從布滿皺紋的臉頰滾落下來，宋穎卻紋絲不動，彷彿靈魂已經離開了自己的軀殼一般。

「接下來，就是那個孩子的事了，因為沒有人收養他，所以，他被安排進了安養院，最後被一位姓秦的孤寡老人收養了，改名叫秦剛。孩子還算有志氣，考上了醫科大學，畢業後成了一名急診醫生。」看著宋穎目光中突然閃現的亮光，李曉偉的心裡卻一陣陣刺痛。

「那後來呢，這個孩子應該是過得很不錯吧？」宋老太太輕聲說道。她從茶几上抽出一張紙巾，輕輕擦了擦眼角的淚痕。

「不，」李曉偉冷冷地說道，「他死了！」

「死了？」一聲驚呼，宋穎幾乎從沙發上坐了起來，「這怎麼可能？」

「就是前不久才發生的事，也可以說，其實他自己早就已經知道了這樣的結局，只不過和死亡相比起來，對於這個孩子更重要的，卻是如何徹底抹去那段可怕的夢魘。」李曉偉看著宋穎的目光中充滿了同情，「宋老師，還記得我剛才跟你提過『孩子是會複製自己生命中最親近的人』嗎？」

「我記得。」

第十一章　離開

「這個孩子在母親去世後的幾年時間裡，面對父親的暴行和責打，從最初的恐懼，到後來的服從直至最終的崇拜，那段可怕的經歷徹底改變了他的人格。」李曉偉說道。

「他為什麼會對自己的父親產生崇拜？」宋穎忍不住驚訝地問道。

李曉偉幽幽地說道：「因為孩子的生命中已經沒有可以依靠的人了，只有他的父親，雖然殘暴，但還是會有對他溫柔的時刻，哪怕只是一天中的幾個小時，對於孩子來講，就已經是意外的恩賜了。他失去了母親，不能再失去父親，所以，孩子就患上了典型的『斯德哥爾摩症候群』。我想，妳應該聽說過這種病症吧？簡而言之，就是──我長大後，就會把自己活成你的樣子。」

「矛盾的思考在這個孩子的身上得到了近乎完美的展現，」說著，他伸出一根手指，「一方面，他是個正常人，正常上班下班，而且工作刻苦努力；另一方面，他卻像他父親那樣活著，重複著他父親做過的可怕的事，包括那個曾經對他疼愛有加的女人。他之所以這麼做，是因為在內心深處，這是最能感受到自己父親的唯一辦法了。宋老師，你知道最後在這個孩子身上發生了什麼可怕的事情嗎？」

宋穎茫然地搖搖頭。

李曉偉苦笑道：「孩子的求生慾望和後來的養父所給予他的正確人生觀，與他內心深處對父親的崇拜產生了激烈的衝突，他無法抹去那段刻骨銘心的記憶，於是，他想到了用一種非常規的手段，儘管所付出的代價可能是死亡，但是他卻欣然接受了。因為與其就這麼渾渾噩噩地活著，還不如做個最後的賭博，所以，他把自己的命交到了另一個他深愛的女人的手裡。」

「好了，故事講完了。」李曉偉長長地出了口氣，身子前傾，認真地看著宋穎，「宋老師，妳覺得，這個孩子的一生，是不是和那個女人有關？她需不需要為此負責？」

長時間的沉默，房間裡安靜極了，就連呼吸都變得小心翼翼。

終於，宋穎抬頭，看著李曉偉，一縷蒼白的頭髮滑落臉頰，目光中閃過一絲狡黠：「你沒有證據。」

一聽這話，顧大偉忍不住拍著大腿，嚷嚷道：「老同學，還真被你說中了。她鐵定會賴帳。」

李曉偉卻並不為所動，他的目光依舊專注地凝視著宋穎的臉，平靜地說道：「不，我有證據，等妳到警局後，負責這個案子的人自然會給妳看，讓妳心服口服。我今天來此的目的，並不是這個，因為我不是警察。」

一聲冷笑，宋穎輕聲說道：「那你是來看我笑話的。」

李曉偉果斷地搖搖頭：「也不是，我只是想知道，當初你打了那個電話，然後眼睜睜地看著自己愛的男人在妳面前跳樓而死，妳是什麼樣的心情？」

「都已經過去那麼久了，還提這個做什麼。」宋穎漠然地說道，「在精神病院裡的這麼多年，該忘記的，都已經忘記了。」

「不會，如果妳真的忘記的話，那張相片，妳不會認得出來，我想，當妳看到它的時候，妳就已經知道我在調查當年的案子，於是，妳就順水推舟把朱南母親的死推到了朱一文的身上。我真沒想到，妳的冷漠過了這麼多年，依舊不變啊。」李曉偉的神情中充滿了失落。

就在這時，窗外由遠至近傳來了警車鳴笛的聲音，顧大偉走到法式落地窗前看了看，轉頭說道：「他們來了。」

第十一章　離開

　　李曉偉點點頭，關上了手機攝錄鍵：「我們回去吧，後面的事情，他們會處理的。」

　　「等等。」宋穎突然開口攔住了他們，「你們不能拋下我不管。」

　　「為什麼？」李曉偉聳聳肩，「我們只是心理醫生，可不是警察，更不是什麼律師。而剛才的錄影，就已經是我們對妳最後的工作了。妳還有什麼別的事嗎？」

　　「我，我需要你們對警察說，說我那個時候，精神不正常，所以才會做出殺人的事情……」宋穎哆嗦著，伸出左手，試圖去拉住李曉偉的衣角，聲音猶如耳語一般，「只要你們能夠證實我患病，那，多少錢都可以，求你們了，我，我都這把年紀了，我不想有牢獄之災。」

　　聽了這話，李曉偉的臉色頓時陰沉了下來。他彎下腰，認真地看著宋穎，凝神片刻後，說道：「宋老師，有些事情，妳做了，就是要承擔責任的，已經讓妳逍遙法外了這麼多年，如今就好好去面對吧，這樣的話，妳的下半輩子，才能夠安心地度過。告辭！」說著，便和顧大偉兩人一前一後走出了房間。

　　屋外，陽光灑滿天空，空氣格外清冽，李曉偉停下腳步，長長地吸了口氣，咕噥道：「空氣真不錯。」

　　鑽進車，關上車門，李曉偉開車向大門外駛去，路上與一輛警車擦肩而過，車裡坐著剛趕到的童小川和張一凡，兩人點點頭便算是打過招呼了。

　　顧大偉瞥了他一眼：「老同學，有錢的話就考慮下在這裡買套別墅咯，將來總要安家的嘛。」

　　李曉偉搖搖頭，長嘆一聲：「房子太空了，住不習慣，咱不是享福的命啊。」

顧大偉笑了：「錯，心裡沒鬼，在哪裡都能享福。對了，老同學，你說，這個宋老太太當初是不是真的瘋了？」

「不，因為這件事，她或許有過很大的精神波折，畢竟那個引來警察的電話是自己打的，但是後來被送進醫院的真正原因，我想，應該是出於很強烈的內疚吧。要知道那個時候，如果她不打電話的話，沒破的案子多了去了，警方或許還不會那麼快就鎖定朱一文。」李曉偉皺眉說道，「既然如此，她就乾脆藉機進了精神病院，因為絕對不會有人懷疑她，在眾人眼中，她是個因為過於關注工作而生活受到沉重打擊的體面的小學老師。至於說知道真相的朱南，卻因為尚未成年，所以即使說出了自己知道的事情真相，也是不會有人相信的。再加上出於對宋穎的完全信任，可憐的朱南這麼小就不得不背上沉重的心理負擔，他是那麼急於擺脫這童年的陰影，甚至不惜一切代價，只是結局卻是他無法預料到的。」

「真是人世無常！」顧大偉聽了，頗為感慨，看著車窗外高速公路兩邊的景色，他忽然又來了興趣，笑咪咪地問道，「兄弟，說點快樂的事，我最近發覺你的推理是越來越爐火純青了啊，要不，我投資你開個私人偵探所？」

「算了吧，那是唬人的。」

「就說剛才吧，兄弟，你對那老妖婆的一番話，把她說得最後都向我們求饒了，你是怎麼知道這麼多的？」顧大偉好奇地問道。

李曉偉苦笑道：「其實我心裡也沒底，但是有一點我很確信，那就是朱南是她唯一的軟肋。」

「你的意思是說這個宋老師當初對自己的學生就像對自己兒子一樣……」

第十一章　離開

　　「剛開始的時候，或許只是單純的老師對學生的關愛，畢竟她是班導，但是後來，因為經常家訪，宋老師認識了學生的父親朱一文，感情這個東西真的不好說。在別人眼中，朱一文是個內向並且冷得像塊冰的人，根本就不懂什麼人情世故，但是在這個宋老師看來，卻完全不一樣。大偉，你要知道，女人的母性是天性，而悲劇，也就是這麼開始的。」突然想到隔了十多年後，王靜母子以這種特殊的方式在法醫解剖室裡見面，李曉偉的心中不由得感到說不出的悲哀。

◆ 2

　　回到市裡，李曉偉便順路把顧大偉送回了公司。臨走的時候，顧大偉用門板一般的胸脯狠狠地擁抱了一下李曉偉，然後認真地說道：「老同學，我客戶的事，你就放心吧，我會處理，那邊，你們依法處理就行。說真的，我還就沒看出那個老妖婆居然裝了這麼多年，臨了還糊弄你。」

　　李曉偉聳聳肩，不置可否地開車離開了，他牽掛著章桐那邊的事，便向醫院告了個假，然後直接來到警局，找到了章桐。

　　在二樓走廊上一見面，他便焦急地問道：「沈教授那邊怎麼樣了？」

　　章桐搖搖頭，神情無奈：「他全招了，現在已經被移送去看守所了，等待檢察院那邊進一步考核。」

　　「怎麼這麼快？」李曉偉感到很驚愕，「不是只有口供嗎？」

　　章桐輕聲說道：「因為找到了證據，歐陽工程師從沈教授的衣服右邊袖子上找到了屬於秦剛的噴濺性血跡和眼球組織液體，最終證實，能在袖

子上出現這種血跡的位置，必定是站在死者的正前方，並且做出了這個動作。」說著，她右手做出握住物品的姿勢，然後用力壓了下去。

李曉偉心裡一陣難過：「那車廂內呢？」

「足跡也是吻合的，包括門把手上，雖然郭敏刻意按上了自己的手指印，但是這卻並不妨礙痕檢那邊提取出屬於沈教授的指紋。」章桐長嘆一聲，看著窗外街道上匆匆而過的行人，目光中充滿了茫然與困惑的神情，「我想不通的是，他為什麼要這麼做。」

「他沒說具體原因嗎？」李曉偉問。

「海子說，偏偏就是這一點，沈教授沒有做正面答覆。不過，我後來又仔細查看了位於死者右眼處的傷口，做了整個頭部的CT，最終顯示他右眼的傷口處有兩道銳器進入式傷口，也就是說，不排除郭亞茹正在幫秦剛做手術的時候，被突然打斷，而沈教授一時無法控制情緒，上前奪過丁字錐的柄，用力捅進了秦剛的頭部，導致了受害者的直接死亡。」

想了想，章桐又說道：「李醫生，你覺得秦剛對郭亞茹是真愛嗎？」

李曉偉沮喪地搖搖頭，雙手一攤：「我真的無法回答你這個問題。」

「那他們拋屍為什麼要選擇遊樂場的旋轉木馬區？」章桐問，「我一直覺得很困惑，當然了，不排除那地方位置偏僻，沒有什麼人會馬上注意到那裡。」

「這個嘛，」李曉偉皺眉想了想，「應該還有一個原因，那就是他們抓的都是智力停留在孩童時期的人，心理學上有這麼一個理論，就是虧欠心理。比方說你們在案發現場看到的屍體身上有時候會被白布或者床單被褥之類覆蓋，不讓屍體裸露在外，我想這些都是凶手對於受害者的一點心理上的彌補吧。而這個案子中，前兩個受害者都是智力殘障的人，等同於是

第十一章　離開

個孩子，那麼旋轉木馬自然就是孩子最喜歡的了。」

聽了這話，章桐陷入久久的沉默，半晌過後，這才抬起頭，對李曉偉冷冷地說道：「我早就說過我討厭遊樂場。」

李曉偉呆了呆：「那妳小時候……週末是去哪裡度假的？」

章桐頭也不回地擺擺手：「跟我爸去太平間。」

＊　＊　＊

警局五層，陳豪辦公室，童小川爬到凳子上拔下了煙霧報警器後，兩人這才放心大膽地各自摸出了菸盒和打火機。

「你去醫院看了郭敏沒有？」陳副局長問。

「去了，」童小川想了想，說道，「主治醫師說了，那小子命大，是什麼『映像人』之類的，所以撿了條命。」

陳豪擺了擺手：「我知道我知道，這是個醫學術語，我上次聽章主任說起過，就像我們平時照鏡子一樣，身體內的五臟六腑是完全異位的，就跟整體大搬家差不多，比方說我們的心臟，一般人都是在左邊，但是『映像人』卻偏偏在右邊。」

童小川點點頭：「是啊，所以他姐姐那一刀，就沒有扎在要害上，但是也夠嗆，就是保了條命而已，沒有當場被捅死。」

「不知道他以後會怎麼打算？」陳豪問。

「我見過惠風路派出所的王所長了，唉，他也覺得這年輕人太意氣用事，猜想等傷好後，就會自動離職吧，畢竟是犯了錯。」童小川皺眉說道。

「他姐姐郭亞茹，你們結案了嗎？」

童小川伸手指了指面前辦公桌上的結案報告:「喏,都寫在裡頭了,章主任說,和九院的專門心理醫師一起做過會診鑑定,得出結論郭亞茹這輩子的智商都將停留在一兩歲的年紀了,法律層面上來說,她已經無法為自己的行為付出代價了。所以,在和檢察院溝通後,我們便聯絡了九院,別的,就等她弟弟恢復以後再說吧。」

　　陳豪聽了這個,半晌,神情凝重地說道:「我們欠她一個公道。」童小川一愣,隨即用力點點頭,他心裡很清楚,這個公道,或許是永遠都沒有辦法實現的了。

　　「對了,你見過李曉偉醫生了嗎?」陳豪問。

　　「上午剛從他那裡來。」童小川咧嘴一笑,「這次可真多虧了這位李大神醫。」

　　「怎麼說?那個系列強姦案的受害者恢復得怎麼樣?我聽老歐陽說那女孩被發現的時候簡直糟糕透了。」

　　「是的,陳局,不過這次跟喬米月見面,我感覺她整個人的狀態恢復了許多……我是指精神方面,她至少會笑了,生活也在逐漸恢復自理,希望她儘早忘記這段可怕的陰影。」童小川輕輕嘆了口氣,「記得在犯罪現場剛見她的時候,她就像個被扯碎了的破布娃娃,整個人都是麻木的。李醫生說能恢復到現在這個程度,那麼就有痊癒的希望,不然的話,就是和郭敏的姐姐一樣的遭遇。說真的,秦剛會做出這樣的事,我到現在都無法接受,只是可惜,已經沒有機會再聽到他的解釋和懺悔了。話說回來,我想秦剛在臨死之前明知手術風險那麼大,卻仍然要郭亞茹幫他做這個手術,或許也是想儘早擺脫自己小時候的心裡陰影吧。」

　　聽了這話,陳局突然搖頭苦笑:「知道嗎,當了這麼多年的刑警,我

第十一章　離開

總覺得這個世界上最高危的職業應該是為人父母，因為一旦在教育上失職，後果真是不堪設想，唉！」在用易開罐自製的菸灰缸裡掐滅了菸頭後，他轉而若有所思地看著童小川：「那這個案子結束後，你有什麼打算？」

童小川一愣：「陳局，我不明白你的意思。」

「我見過你的老長官，他說，你有點小想法。前段日子因為案子一直在忙，不能隨便換人，」陳豪說，「現在案子結束了，你可以放心提出來，我看能不能替你安排一下，畢竟一個職位是不能勉強一個人去做的。」

童小川急了，他趕緊擺手，道：「不不不，陳局，你放心吧，我不走，我就在刑偵這邊做了，我會好好做下去的，而且，這件案子其實還沒有真正結束。」

一聽這話，陳豪不禁有些訝異：「你的意思是……」

「那個人只要一天沒有抓住，這個案子就一天都不會真正畫上句號！」童小川果斷地說道。

＊　＊　＊

（一週後）

市第一醫院內科病房 302，初冬的陽光灑滿了靠窗的地面，病房裡並排擺著三張床，如今只有郭敏一個人。他默默地收拾好了自己的所有行李和換洗衣服，儘管刀傷的地方還隱隱作痛，但是郭敏已經迫切需要去室外好好享受一番這初冬的暖陽和新鮮清冽的空氣了。

老所長剛走，他每天都來，但是今天來的目的，卻並不是單純探望病情了，他知道郭敏的性子是不可能繼續做下去的，他只是很可惜郭敏這樣的人才，今天來是想向他介紹一份工作的。郭敏拒絕了，而這個答案，其

實老所長心裡早就有了。在簽署離職申請書後，站在窗前，郭敏目送著老所長離去的背影，那一刻，他分明感覺到了老所長所邁出的每一步都是那麼沉重。

過去的事情終於過去了，郭敏也知道了自己姐姐的近況。他想好了，既然已經離開了警隊，那麼，自己就不應該再多住下去了，畢竟是公家的錢，至於說以後的日子嗎，就打工吧，父親不在了，那麼照顧姐姐的擔子就只有自己去承受了。

不管姐姐曾經有多麼痛恨自己，畢竟，她是自己的姐姐，手足親情是沒有辦法割斷的，郭敏也不忍心。

正在胡思亂想之際，身後病房的門被敲響了，很有禮貌，應該不是護理師。

「進來！」

「你好，郭警官，感覺好些了嗎？」真是意外，出現在病房門口的，是章桐。

郭敏上下打量了一番身穿警服的章桐，她身後沒有別的人，明顯是一個人來的。郭敏搖搖頭，苦笑道：「對不起，我已經離職了。章醫生，妳找我有什麼事嗎？」

「好吧，那我就開門見山了。」章桐認真的說道，「我是過來介紹一份工作給你的。」

「工作？」

章桐點點頭，然後從隨身挎包裡拿出了一封推薦信，遞給郭敏說道「怎麼樣，有興趣去市醫院工作嗎？我那邊有位老同學，你拿著我的推薦信給他就行了，他會幫你安排工作的。我查過你的學歷，是醫科大學的優

第十一章　離開

等生,所以去醫院工作很適合你的。」

章桐誠懇的說道,「你可以好好考慮一下,雖然和你相處的時間不多,不過你是個難得的優秀人才,已經和我老同學溝通好了,試用期三個月,薪水可能不會太高⋯⋯」

章桐絮絮叨叨地說著,卻全然沒有注意到郭敏的眼中已經蓄滿了淚水,最後,終於說完了,郭敏點點頭,輕聲說道:「謝謝妳給我提供這個寶貴的機會,只是很遺憾,因為我的愚蠢行為,我犯下了不可彌補的過失,在有處罰的前提下,局裡能同意我自動離職就已經是很顧及我的臉面了,而按照規定以後我是永遠都不能再進入相關單位了,所以抱歉。」

聽了這話,章桐不由得怔住了,良久,她無奈地嘆了口氣,收好推薦信,想了想,接著又說,「對了,還有件事,我差點忘記了,你姐姐的案子,雖然強姦案的時效已經過了,但是暴力侵害案是沒有追溯時效的。我仔細複查過當年的證物,儘管提取 DNA 的方法可能成效不大,畢竟案發至今已經過了這麼多年,可是透過一些技術手段的支持,線上粒體 DNA 方面,還是找到了一些證物。我已經安排他們輸入了資料庫,目前雖然還沒有能比對得上的,但是假以時日,只要有匹配上的,就會馬上通知我們。也就是說,你姐姐的案子,我們一定會還她一個公道!」

郭敏的淚水瞬間奪眶而出。章桐走後,他便緩步來到窗邊,伸手推開窗子,抬頭面向陽光,閉上雙眼,任由溫暖的陽光裹滿自己的全身。

✦ 3

傍晚時分，打扮時髦的吳嵐匆匆走出市日報社大樓，迎面差點撞上一個人，她趕緊退後一步，毫不客氣地說道：「誰啊，走路這麼不小心⋯⋯怎麼是你？」

站在自己面前的，正是一身便裝的童小川。

「我剛下班，經過這裡，想請妳吃晚餐，順便和妳聊聊。」童小川低聲說道，臉上帶著一絲青澀的笑容。

「是嗎？」吳嵐想了想，也沒拒絕，便順手一指馬路對面，「去那家吧，便宜，也實惠，我有優惠券。」

聽了這話，童小川的臉微微一紅，話到嘴邊，還是硬生生地嚥了下去。

兩人一前一後推門走進了餐廳，這是一家主打江南菜的餐廳，因為價格親民，排隊的人挺多的。吳嵐環顧了一下餐廳，隨即拉過身邊站著的服務生耳語了幾句，很快，服務生心領神會，一位經理打扮的人便迎了出來，恭恭敬敬地把兩人帶進了貴賓包廂。

關上門後，耳邊頓時安靜了下來。吳嵐拿過桌上的茶壺，給童小川倒了杯茶水，也給自己倒滿了，放下茶壺，這才笑咪咪地看著他：「怎麼，想通了？」

童小川明白吳嵐指的是他們之間被暫時擱置了的婚事，卻並沒有回答她的這個問題，只是打量了一下包廂，頗感詫異地說道：「在這吃飯要好多錢吧？」

吳嵐搖搖頭：「不貴，這裡是我們日報社的定點餐廳，有個什麼活動的，都會來這裡，所以也熟悉了。再說嘛，這麼點錢，不算什麼。」

第十一章　離開

　　吳嵐的話讓童小川感覺有些不舒服，他挪了挪凳子，這才抬頭看著她，說道：「開門見山吧，我今天找妳，是為了公事。」

　　吳嵐誇張地聳聳肩，刻意掩飾住自己內心的一絲失望：「我早就猜到了。說吧，我的童大隊長。」

　　童小川皺了皺眉：「其實我今天來找妳，也是為了妳考慮。」

　　「擔心那麼多做什麼，」吳嵐顯得有些不耐煩，「我又沒有犯法。」

　　見此情景，童小川不由得輕輕嘆了口氣，「嵐子，就聽我一句勸吧，行嗎？有些事情真的不是妳想像的那麼簡單的。」

　　「好吧好吧，我說不過你，有什麼要求，你儘管提就是。」吳嵐瞥了童小川一眼。

　　「秦剛和郭亞茹案子的通報材料，妳們報社應該已經收到了吧？」

　　吳嵐點點頭：「兩天前就已經收到了，今天的頭版頭條，不過，我知道你沒看報紙的習慣，消息閉塞也是情有可原的。」

　　「我想說的不是這個，」童小川認真地看著吳嵐，「我想要妳的聯絡人方式，就是把十九年前的朱一文案消息透露給妳的聯絡人方式。」

　　「你明知道我是不會給你的。」吳嵐淡淡地說道。

　　「嵐子，你難道就不懂箇中的厲害？」童小川憂心忡忡地說道，「這個人什麼都知道，也什麼都考慮在我們警方之前，妳就沒質疑過他的具體來歷嗎？或者說，他難道就對妳沒有任何企圖？」

　　吳嵐聽了，只是靜靜地看著童小川，緊咬著嘴唇沒有說話。

　　服務生敲門進來上了五菜一湯，問需不需要酒水，吳嵐搖頭拒絕了。

　　服務生退出包廂後，童小川接著說道：「我也不瞞妳，這次郭亞茹和

秦剛的案子，正是多虧了妳的指點，才讓我們在短時間內順利破獲了十九年前的一起失蹤謎案，這點功勞是毋庸置疑的，但是，」他本能地緊抓住吳嵐的手，「嵐子，我真的很擔心妳。」

聽到這話，吳嵐猛地抽回雙手，皺眉看著童小川：「謝謝關心，可我一不是什麼美女，二不是什麼富二代，家裡三代貧農，想嫁個破警察，臨了還被人嫌棄，你說，人家圖我什麼？圖財？圖色？算了吧！」

「嵐子，妳怎麼就這麼單純呢？」童小川苦口婆心地勸說道，「就是因為妳看上去什麼都沒有，所以他無緣無故地送妳線索，妳難道就不覺得可怕嗎？如果這線索是假的，那還好說，但那卻是真的。他到底從哪裡得到的消息？你有問過嗎？」

吳嵐臉上的表情一點點變得僵硬起來，突然，她恍然大悟：「我終於明白了。」

「你明白什麼？」

「你是害怕我拖你的後腿，因為你現在可是警局的刑偵大隊大隊長了，升官了，自然也就不會願意自己的生活中有這麼一個成天給你惹是生非的人了，對不對？你怕我單純被人利用，來刺探你們警方的消息，從而抹黑。童小川啊，童小川，你未免也太高估我了吧。」說到這裡，吳嵐神情嚴肅地看著他，「你既然想知道，那我就告訴你──我也不知道他是誰，是他自己找到我的，也沒要錢，更沒要我刺探你們警方的消息，所有的事情，都是他自願告訴我的，你懂嗎？他就是一個『活雷鋒』，僅此而已。」

童小川吃驚地看著她。

吳嵐用力點點頭，隨即冷笑道：「事實就是這麼諷刺，他連我是誰都

第十一章　離開

沒有問，就是問我要不要破案的消息，我當然要了，因為即使我不要，我那個辦公室裡剩下的人可是擠破頭搶著要呢，你懂不懂？現在呢，事實證明他是對的。而你，是錯的！」

說完這句話後，吳嵐站起身，拿著包就向外走去，走到門口，停下腳步，頭也不回地冷冷說道：「你儘管吃，這裡的東西，都是記帳的，不用你花一分錢！」

門被用力甩上了，震驚之餘，童小川呆呆地坐著。許久，眼淚無聲地順著眼角滾落，吳嵐的最後一句話就像一記響亮的耳光，用力地打在他的臉上。

◆ 4

夜深了，房間裡靜悄悄的，在電腦上敲完最後一個句號，章桐回頭，看見自己床邊的地板上，丹尼盤成了一團，在狗窩裡睡得正酣。

今天下班時，章桐終於從窩窩寵物店把丹尼接回了家，牠一進門就迫不及待地四處尋找著自己殘留下的味道，最終，實在鬧騰夠了，就叼著自己的狗窩，在章桐的床前睡了下來。那一刻，章桐竟然有點淚目，她知道丹尼雖然不會說話，但牠卻分明是在用這個舉動告訴自己的主人，不想再離開她。其實想想人的一生，不就是渴望這樣的陪伴嗎？

新書還有兩章就要完稿了，章桐曾經猶豫自己到底該給書中的主角一個什麼樣的結局，糾結了一個多星期吧。想想現在的讀者，包括自己在內，其實都想看到幸福大團圓的結局，畢竟平時的生活已經是如此疲憊，

如果再看到悲劇結尾的書，或許心情會更加沉重。可是，回想起在自己解剖室裡曾經停留過的那一具具冰冷的軀體，章桐實在不願意人為地把它們變得圓滿幸福，那會讓人感覺很虛假。因為這些人還活著的時候，幸福是他們可以追求的東西，但是如今，他們已經死去了，永遠都不可能追尋到的東西，又為什麼要改變他們本來的境遇呢？所以，不妨就把他們殘缺的故事寫下來，讓讀過他們的人記住曾經有人為了追尋幸福所做過的努力和所付出的代價，那麼，活著的人或許就會更加珍惜他們的生命。這應該才是自己寫作想要實現的真正目標！

關上電腦的剎那，章桐抬頭看到了窗外一輪明月，夜涼如水，已經是冬天了，雖然還沒有下雪，但是晚上的這個時候，空氣中已經明顯充滿了寒意。窗還開著，她趕緊站起身，來到窗邊，伸手剛想關窗，放在桌上的手機卻響了起來。

這個時候？

雖然心中有些鬱悶，章桐還是本能地拿起手機，電話號碼顯示是李曉偉的，接起的那一刻，看著上面那個不停閃動的小黃人頭像，章桐有些哭笑不得：「李大神棍，找我什麼事？」

「能下來一下嗎？我們在對面街上的孫記，找妳有事。」電話的背景很吵，李曉偉不得不用幾乎吼的聲音說完了這句話。

章桐遲疑片刻後，點頭應允了。

她匆匆換了件黑色夜跑衣和運動鞋，把頭髮紮在腦後，帶上鑰匙和錢包便匆匆出了門，盤在狗窩裡的丹尼搖了搖尾巴，牠早就已經習慣了自己主人半夜三更離家而去。

＊　＊　＊

第十一章　離開

　　現在是凌晨一點半，社區的路上非常安靜，章桐匆匆跑出社區，來到街對面。「孫記」是一家在當地非常出名的燒烤店，夏天吃龍蝦，冬天則是以火鍋為主，兼賣燒烤。此時的「孫記」裡坐滿了人，章桐掀開擋風簾鑽進去後，一眼就看見坐在角落裡的李曉偉，而在他身邊爛醉如泥的人，卻讓章桐感到很意外，那居然是童小川。

　　章桐趕緊來到桌前，滿桌子杯盤狼藉，李曉偉雖然還清醒著，卻也是喝了不少，看見章桐就傻笑，而一旁的童小川幾乎是不省人事，連句完整的話都說不出來。

　　「你們⋯⋯到底出什麼事了？為什麼喝這麼多酒？」章桐焦急地查看了童小川的雙眼瞳仁，又伸手摸了摸他的頸動脈，仔細查看過呼吸後，便果斷地對李曉偉說道，「不能再喝了，馬上結帳，走，去我家。」

　　李曉偉也不反對，乖乖地結了帳，幫章桐扶著童小川進了社區。上樓打開門進房間後，章桐便把童小川平放在床上，俐落地脫了他的外套、褲子，扒掉鞋子，給他蓋上被子後，這才回頭找李曉偉，卻見他正在門外站得筆直，怎麼也不敢進門，而丹尼則虎視眈眈地瞪著他。章桐不禁哭笑不得，趕緊把丹尼拴在了洗手間，李曉偉這才快步進了屋，順手把門關上了。

　　「妳家的狗，還真的記仇啊？」李曉偉嘀咕道。

　　「你上次差點殺了我，牠不記仇才怪。」章桐不想提這事，卻也沒有辦法。來到臥室，看著平躺在床上呼呼大睡的童小川，李曉偉一聲長嘆：「我叫他少喝點，他就拚命灌，我根本就攔不住，還好有先見之明，來了妳這邊吃東西。」

　　兩人回到客廳坐下，章桐盤膝坐在沙發上：「為什麼偏偏想到來我這裡？」

李曉偉嘿嘿一笑：「因為我太晚了回不了學院宿舍，開車也不安全，這傢伙存心就是奔著喝醉來的，沒辦法，我就只能退而求其次了。」

　　這時候，丹尼咬開了繩子，用爪子扒開了洗手間的門，悄無聲息地走了出來，直接來到章桐身邊坐下，兩隻眼睛毫不客氣地盯著李曉偉。

　　看到李曉偉臉色又變了，章桐伸手摸了摸丹尼的頭，笑著說道：「放心吧，沒我指令，牠不會攻擊你的。」

　　「好吧。」李曉偉尷尬地漲紅了臉。

　　章桐卻憂心忡忡地朝房間裡看了一眼：「今晚上猜想是睡不了了，得防著他吐才行。」

　　「沒事，我看著呢。妳去休息吧，明天還得上班。」說是這麼說，其實李曉偉也很清楚，按照章桐的個性，她是絕對不會丟下他們倆不管的。

　　「反正我也睡不著，說說吧，今天童隊怎麼來找你了？」章桐問。

　　「應該是失戀了，喝酒的時候說了一大堆心裡的委屈，說自己一片好心卻被別人誤解，感到自己的自尊受到了傷害……唉，其實男人和女人相比，真遇到感情挫折的時候，男人會更無法承受。」李曉偉若有所思地說道。

　　「那你不勸勸他嗎？」章桐問。

　　李曉偉苦笑著伸了個懶腰，也學著章桐的樣子盤膝而坐，目光溫柔地看著她：「你不懂，他只是遇到了一個並不適合他的女人罷了，有時候長痛不如短痛。所以，我跟他說了，好好哭一次，明天醒來必定又是一個天高雲淡的日子。」

　　章桐聽了，撲哧一笑：「我們當刑警的，可從來都不會認為日子是天高雲淡的。」

第十一章　離開

　　「那也差不多嘛，反正只要自己開心就好。」李曉偉咕噥道，「日子總得接著過下去的，是不是？」

　　似乎觸動了自己的心事，章桐沉思良久，說道：「童隊雖然有點大男子主義，做事也有些缺心眼，是個直腸子，但他是個好人，更是個敢作敢當的性情中人，我不知道他以前到底發生過什麼事，導致他突然決定轉部門，但有一點可以確定的是，遇到事情，他絕對不會退縮。」

　　「他今天跟我說了，下班後去找了他的前未婚妻，本來是想善意提醒她要注意網路上的自身安全保護，但是沒想到卻被對方給徹底誤會了，還給毫不客氣地嗆了一頓。剛開始的時候，我也本以為他們之間的問題就是停留在單方面的誤會之上，但是後來仔細問了，卻發覺事情遠沒有我想像的那麼簡單。」李曉偉喃喃說道，「他們兩個根本就不合適……」

　　「在這點上，你是不是有點武斷了？」章桐不解地問道。

　　李曉偉搖搖頭：「他的前未婚妻吳嵐，曾經有個妹妹叫吳霞，比她小三歲。童隊和吳嵐是高中同班同學，因為兩人性格迥異，所以一開始的時候，童隊對她並沒有什麼特殊感情。吳嵐是個很好強的女孩，妹妹吳霞在同一所中學的國中念書，每天都是兩人一起回家。童隊和吳嵐兩家住在同一個社區，放學後要過一條車流量非常大的馬路。那一天，吳嵐和妹妹吳霞正在一起過馬路的時候，有輛車失控衝了過來，而這個時候，童隊正好走在吳霞她們身邊，因為害怕，也或許是因為過於震驚，你也知道，人對於突發事件的本能反應有很大一部分是呆立著不動，吳嵐看到這一幕後，本能地伸手把童隊推了出去，自己和妹妹兩人則被撞飛了。」說到這裡，他輕輕嘆了口氣，「我聽他說，事後吳嵐雖然沒事，就是一些皮肉擦傷，但是她妹妹吳霞，卻被當場撞死了。就因為這個，童隊背上了一筆沉重的

良心債，他告訴我說，這輩子都會好好照顧吳嵐。但是，愛情這種東西，可不是人為就能夠控制得了的，古人尚且知道強扭的瓜不甜。妳說，一開始就是抱著虧欠心理的感情，兩個性格迥異的人，世界觀和人生觀都不在一條線上，勉強結合在一起，能幸福嗎？」

章桐聽了，不免有些愕然：「原來如此啊。」

李曉偉苦笑道：「所以我才會對他說，履行承諾的方式可以各式各樣，並不需要為此而賠上自己的一輩子，除非他不想當警察了。況且，即使他願意這麼做，吳嵐也並不一定能接受，感情這東西，真的是要看緣分的。」

章桐搖搖頭：「不會的，我覺得他不會不當警察的，因為有些東西，只有你穿上了這身衣服，才能更真切地體會到。」她抬頭看了一眼臥室的床鋪方向，這個時候，丹尼也已經累了，乖乖地爬回自己的狗窩又盤成了一團。

「上次的音樂會沒去成，真的很抱歉……」章桐尷尬地說道，「沒想到會出警，給耽誤了。你聽了，感覺怎麼樣？」

李曉偉當然不會告訴章桐自己其實也沒進去，一個人孤零零地站在大劇院的門口等到了散場，他笑咪咪地說道：「當然好聽。不過沒關係，不用太內疚，下次他再來，我再請妳去聽。反正有的是機會。」

章桐突然轉頭看著李曉偉，目光複雜：「你說，那個傢伙，還會出現嗎？」

李曉偉點頭：「會的，因為他的目的還沒達到。」

「那我現在怎麼辦？我在考慮要不要搬家……」章桐有些茫然。

「妳如果躲著他的話，他更會對妳感興趣，」李曉偉果斷地否決了，

第十一章　離開

「所以，我建議妳還是不要逃避，再說了，如今網路這麼發達，妳能逃到哪裡去？」

章桐低下頭，無言以對：「我總感覺他在我的生活中若隱若現，就像根本就不存在的人，我卻又時時刻刻都能聽到他的呼吸聲。」

李曉偉認真地看著章桐，他相信此刻自己所看到的，就只是一個普通的小女人，頓時心中充滿了憐惜，咬了咬嘴唇，他終於鼓足勇氣小聲說道：「能讓我來保護妳嗎？」

章桐一愣，看了他半天，突然笑了：「你喝多了，好好休息吧。」

「不，我是認真的。」李曉偉緊張地說道。

「我是警察，再不濟也是我保護你才對，你開什麼玩笑。」章桐擺擺手，便從沙發站了起來，「你累了，快睡吧，毯子就在你右手邊的凳子上，黃色的那條。我去看看童隊，他喝那麼多，要是吐就慘了。」

李曉偉的心中感到一絲失落，他默默地蜷縮著身體在沙發上睡了下來，或許自己真的喝多了吧。可是，雖然頭有些暈，腦子裡卻異常清醒，他相信自己剛才所說的話，章桐是聽明白了的，但是她卻藉口自己喝多了，婉拒自己。這樣一想，李曉偉難免有些沮喪，他長吁短嘆著，翻來覆去沒多久，便睡著了。

一陣刺耳的手機鈴聲硬生生地把李曉偉從夢境中拽了出來，他勉強睜開雙眼，頭痛欲裂，本能地坐了起來，伸手在茶几上找水杯。這個時候，他聽到了一陣匆匆的腳步聲來到近前。

「李醫生，我要出警，馬上就走，」章桐匆匆地說道，「童隊還沒有醒，我已經囑咐他的助手張一凡過去了，你好好照顧他，等他醒來跟他說一下。」

李曉偉點點頭，他瞥了一眼自己的手機螢幕，現在是凌晨四點三十二分，不禁脫口而出道：「這個時候……我開車送妳吧？」

　　章桐頭也不回地擺擺手：「不用了，我自己叫車過去就可以了，走的時候記得幫我關好門。」說完，她便匆匆推門離去，腳步聲很快就消失在凌晨安靜的走廊裡。

　　環顧著突然安靜下來的房間，李曉偉不禁呆了呆，他默默地走到臥室門口，看著依舊酣睡的童小川，心中感到莫名的惆悵。

✦ 5（尾聲）

　　（二十分鐘前，凌晨四點十二分）

　　急促的電話鈴聲在接警處理中心驟然響起，值夜班的鄭紅梅立刻接起電話，卻被電話那頭驚恐的尖叫聲給嚇了一跳，聯想起前段日子詭異的「殺人預告電話」，她頓時警覺了起來：「喂，有人嗎？這裡是接警處理臺，你有什麼需要幫助？喂，聽見請說話……」

　　一番努力過後，她剛想掛電話，就在這時，電話那頭終於傳來了一個女人顫抖的並且充滿恐懼的聲音：「快來，你們快來，我這裡是，是市大劇院，有人瘋了，劫持人質，他還，還剛殺了一個人，求求你們了，快來人！」略微停頓過後，她又說道，「我打過你們刑警大隊長童小川的電話，他不接，你們快通知他，快……」

　　「請問妳是哪位？」鄭紅梅緊張地說道，「告訴我妳的姓名，我這邊馬上就通知。」

第十一章　離開

　　電話裡的女人壓低了嗓門，聲音越發顫抖了起來：「我，我叫吳嵐，口天吳，上面一個山，下面一個風。我是童小川的未婚妻，快來，要是他衝出來，我就沒命了，救救我⋯⋯」

　　電話戛然而止。

（第二幕完結）

法醫實錄——不存在的人：
悲劇重演，真凶再現！法醫從業者的半寫實懸疑小說

作　　　者：戴西	
責 任 編 輯：高惠娟	
發 行 人：黃振庭	
出 版 者：崧燁文化事業有限公司	
發 行 者：崧燁文化事業有限公司	
E ‐ m a i l：sonbookservice@gmail.com	
粉 絲 頁：https://www.facebook.com/sonbookss/	
網　　　址：https://sonbook.net/	
地　　　址：台北市中正區重慶南路一段61號8樓	
	8F., No.61, Sec. 1, Chongqing S. Rd., Zhongzheng Dist., Taipei City 100, Taiwan
電　　　話：(02)2370-3310	
傳　　　真：(02)2388-1990	
印　　　刷：京峯數位服務有限公司	
律 師 顧 問：廣華律師事務所 張珮琦律師	

-版權聲明-

本書版權為樂律文化所有授權崧燁文化事業有限公司獨家發行電子書及紙本書。若有其他相關權利及授權需求請與本公司聯繫。
未經書面許可，不得複製、發行。

定　　　價：375 元
發行日期：2024 年 10 月第一版
◎本書以 POD 印製

Design Assets from Freepik.com

國家圖書館出版品預行編目資料

法醫實錄——不存在的人：悲劇重演，真凶再現！法醫從業者的半寫實懸疑小說 / 戴西 著 . -- 第一版 . -- 臺北市：崧燁文化事業有限公司，2024.10
面；　公分
POD 版
ISBN 978-626-394-901-0(平裝)
857.81　113014328

電子書購買

爽讀 APP　　　臉書